ODEON

Band 18

Felix Mettler

Der Keiler

Roman

Ammann Verlag

Erste Auflage dieser Ausgabe
Im 25. Jahr des Ammann Verlags

www.ammann.ch
Satz: Gaby Michel, Hamburg
Druck und Bindung: Bercker, D-Kevelaer
ISBN 3-250-30018-7

Für Simone

I

Die schmale Treppe, die Gottfried Sonder emporstieg, verband die Bushaltestelle mit der Klinik St. Stephan. Sie führte durch einen alten Baumbestand mit dunklen Fichten, die Stämme von schwarzgrünem Efeu umrankt, mit feinnadeligen Lärchen, mit Birken, Blutbuchen und Ulmen – ein Relikt einer herrschaftlichen Parkanlage. Die ausladenden Äste der Laubbäume überdachten die Treppe teilweise, und gefiltert vom dichten Blätterwerk zeichneten die schräg einfallenden Strahlen der Morgensonne ein Muster sich bewegender Lichtpunkte auf den Boden. Die Bäume dämpften den Lärm der Stadt, was Sonder an die Ruhe eines Waldes erinnerte, der Schatten ließ ihn eine erfrischende Kühle spüren, und er meinte gar den Geruch vermooster Walderde wahrzunehmen. Früher vermochten diese Empfindungen Sehnsüchte in ihm zu wecken. Vor wenigen Monaten noch.

Langsam nahm Sonder Stufe um Stufe, bedächtig, es machte fast den Eindruck, als ob ein Widerstreben in seinen Schritten läge. Doch darauf angesprochen, er hätte den Grund nicht nennen können, wäre nicht fähig gewesen auszudrücken, was er fühlte. Vielleicht hätte er gesagt, er wolle nicht außer Atem geraten, damit die vernarbte Wunde nicht wieder zu schmerzen beginne, oder, er wolle nicht ins Schwitzen kommen. Es war bereits sehr warm, ungewöhnlich warm für einen Frühlingsmorgen in Zürich. Wahrscheinlich aber hätte er gesagt, er sei müde, einfach müde. Man hätte ihm auf jeden Fall geglaubt.

Am Ende der Treppe ragte ein mächtiger Nadelbaum – es war eine Wellingtonia – weit in den wolkenlosen Himmel. Dort bei dem Baum blieb Sonder stehen, wie er das immer tat, wenn er einige Tage nicht zur Arbeit gegangen war, und ließ seinen Blick über die Stadt gleiten und über den silbrig glänzenden See, hinter welchem die noch schneebedeckten Alpen sichtbar waren.

Die vielen farbigen Krane fielen ihm auf, die wie Stelzenvögel einzeln oder in Gruppen zwischen den Häusern standen, diese überragten. Bezeugen sie nicht, daß alles ersetzbar ist? Oder fast alles. Die Türme und Kuppeln, überlegte er sich, sind immer noch dieselben wie auf den alten Bildern. Ja, die Kirchen und die Regierungsgebäude, die Zunfthäuser und die Hochschule, sie präsentieren sich im selben Zustand wie früher, stets makellos, nicht nur aus der Ferne.

In Venedig gibt es kaum Baustellen, fiel ihm ein, alle Häuser zerfallen gleichermaßen, die Kirchen und Palazzi auch, überall bröckelt der Putz ab, alles ist von Wasser unterspült. Die schwarz glänzenden Gondeln mit den metallenen Beschlägen und den künstlichen Blumen hatten ihn an Särge erinnert. Trotzdem fand er Venedig faszinierend, oder gerade darum. Er hatte die Stadt für einige Tage besucht, als der Termin für die Operation bereits feststand. Venedig ohne all das, ohne das allgegenwärtige Bröckeln, ohne den Modergeruch und ohne die Gefahr des Versinkens, wäre undenkbar, dachte er, wahrscheinlich unerträglich. Die sargartigen Gondeln gehören dazu, gehören zur Stadt, die offensichtlich dem Untergang geweiht ist, und zwar als Ganzes. Zürich ist dies nicht, nicht als Ganzes, dafür bürgen die zahlreichen Krane.

Die Sonne war bereits sehr kräftig, ungewöhnlich grell für diese Tageszeit, hatte etwas Drohendes, was Sonder an Afrika erinnerte. Wie schon seit Wochen wurde von der meteorologischen Anstalt eine stabile Hochdruckbrücke über Mitteleuropa gemeldet. Es sei mit einem sommerlich heißen Tag zu rechnen. Auf der Alpennordseite herrsche Waldbrandgefahr.

Sonder machte einige Schritte hin zu dem gewaltigen Stamm des Baumes und fuhr mit gespreizten Fingern über die zerklüftete Rinde. Er bewunderte den Riesen, der dastand, als hätte er schon immer hier gestanden und würde auch immer hier stehen bleiben. Wie die Kirchen und Zunfthäuser, ein Heiligtum auch er. Sein Heiligtum. Daß der Baum, faul im Innern, schon dem ersten Herbststurm zum Opfer fallen könnte, daran hatte Sonder bisher nie gedacht.

Etwas weiter oben kamen jetzt die drei weißen, fast kubischen Gebäude der Klinik St. Stephan zum Vorschein. Gestaffelt lagen sie am Waldrand, mit verglasten Durchgängen untereinander verbunden. Auf der gepflegten Wiese davor, die von zahlreichen Spazierwegen durchzogen war – alle rollstuhlgängig, versteht sich –, schleppten die Gärtner Wasserschläuche umher. Der Boden war ob der Trockenheit rissig geworden, und die Blumen drohten vorzeitig zu welken.

Im hintersten der Gebäude war die Abteilung für Pathologie untergebracht, wo Sonder seit Eröffnung der Klinik Ende der fünfziger Jahre als Autopsiepfleger arbeitete. Unwillkürlich schlug er heute einen Weg ein, den er selten ging, der ihn in einem großen Bogen zu seinem Arbeitsort führte. Sonder nahm nun kaum mehr wahr, was ihn umgab, weder die Ziersträucher entlang des Weges noch die lorbeerumwachsenen Büsten verdienter Ärzte. Nur die Kieselsteine sah er noch, wie sie unter seinen zögernd aufsetzenden Füßen verschwanden.

Eigentlich machte Gottfried Sonder einen gesunden Eindruck, sein Gesicht und seine kräftigen Hände waren sonnengebräunt. Nur wer ihn besser kannte, entdeckte die Veränderungen, die mit ihm vorgegangen waren, bemerkte eine Körperhaltung, die nicht zu diesem Mann passen wollte. Auch das leichte Nachziehen des rechten Beines, das auf sein Zusammentreffen mit einem Keiler zurückging, war auffälliger geworden. Der Arzt in Davos, wo er vier Wochen zur Kur gewesen war, hatte wohl gemeint, er habe sich gut erholt, und in seinem Bericht vermerkt, die Wunde sei komplikationslos verheilt und die Lungenfunktion liege bereits wieder im Bereich des Normalen. Was aber heißt das schon, dachte Sonder, der sich leer fühlte, ausgehöhlt, so als hätte man ihm mehr als nur ein Stück Lunge herausgeschnitten. Das wiederum könne er einem Arzt unmöglich sagen, meinte er, das sei ein Problem, mit dem habe er selbst fertig zu werden.

Einen Monat noch müßte er zur Arbeit gehen, dann würde er pensioniert werden. Einen Monat nur noch, dann wäre er frei gewesen, völlig frei. Die Rente und ein kleines Vermögen hätten es ihm ermöglicht, seine Pläne zu verwirklichen, hätten es ihm erlaubt, zu tun, wovon er so lange geträumt hatte. Und jetzt das. Für gesund erklärt zwar, doch es ließ sich leicht ausrechnen, wie es weiterginge. So wenigstens glaubte Sonder. Es gibt Prozentzahlen bei den verschiedenen Krebsarten, Zahlen, die die Überlebensrate ausdrücken. Jene nach einem Jahr, jene nach drei oder fünf Jahren. Das war ihm bekannt, diese Rechnungen hatte er mitbekommen im Laufe der Jahre. Er wußte nur zu gut, was ein Rezidiv oder eine Metastase bedeuten würde. Ein Hüsteln schon kann anzeigen, daß es soweit ist, oder ein leichter Schmerz oder Kurzatmigkeit. Jederzeit.

An der Pforte vorbeigehend nickte Sonder Frau Moosbacher, einer fülligen, rotgesichtigen Frau, die dort hinter der Glasscheibe saß, wie üblich zu. Und er wunderte sich, wie sie lächelnd zurücknickte, so wie immer, als ob sich nichts verändert hätte, als ob er derselbe wäre, der seit Jahren hierher zur Arbeit kommt. Sie muß doch wissen, was mit mir geschehen ist, dachte er sich, weiß es wahrscheinlich sehr genau. So etwas spricht sich herum.

Sonder beschleunigte seinen Schritt, als er den leeren Korridor vor sich sah, und erreichte seinen Umkleideraum, ohne jemandem begegnet zu sein. Er erhoffte sich

Sicherheit von der Arbeitskleidung. In seinem Schrank aber hingen fremde Sachen. Auf dem Schild stand O. Zimmerli. Sofort schloß er den Schrank wieder, blieb eine Weile davor stehen, sich mit ausgestreckten Armen daran festhaltend. Natürlich. Hätte man sich ja denken können. Schließlich brauchte es bald einen andern, der diese Arbeit macht. In einem Monat schon. Trotzdem! Er war hier, bereit, zu arbeiten, und niemand hatte mit ihm gerechnet. Und warum nicht? Was wissen sie, die Ärzte? Was haben sie ihm unterschlagen?

Trotzig schlug Sonder mit der flachen Hand an die Schranktür und ließ sich, als der metallische Nachklang im Raum verhallt war, schwer auf die Bank sinken. Er starrte zu Boden, dachte an nichts, unfähig, überhaupt einen konkreten Gedanken zu fassen. Und aus den graublauen wolkigen Plättchen sprangen ihm auf einmal Gesichter entgegen, Fratzen, mit knolligen Nasen die einen, einäugig andere, alle hämisch grinsend. Da und dort entstanden Figuren, bucklige klumpfüßige Gnome, die sich langsam zu bewegen begannen. Und als Sonder die Augen schloß, um dem bösen Bild zu entfliehen, wurden Menschen aus den Figuren, Menschen aus Fleisch und Blut, die ihn höhnisch umtanzten.

Eine Viertelstunde, eine halbe Stunde mochte vergangen sein, als ein Fremder auf Sonder zukam, ein fast zierlicher Mann mit schwarzem, pomadigem Haar und einem schmalen Schnäuzchen. Könnte Italiener sein. Oder Spanier vielleicht.

»Herr Sonder, nicht wahr?« Der Mann sprach ein einwandfreies Schweizerdeutsch.

Sonder nickte.

»Zimmerli, Oskar Zimmerli.«

»Freut mich«, sagte Sonder gedankenlos, der sich seinen Nachfolger etwas anders vorgestellt hatte, etwas kräftiger vor allem.

»Man hat mir Ihren Kasten gegeben«, sagte Zimmerli. »Es tut mir leid. Doktor Götze hat gesagt, Sie würden nicht mehr zur Arbeit kommen.«

»Hat er gesagt.«

»Ich weiß nicht, wo Ihre Überkleider sind. Tut mir leid.«

»Schon recht«, wehrte Sonder ab. Was soll ausgerechnet Zimmerli sich entschuldigen? Was kann er schon dafür?

»Soll ich vielleicht Professor Bäni Bescheid geben oder Doktor Götze?« fragte Zimmerli.

»Nein!« sagte Sonder. »Doktor Thalmann. Niemand sonst!«

Es war Thalmann, der ihn damals, als der Husten hartnäckig wurde, zur Untersuchung angemeldet hatte. Und Thalmann hatte ihm einige Tage später auch mitgeteilt, daß er sich bereithalten müsse, daß weitere Abklärungen geplant seien. Wenn einer jahrelang in einer Klinik gearbeitet hat, weiß er um die Bedeutung einer weiteren Untersuchung, einer Biopsie womöglich. Und seine Vorahnung, dies könnte ein Anfang sein, der Anfang vom Ende, war bis jetzt nie widerlegt worden. Nochmals war es Thalmann gewesen, der ihn umgestimmt hatte, als er – Sonder – es verweigern wollte, sich einem größeren Eingriff zu unterziehen. Natürlich war die

Lage ernst gewesen, das hatte man ihm nicht zu sagen brauchen, eine Operation vielleicht sogar lebensrettend. Doch zu welchem Preis? Die Angst, in eine Abhängigkeit zu geraten, Menschen und Maschinen hilflos ausgeliefert zu sein, nagte schwer. Eine Operation, so hatte er befürchtet, könnte leicht den ersten Schritt darstellen. Einmal im Krankenbett, ist einem jede Möglichkeit genommen, den weiteren Verlauf zu beeinflussen, selbst zu bestimmen, wann es nicht mehr weitergehen darf.

Gewiß hatte es Thalmann gut gemeint, als er ihn in langen Gesprächen beschworen hatte, doch vernünftig zu sein und in die Operation einzuwilligen. Und Sonder hatte sich umstimmen lassen. Ob es letztlich vernünftig war, diese Frage aber war ihm geblieben.

»Herr Sonder«, rief Bruno Thalmann schon von der Tür her. »Wie gut, Sie wieder bei uns zu haben!«

Sonder lächelte, als er den Arzt förmlich auf sich zustürzen sah, und streckte ihm die Hand entgegen. Er blickte in ein bleiches, bartloses Gesicht, das recht jung wirkte, begeisterungsfähig noch, das zusammen mit dem schmächtigen Körper etwas Knabenhaftes, Unverderbtes ausstrahlte. Doch die randlose Brille und der weiße, hinten geknöpfte Mantel korrigierten seine Erscheinung. So paßte er durchaus ins Bild, das man sich von einem ernsthaften, sensiblen Arzt machen kann.

»Grüß Gott, Herr Thalmann.« Der feste Händedruck, der ihn bei dieser feingliedrigen Person immer wieder überraschte, war Sonder angenehm. »Es geht«, antwortete er auf die Frage nach seinem Befinden. »Ich müsse zufrieden sein, hat man mir gesagt.«

»Sie sehen gut aus«, sagte Thalmann. »Das Wetter war ja auch prächtig.« Und Thalmann meinte, was er sagte. Sonder sah wirklich gut aus, viel zu rüstig, um in den Ruhestand zu treten. Dem kleinen, etwas untersetzten Mann mit dem struppigen Schnauz und dem dunklen, grau gestichelten Haar, das, obwohl kurz geschnitten, nicht zu bändigen war, durfte – so glaubte Thalmann – noch einiges zugetraut werden. Einzig die Augen leuchteten nicht wie früher, wirkten matt, beinahe traurig.

»Ja, ja. Ich kenne jetzt jeden Hügel dort und jedes Wäldchen. Es war gut, von Zeit zu Zeit etwas allein zu sein.« Sonder sprach langsam, emotionslos. Sein Lächeln war nicht überzeugend, wollte es auch nicht sein. Er wußte, daß er Thalmann nichts vormachen konnte, oder sicher nicht lange.

»Haben Sie noch Schmerzen verspürt?«

»Es sind nicht die Schmerzen. Damit ließe sich leben.«

»Was ist es dann?«

»Die Ungewißheit«, sagte Sonder nach kurzem Zögern, »das ist das Schlimmste. Die Ungewißheit, wie es weitergeht, und... die Enttäuschung.« Seine Stimme erstarb, die letzten Worte waren nur mehr geflüstert.

»Aber Herr Sonder, ich habe Ihnen doch gesagt, daß es nicht schlecht um Sie steht.« Thalmann sprach heftig, als wäre er aufgebracht, würde ein Kind schelten, das nicht hören will. »Sie wissen doch, daß Sie eine gute Chance haben, eine bessere als die meisten in Ihrer Lage. Ich habe es Ihnen doch erklärt. Es ist wichtig für Sie, äußerst wichtig, daß Sie nun...«

Zimmerli war durch die offenstehende Türe getreten. »Entschuldigen Sie bitte, ich sollte etwas aus meinem ...«

»Ja, ja, kommen Sie ruhig.« Thalmann bemerkte erst jetzt, daß Sonders Schrank von Zimmerli belegt war, und mit einer schnellen Handbewegung forderte er Sonder auf, ihm zu folgen.

Sie hatten das Büro eben erreicht, Thalmann hielt bereits die Klinke in der Hand, als Professor Bäni um die Ecke kam, gefolgt von Doktor Götze, der mit vorgeneigtem Körper und rudernden Armen mit dem Chef Schritt zu halten versuchte. Das gemeinsame Auftreten der beiden Pathologen war ob deren Gegensätzlichkeit stets von einer gewissen Komik begleitet. Professor Harald Bäni, seit seiner Studentenzeit nach seinem Vulgo ›Caesar‹ genannt, war von beachtlicher Größe, gute einsneunzig, schlank geblieben mit seinen sechzig Jahren, worauf er nicht ohne Stolz hinzuweisen pflegte. Mit seinen kantigen Gesichtszügen zweifellos eine imposante Erscheinung, auch jederzeit auf Würde bedacht. Neben ihm mutete der kleingewachsene Horst Götze mit seinen rundlichen Formen und seiner Unbeherrschtheit – nicht nur in den Bewegungen – recht kindlich an. Irgendwie machte es den Anschein, als wäre er nicht ganz ausgereift.

»Sie wollen doch nicht etwa zur Arbeit kommen!« Kopfschüttelnd reichte Professor Bäni Sonder die Hand. »Warum ruhen Sie sich nicht aus und genießen das Leben? Oder ist Ihnen das Nichtstun bereits verleidet?«

Sonder rang nach Worten. Er hatte ausgedient. Caesar hat ihn das klar wissen lassen. Ausgedient in jeder Beziehung.

»Wenn Sie durchaus wollen! Wir werden schon eine leichte Arbeit für Sie finden«, fuhr Bäni fort. »Natürlich mußten wir einen Ersatz einstellen, Sie verstehen, und Herr Zimmerli ist tüchtig und wird bei uns bleiben. Wir haben nicht gedacht, daß Sie noch einmal zur Arbeit kommen werden, so kurz vor der Pensionierung. Aber es freut mich natürlich, daß es Ihnen schon wieder so gut geht. Wie gesagt, wir werden schon eine leichte Arbeit finden. Sie verstehen das doch sicher.« Dann nickte Bäni Thalmann zu, was einer Aufforderung gleichkam, sich um Sonder zu kümmern.

»Ja, ja, natürlich«, murmelte Sonder, der inzwischen auch die weiche, feuchte Hand des Oberarztes geschüttelt hatte.

»Mein lieber Mann«, begann nun Doktor Götze und, auf Sonders Brust zeigend: »Da haben Sie wohl einen Schuß vor den Bug gekriegt. Was?«

»In den Bug«, knurrte Sonder.

Götze überhörte die Bemerkung. »Nehmen Sie es nicht tragisch, wir haben schließlich fähige Ärzte im Haus.«

Mit einem Schlag waren die beiden Figuren in ein flammendes Rot getaucht, und ihre Stimmen kamen von sehr weit her. Sonder fühlte sich gelähmt in einer völligen Verspannung. Als er einen festen Griff am Oberarm spürte, wußte er, daß es Thalmann war, und bereitwillig ließ er sich wegführen.

Zwei Arbeitsplätze gab es im Zimmer. Links an der

Wand stand das Pult von Thalmann, rechts, leicht schräggestellt, dadurch einen Blick aus dem Fenster erlaubend, jenes von Pat Wyss. Sie arbeitete hier als Doktorandin, halbtags nur, meist nachmittags. Bruno Thalmann rückte den Stuhl, der neben seinem Pult stand, etwas nach vorn, befreite ihn von einem Stapel medizinischer Zeitschriften und bedeutete Sonder, Platz zu nehmen. Dann rollte er seinen Stuhl hinzu und setzte sich unmittelbar vor Sonder hin, so nah, daß er dessen Arme fassen konnte.

Sonder hing mehr in seinem Stuhl, als daß er saß. Sein Blick faßte nichts mehr, ging durch den Arzt hindurch, auch durch die Wand dahinter, durch alle Mauern der Klinik. Über den See und die Berge flog er, mit fantastischer Geschwindigkeit über Länder, über Kontinente hinweg und hinaus ins All, immer schneller werdend der Unendlichkeit zu. Und in der gleichen Geschwindigkeit rasten seine Gedanken mit, nichts mehr haltend. Nichts würden sie zurückbringen, das fühlte Sonder, wenn sie, reflektiert an der Grenze der Ewigkeit, zurückkehrten.

Sonder wußte nicht, wie lange Thalmann bereits auf ihn einredete, den wievielten Teil der Ewigkeit er dafür aufgewendet hatte, ihn von irgend etwas zu überzeugen, als ein heftiges Schütteln, für das Thalmann gewiß seine ganze Kraft aufwenden mußte, ihn in die Klinik zurückbrachte, zurück zu Thalmann, aber auch zu Bäni und Götze. Eindringlich sprach Thalmann, mit gedämpfter Stimme, beinahe so, als wollte er ihn zu einer Verschwörung anstiften.

»Vergessen Sie die beiden da draußen«, sagte er, »die

zählen nichts, die sind völlig unwichtig für Sie. Sie müssen an sich selbst glauben und nicht auf dieses... dumme Geplauder hören. Was verstehen die denn schon?«

So hatte Sonder den Arzt noch nie sprechen gehört. Nie hatte Thalmann die Loyalität zu seinen Vorgesetzten verletzt, mit keinem Wort, mit keiner Geste.

»Sie müssen die Herausforderung annehmen«, sagte dieser weiter, meinte damit die Krankheit, was Sonder nicht sofort begriff. »Sie müssen sich wehren. Eine andere Chance haben Sie nicht. Nur den Kampf nicht vorzeitig verloren geben...«

›Kampf‹, ›kämpfen‹ und ›ankämpfen‹. Worte, die immer wiederkehrten, fiel Sonder auf, während Thalmann weiter auf ihn einsprach. Es schien, als ob das Entscheidende im Kampf läge, als ob er ohne Kampf alles abschreiben könnte. Und ›alles‹ hieß für ihn seine Zukunft, die er kurz zuvor gerade abgeschrieben hatte. Kämpfen also! Aber wie? Was versteht Thalmann darunter? Was weiß er schon vom Kampf, ausgerechnet er, der so zerbrechlich wirkt? Er ist doch viel zu anständig, um sich in einem Kampf durchsetzen zu können. Nicht einmal fordern kann er, nein, er bittet einen als Vorgesetzter, dieses oder jenes zu tun. Jetzt aber als Arzt fordert er plötzlich, fordert ihn zum Kampf auf. Ein netter Kerl, ernsthaft auch, meint es gewiß gut. Wie aber soll man sich einen netten Kampf vorstellen?

Nach einer geraumen Zeit des Schweigens, Thalmann fürchtete schon, gegen eine Wand gesprochen zu haben, fragte Sonder unvermittelt: »Kämpfen! Was meinen Sie damit? Etwa wie ein Stier in der Arena?«

Die klare Stimme auf einmal. Sonder schien völlig gefaßt. Sein Blick erwartungsvoll. Ein verdächtiger Anflug von Trotz in den Augen. Eine Falle vielleicht? »Wenn Sie wollen, wie ein Stier in der Arena.« Thalmann sah sich gezwungen, diese Antwort zu geben. Und kaum waren die Worte draußen, wußte er, daß ihn sein Gefühl nicht getäuscht hatte.

Ein mitleidiges Lächeln erschien auf Sonders Gesicht, traurig im Triumph: »Zur Freude des Publikums, doch ohne eine Chance.«

Thalmann stand auf und ging langsam zu seinem Pult, stützte sich darauf und schaute kurz zur Decke. »Sie machen es sich selbst schwer, Herr Sonder. Warum wollen Sie mir...«

»Sind Sie schon einmal bei einem Stierkampf gewesen?« Sonder war nicht gewillt, sich vom Thema abbringen zu lassen.

»Nein, und ich werde mir auch nie einen anschauen.« Und mit Erleichterung nahm Thalmann wahr, wie Sonders Miene sich aufhellte.

»Das sollten Sie aber tun, wirklich. Und danach gehen Sie in einen Schlachthof.«

»In einen Schlachthof?« Verständnislos schüttelte Thalmann den Kopf. »Und was soll ich dort?«

»Ja, in einen Schlachthof. Sie wissen doch, daß ich Metzger war. Das ist der Beruf, den ich gelernt habe, Metzger.«

»Sie haben es einmal erwähnt.« Thalmann konnte sich nicht vorstellen, wohin das Gespräch nun führen sollte.

»Damals, als ich nach Zürich kam, fand ich im

Schlachthof Arbeit. Drei Monate blieb ich, keinen Tag länger.«

»War es so schlimm?«

»Ich war kräftig damals. Nein, es war etwas ganz anderes.«

»Ja?«

»Da werden Tiere in eine große Halle geführt, hineingeprügelt meist. Ein Tier nach dem andern. Dann stehen sie da, bockstill, betäubt vom Geruch nach warmem Blut und vom Rasseln der Ketten. Und sie müssen zusehen, wie die Tiere vor ihnen getötet werden, wie diese zusammenbrechen, aber sie reagieren nicht. Sie wehren sich nicht. Sie können sich gar nicht wehren. Sie wissen gar nicht wie.«

Es gibt kein sinnvolles Verhalten bei Massenmord, ging Thalmann durch den Kopf. Offenbar auch bei Tieren nicht.

»Es scheint einem, als warteten sie nur auf den Bolzenschuß, so als wäre dieser eine Erlösung.« Sonder berichtete in der Folge von seiner Arbeit dort, wie er auf einem Rost stehend die Organe aus dem Körper schnitt, immer dieselben, Tier für Tier, Tag für Tag. Fließbandarbeit, wie er sich ausdrückte, unwürdig für beide Seiten, für Mensch und Tier. Dann stellte er dem Schlachthof seine eigene kleine Metzgerei gegenüber, die er verkauft hatte. Dort wäre es anders zugegangen, sagte er. Man hätte darauf geachtet, den Tieren ihre Würde zu lassen.

Thalmann, der sich inzwischen wieder gesetzt hatte, überlegte, warum Sonder das erzählte, dachte auch daran, ihn zu fragen, warum er sein eigenes Geschäft aufgegeben hatte, ließ es aber. Es schien ihm unwesentlich. Vom Korridor her hörte man die hohe, durchdringende Stimme von Imelda Stäuble, der Chefsekretärin.

»Schlachthof oder Kampf?« fragte Sonder nach einer Weile. »Was meinen Sie, was wird da dem Wesen des Stieres eher gerecht?«

»Aber Sie sagten doch selbst, der Stier habe überhaupt keine Chance!«

»Ja, aber das ist doch unwichtig, daß er keine Chance hat. Das wissen die Leute, aber der Stier weiß es nicht. Und das zählt doch, das, was der Stier weiß. Ich zweifle, ob er überhaupt um sein Leben kämpft, ob er sich tatsächlich als Opfer fühlt. Wenn man ihn sieht, glaubt man vielmehr, er fühle sich als Inbegriff des Lebens. Er ist es doch, der angreift, der den Kampf sucht, ohne jede Furcht.«

»Nun, der Stier wird keine andere Wahl haben«, wandte Thalmann ein, »er wird einfach kämpfen müssen. Man reizt ihn dazu.«

»Sie meinen also, daß er kämpfen muß? Und ich sage Ihnen, daß er kämpfen darf. Im Gegensatz zum Schlachthof. Dort sieht er den Tod, ist aber ohnmächtig, weil er keinen Feind erkennen kann. In der Arena zeigt man ihm den Feind. Man läßt ihn kämpfen, und dafür ist er doch gemacht.«

Thalmann war nun klargeworden, daß Sonder über etwas sprach, mit dem er sich auseinandergesetzt hatte. Es war auch nicht seine Art, einfach so daherzureden. Was aber wollte der Mann ausdrücken? Was wollte er erreichen? Der Gedanke, Sonder könnte sein Schicksal mit demjenigen eines Tieres vergleichen, schien ihm so ungeheuerlich, daß er ihn sofort wieder verwarf. »Ich verstehe nicht, worauf Sie hinauswollen.«

»Ich beneide den Stier. Ich beneide ihn um seinen Torero und um das Tuch, mit dem ihn dieser reizt.« Es lag ein Flehen in der Stimme des Mannes, der dasaß mit ausgestreckten, nach oben geöffneten Händen.

Thalmann war verwirrt. Er begriff den Mann nicht mehr, den er früher als verständig, nüchtern und nicht unintelligent eingeschätzt hatte. Jetzt trotzte er, seit Beginn seiner Krankheit schon, wollte nicht mehr verstehen, worum es ging. »Es ist ein anderer Kampf, den ich meine. Das wissen Sie doch! Es geht um Sie selbst.«

»Dann sagen Sie mir, wie man gegen seinen Körper ankämpft, gegen den eigenen Körper, der einen verrät?«

»Es geht in erster Linie um Ihre Einstellung zur Krankheit, auch zum Sterben, wenn es soweit ist. Der Kampf, den ich meine ...«

»Ich fürchte das Sterben nicht«, unterbrach ihn Sonder streng, »außer es läuft so ab wie in dieser Klinik.« Er stand auf, machte einige Schritte zum Fenster und schaute hinaus auf den nahen Wald. »Ich habe genug gesehen. Ich weiß, was mit den Menschen hier angestellt wird. Derart geschändet will ich nicht dahinsiechen müssen. Früher gingen die Soldaten auf das Schlachtfeld zurück, um den Schwerverletzten den Gnadenstoß zu geben. Heute aber gibt es keine Gnade mehr. Wenn man einmal in die Klauen der Medizin geraten ist, dann ist man dem ausgeliefert, was Fortschritt genannt wird. Und diesem wird alles geopfert, selbst die Menschenwürde. Zuletzt liegt man in einem sterilen Raum mit einem Kreuz an der Wand, und die Maschinen, an denen man hängt, ersetzen den Lebenswillen und übernehmen den Todeskampf. Man lebt nicht mehr, man vegetiert dahin, um noch Zahlen für irgendeine Statistik zu liefern, mehr nicht.«

Thalmann fühlte sich hilflos. Er wollte für jeden Patienten das Beste, war überzeugt, auch jetzt nach diesem Grundsatz zu handeln. Nun aber schien ihm Sonder wie ein Angeklagter, der seinem Anwalt – ihm selbst also – vorwirft, statt auf Tod auf Folter zu plädieren. Es war aussichtslos, an diesem Tag mit Sonder ein vernünftiges Gespräch zu führen. Nirgends kam er ihm entgegen, nicht einen Punkt ließ er ihm, auf welchem man ein positives Gespräch hätte aufbauen können. Was gab es noch zu sagen? Alle seine aufmunternden Worte kamen ihm angesichts der widersetzlichen Haltung des alten Mannes nur mehr wie eine einzige Floskel vor. Dennoch! »Sie dürfen sich nicht mit derartigen Gedanken quälen. Sie verderben sich damit die Zeit, die Ihnen bleibt, alle die Jahre, die Sie noch ohne Beschwerden genießen könnten. Wenn es einmal soweit ist, muß es jeder von uns nehmen, wie es kommt.«

»Man kann da wohl auch etwas nachhelfen.«

»Wie! Das kann doch nicht Ihr Ernst sein!« Der Mann verblüffte Thalmann immer mehr. Ihm hätte er diese Aussage nicht zugetraut, nein, Sonder zuletzt.

Mit dem Rücken ans Fenster gelehnt, sah Sonder in das nachdenkliche Gesicht mit den beiden senkrechten Falten zwischen den Brauen und den zusammengepreßten Lippen. »Wir hatten zu Hause einen Hund. Als dieser alt und krank war, zog mein Vater eines Tages die Jagdkleider an. Es war gar nicht Zeit für die Jagd. Dann nahm er sein Gewehr und ging mit dem Hund hinaus. Sie glauben nicht, wie Bello, so hieß der Hund, sich aufführte. Er war wie verwandelt. Alle seine Leiden waren wie weggewischt. Nicht weit vom Hof dann schickte der Vater ihn auf eine Fährte. Ich konnte nur staunen. Wedelnd rannte er los, die Nase tief am Boden. Für einige Momente lebte er noch einmal auf. Es war ein unerwartetes Glücksgefühl. Als er dann stehenblieb, nach wenigen Metern schon, und stark hechelnd zurückschaute, krachte ein Schuß. Ich weinte vor Wut. Mein Vater sprach den ganzen Tag kein Wort mehr. Er schloß sich ein und trank. Heute kann ich ihn nur bewundern für seine Tat. Ja, auf soviel Verständnis kann man nicht hoffen, nicht als Mensch.«

Wie befürchtet also. Sonder vergleicht sein Schicksal tatsächlich mit dem eines Tieres, dachte Thalmann entsetzt. Wie wenn es keinen Gott gäbe und keine Ewigkeit, setzt er den Wert seines Lebens dem eines Tieres gleich. »Sie haben also schon an Selbsttötung gedacht?« Jetzt mußte alles getan werden, um Sonder einer entsprechenden Therapie zuführen zu können.

»Nein, eher an Unfall«, meinte Sonder ruhig.

»Ich verstehe nicht?«

»Ich habe mir überlegt, in die Berge zu gehen, um dort das Glücksgefühl von früher nochmals aufleben zu lassen. Ich könnte aufsteigen, bis es nicht mehr geht, nicht mehr vorwärts und nicht mehr rückwärts. Erfrieren, sagt man, soll ein schöner Tod sein. Man träume sich einfach hinüber.«

»Sie glauben doch nicht, daß Sie dabei Glück empfinden können, obwohl sie die Folgen kennen«, rief Thalmann verständnislos aus.

»Doch. So wie der Hund. Er wußte genau, daß nicht Jagdzeit war.«

2

Pat Wyss bestellte das Steak mit Morcheln, doch ohne die Nudeln, und Professor Bäni entschied sich für ›Rognon de veau à la moutarde‹. Während der Professor die Weinkarte studierte, schaute sich Pat etwas um, amüsiert über das Gehabe der rot-schwarz livrierten Kellner. Sie hatte etwas gegen Uniformen, fand sie in diesem Fall lächerlich. Daß Caesar hier kein seltener Gast sein konnte, war ihr schnell klargeworden: Man nannte ihn ›Professeur‹. Auch war er, ohne zu zögern, auf einen kleinen Tisch hinten in einer Nische zugesteuert, der dann tatsächlich für ihn reserviert war. Er wird wohl schon öfters hier gesessen haben, rechnete sie sich aus, meist wohl mit seiner Sekretärin.

»Mögen Sie Burgunder? Paßt gut zu Ihren Morcheln«, fragte Bäni, ohne von der Karte aufzuschauen.

»Sehr gern.« Seitlich vom Professor sitzend betrachtete Pat sein Gesicht, die leicht fliehende Stirn, die in eine angedeutete Adlernase überging, das eckige Kinn und den Schmiß, der als tiefe Furche über die linke Wange zum Mundwinkel führte. Nicht zum ersten Mal fand sie, daß die Bräune seines Gesichtes künstlich wirkte im Kontrast zu seinem schneeweißen Haar. Über seinem Kopf hing der ›Arc de Triomphe‹.

Nachdem sich Bäni für einen Chambolle-Musigny,

Jahrgang 1976, entschieden hatte, lächelte er Pat selbstzufrieden zu, wobei seine zwei Goldzähne aufblitzten, die er sich bei der studentischen Mutprobe zusätzlich zur Narbe eingehandelt hatte. »Und wie steht es mit Ihrem Werk? Kommen Sie vorwärts?« Bäni sprach damit die Arbeit an, die Pat Wyss den Doktor der Medizin eintragen sollte. Sie wertete die Metastasen von Lungentumoren unter chemotherapeutischer Behandlung aus.

»Doch, doch, es nimmt Formen an.« Pat ließ ihren Chef gerne etwas im ungewissen, wie weit die Arbeit bereits gediehen war, eine große Hilfe war er ihr ohnehin nicht. Sie rechnete damit, ihm schon in wenigen Wochen eine erste und wahrscheinlich endgültige Fassung vorlegen zu können. In letzter Zeit würde er nur noch die Interpunktion korrigieren, war ihr von Kollegen gesagt worden, eine Satzstellung vielleicht, mehr nicht.

»Gut. Übrigens, wenn Sie wollen, können Sie nach Stockholm mitkommen. Die Mittel werde ich schon irgendwie auftreiben.«

Pat stutzte. Dann erinnerte sie sich, daß in Stockholm die Herbsttagung der europäischen Pneumologen stattfinden würde, wo Caesar Teile aus ihrer Arbeit vorzutragen gedachte. Er hatte dies einmal angedeutet. Sie dachte an Imelda Stäuble, die Caesar öfters zu Kongressen begleitet hatte.

»Möchten Sie Ihre Resultate vielleicht selbst vortragen?« Bäni fragte wie einer, der die Antwort kennt. »Das steht Ihnen natürlich frei.«

»Nein, lieber nicht!« wehrte Pat schnell ab.

Warum wohl machte Caesar dieses Angebot, rätselte sie. Was verspricht er sich davon? Sollte es einzig ein Anreiz sein für sie, die Arbeit voranzubringen, oder war ihr die Rolle der Begleiterin zugedacht? Caesar genoß es, sich in Begleitung von jungen Damen zu zeigen. Das war nicht zu übersehen. Sollte dies das Motiv sein? Sollte er also nur beabsichtigen, an der Seite einer jungen Kollegin die Aufmerksamkeit einiger älterer Tagungsteilnehmer auf sich lenken, so gäbe es für sie nichts einzuwenden. Aber wie sicher konnte sie sich dessen sein?

»Sind Sie schon einmal in Stockholm gewesen?«

»Nein, noch nie.«

»Man hat bei einem Kongreß genug Zeit, sich auch sonst etwas umzuschauen«, sagte Bäni mit gönnerhafter Miene. »Viel Neues wird da in der Regel nicht vorgetragen. Aber ich muß natürlich dabeisein, das wird erwartet. Zudem bin ich in einer Sektion als Chairman vorgesehen. Nicht zu vergessen auch, ein Kongreß ist der ideale Ort, um sich etwas näher zu kommen. Dort werden oft Beziehungen geknüpft, die einer Karriere förderlich sein können.«

War da tatsächlich ein Augenzwinkern, als Caesar dies sagte? Pat war nicht sicher, ob sie sich das nur eingebildet hatte. Gelächelt jedenfalls hatte er. Erwartete er vielleicht doch, daß sie die Stelle von Imelda Stäuble einnehmen würde? Die Frage brannte ihr für einen Moment auf der Zunge. Damit aber wäre sie zu weit gegangen, das war ihr klar. Zwar wußte jeder in der Klinik vom Verhältnis der beiden, sie gaben sich auch keine Mühe, etwas zu verbergen, doch daß eine Anspielung in dieser

Richtung Folgen haben konnte, war ebenfalls bekannt. Der Vorgänger von Bruno Thalmann, so wurde erzählt, sei wegen einer diesbezüglichen Bemerkung, die er am traditionellen Weihnachtsfest in angetrunkenem Zustand gemacht hatte, gefeuert worden. Da verstand Caesar keinen Spaß.

»Also. Ich kann doch mit Ihrer Teilnahme rechnen, nicht?«

»Doch, natürlich! Sehr gerne.« Was gibt es gegen eine bezahlte Reise nach Schweden schon einzuwenden. Und schließlich war sie nicht wehrlos. Dennoch hoffte sie, die Sekretärin, in ihren Augen eine langweilige Modepuppe, würde mit von der Partie sein. Ihre Anwesenheit könnte mögliche Peinlichkeiten ersparen. Denn schon seine beiläufigen Berührungen, die sie verabscheute, diese lüsternen Streicheleien, ausgeteilt unter dem Mantel der Väterlichkeit, unterließ er in ihrem Beisein.

»Abgemacht also«, sagte der Professor, »ich werde Sie anmelden. Das Finanzielle läßt sich, wie gesagt, schon regeln.«

Pat nickte. Ihre Gefühle für Caesar hatten sich in den Monaten, die sie bei ihm arbeitete, stark geändert. Als Studentin hatte sie ihn, beeindruckt von seiner blendenden Vorlesung, für eine hervorragende Persönlichkeit gehalten. Mittlerweile aber war von dieser Großartigkeit einiges abgeblättert. Nicht allein wegen seinem Verhältnis mit der Sekretärin war ihre Begeisterung geschwunden, auch seine konservativen Ansichten enttäuschten sie. Hinter diesem brillanten Redner hatte sie sich einen freieren Geist vorgestellt, ein progressiveres

Wesen vermutet. So, wie sie es jetzt sah, war Berechnung in seinen Sprüchen, mit denen er sich bei den Jungen anbiederte. Daß sie ihm trotzdem eher gleichgültig gegenüberstand, ihn also nicht ablehnte, mochte er teilweise noch seinen früheren Verdiensten als Lehrer verdanken, zum größeren Teil aber Götze, der alle ihre Aggressionen gegen unliebsame Vorgesetzte auf sich zog. Und Caesar hatte sich bei den Auseinandersetzungen mit dem Oberarzt, die teils recht heftig geführt wurden, noch immer auf ihre Seite geschlagen.

Bäni nahm das Glas, das der Kellner ihm reichte, steckte kurz die Nase hinein und schlürfte es geräuschvoll aus. Den Kellner verunsichernd, blickte er lange zur Decke, bis er das Glas auf den Tisch stellte. »Ist recht«, sagte er dann, und als der Kellner sichtlich erleichtert einschenkte, fügte er bei: »Dürfte zwei, drei Grade wärmer sein, doch das wird sich geben.«

Pat nahm an, daß er diese Bemerkung nur ihretwegen gemacht hatte. Er konnte es nicht lassen, bei jeder Gelegenheit und auf fast allen Gebieten Sachkenntnis zu zeigen oder vorzuspielen.

»Zum Wohl, Patrizia.«

Daß Caesar sie manchmal beim Vornamen nannte, machte Pat nichts aus, es störte sie aber, daß er zu ihr – als einziger übrigens neben zwei alten Tanten – Patrizia sagte. Bezug nehmend aufs alte Rom, hatte sie einmal zu ihm gesagt, die Zeiten Caesars wären vorbei, sie zöge es vor, Pat genannt zu werden, da sie einen Vornamen, der unmittelbar die Herrschaft der Väter und Vorväter ausdrückt, unpassend fände, zumindest für sich.

Nach ihrer Ansicht wären Mütter und Vormütter ebensowichtig, wahrscheinlich sogar wichtiger. Auf diese zwar schelmisch vorgebrachte, im Grunde aber ernst gemeinte Bemerkung reagierte Bäni nun in der Weise, daß er Pat seither bei ihrem Taufnamen nannte. Patrizia.

»Salve Caesar«, rutschte es ihr heraus. Für einen Moment erschrak sie ob dieser Kühnheit, fühlte, wie ihr das Blut in den Kopf schoß. Das herzliche Lachen des Professors jedoch zerstreute ihre Bedenken. Er liebte schließlich seinen Vulgo, zudem wußte sie, daß er ihr wohlgesinnt war. Als er sie damals während der Prüfung gefragt hatte, ob sie nicht bei ihm doktorieren möchte, war ihr dieses Angebot schmeichelhaft vorgekommen. Inzwischen war auch ihr klargeworden, daß er allen auffallenden Studentinnen wohlwollend gegenüberstand. Sie hatten es eindeutig leichter bei ihm, was Caesar natürlich nie zugegeben hätte. Er nannte attraktive Studentinnen einfach intelligent, womit jeweils auch seine Benotung bei Prüfungen begründet war. Pat war sich immer noch nicht sicher, ob diese Beurteilung nur ein Trick war oder ob er tatsächlich glaubte, daß gutaussehende Menschen gescheiter seien. Schließlich war er ja auch von der Überlegenheit der Großgewachsenen überzeugt. Hin und wieder spottete er sogar recht offen über den kleinen Wuchs seines Oberarztes.

3

Es fiel Pat nicht leicht, sich nach dem Essen, dem Chambolle-Musigny und dem unerwarteten Angebot zum Kongreßbesuch auf ihre Arbeit zu konzentrieren. Sie las Berichte, die sich auf ihrem Pult stapelten, und machte gelegentlich Notizen auf eines der zahlreichen Blätter, die lose herumlagen, oder trug Zahlen und Buchstaben in Tabellen ein. Hin und wieder zerknäuelte sie ein Blatt und warf es in Richtung des Papierkorbes, der fast drei Meter entfernt stand. Sie traf oft, hatte offensichtlich Übung. Aus der scheinbaren Unordnung ragte eine langstielige Rose, die sie sich jeden Montag erstand, um einen freundlichen Farbtupfer ins trübe Bild der Aktenstöße zu bringen. Rechts, auf einem kleinen Tisch, stand ein Mikroskop, um das sich Kartons mit histologischen Präparaten türmten. Von Zeit zu Zeit rollte sie ihren Stuhl hinüber, schob die Brille, die sie nur zum Lesen trug, auf die Stirn und schaute hinein. Sie wirkte ernst bei der Arbeit, war auch bestrebt, diese seriös zu machen, trotz ihrer Überzeugung, daß kleine Fehler unbedeutend wären und auch nie bemerkt würden. Ja, manchmal zweifelte sie sogar am Sinn ihrer ganzen Bemühungen.

Pat saß gerade am Mikroskop, als es an der Tür klopfte, achtete aber nicht weiter darauf in der Annahme, daß nun jemand hereinschaue, die Abwesenheit von Thalmann feststelle und wieder verschwinde. Als das leichte Quietschen der Tür aber ausblieb, drehte sie sich um und sah durch das matte Glas eine vertraute Gestalt, unverkennbar, den Kopf leicht vorgestreckt, ein Ohr an die Scheibe gelegt. »Ja«, rief sie nun laut, »kommen Sie herein!« Und mit einem kräftigen Stoß brachte sie ihren Stuhl zum Rollen, sprang in der Mitte des Zimmers leichtfüßig ab und eilte zur Tür. »Hallo Herr Sonder, wie geht's denn?« rief sie fröhlich, als ein struppiger Kopf im Türspalt erschien.

Gottfried Sonder, verwirrt durch die überfallartige Begrüßung, zögerte einen Moment, bis er ihre Hand ergriff. »Grüß Gott, Fräulein Wyss, ja ..., eigentlich wollte ich ...« Dabei war er keineswegs enttäuscht, sie hier alleine anzutreffen. Er mochte die Doktorin, wie er die quirlige junge Frau manchmal nannte, liebte es besonders, dem beredten Spiel ihrer großen, dunklen Augen zuzusehen.

»Kommen Sie doch herein! Sie können hier auf Bruno warten.« Pat verschwieg, daß Thalmann zu einem Rapport mußte und nicht so bald zurückkehren würde. Es war ihr bekannt, was an diesem Morgen vorgefallen war. Thalmann hatte ihr von Sonder erzählt, von seinem seltsamen Verhalten – wie es ihr Kollege nannte – und auch von der unglücklich verlaufenen Begegnung mit Caesar und Götze. Thalmann hatte sie gebeten, sich gelegentlich etwas Zeit für Sonder zu nehmen.

»Ich möchte Sie nicht stören. Sie haben gewiß viel Arbeit.«

»Sie stören nicht, Herr Sonder. Kommen Sie, setzen Sie sich.« Pat rückte ihm den Stuhl von Thalmann zurecht. Dann bückte sie sich schnell, um einen Papierknäuel, der das Ziel verfehlt hatte, in den Korb zu befördern.

»Wie wär's mit einem Cognac?« fragte sie, nachdem auch sie sich gesetzt hatte.

»Warum nicht? Ist uns zwar verboten während der Arbeitszeit.«

»Dann erlaube ich es jetzt.« Mit flinken Handgriffen zauberte sie eine Flasche Hennessy und zwei Schwenker aus einer Schublade ihres Pultes hervor, schenkte ein und streckte Sonder ein Glas hin. »Auf Ihren letzten Monat bei uns und natürlich auf die Zeit danach.«

Sonder verscheuchte den Gedanken an das Nachher. Er wollte die Minuten mit Pat ungetrübt genießen. Es war lange her, daß man ihm einen Cognac angeboten hatte. Am Glas nippend, suchte er die Erinnerung.

Pat stellte ihr leeres Glas aufs Pult. »Bei mir muß er in einem Schluck runter«, erklärte sie lachend, als sie das erstaunte Gesicht von Sonder sah.

»So«, meinte Sonder, der nun mit einem größeren Schluck dem Getränk seinerseits auf den Geschmack kam. Und er erinnerte sich jetzt auch, den letzten Cognac anläßlich der Beerdigung von Fritz Lütolf getrunken zu haben. Lütolf hatte an Lungenkrebs gelitten, war ein schwerer Raucher gewesen.

»Sicher haben Sie wieder eine Reise geplant. Wo soll es denn dieses Mal hingehen?«

»Ich weiß es noch nicht«, antwortete Sonder, krampfhaft suchend, wie er dem Gespräch eine Wende geben könnte. Nach ihrer Doktorarbeit gefragt, spräche sie unweigerlich von Lungenkrebs, würde vielleicht sagen, wieviel Fälle sie bereits ausgewertet hat. Ja, Fälle! Die Pathologie ist wahrlich kein guter Ort für einen Kranken.

»Aber Sie haben doch Pläne?« Pat beharrte darauf. Seine Zukunft, die Absichten, die er hegte, mußten zur Sprache kommen. Wie sollte sie ihm sonst zureden können?

Da ist kein Entweichen. Sonder fühlte sich in eine Ecke gedrängt. Nicht von Pat. Ihr würde er zuletzt einen Vorwurf machen. Es lag einzig an ihm, das wußte er. Jeder seiner Gedanken war vergiftet von der Krankheit. Es gab kein anderes Thema mehr. »Ich muß zuerst mit dieser Sache fertig werden«, sagte er leise und klopfte sich mit den Knöcheln der rechten Hand hart aufs Brustbein. Aus diesem Grund war er ja eigentlich hergekommen, fiel ihm ein. An sich hatte er Doktor Thalmann um einen Gefallen bitten wollen. Warum nicht die Doktorin, fragte er sich jetzt, ja, warum eigentlich nicht sie? »Würden Sie mir einen kleinen Gefallen tun?« Und im gleichen Moment überkam Sonder das Gefühl, wenn er von jemandem Hilfe erwarten konnte, dann von ihr.

»Aber gewiß! Was ist es denn?«

»Dürfte ich vielleicht den Knoten sehen, den man mir herausgenommen hat?« Und gespannt die Ärztin beobachtend, deutete er mit dem Kopf in Richtung des Mikroskops, dessen Lampe noch brannte.

Pat stutzte, überlegte sich, was er sich davon versprechen könnte. Sonder kann gar nicht erkennen, was er da sieht, unmöglich also eine Diagnose überprüfen. Wo also liegt der Sinn? Man könnte ihm alles sagen. Könnte man. Es war ihr bewußt, daß eine Unehrlichkeit von ihrer Seite außer Frage stand.

»Wie steht es? Werden Sie ihn mir zeigen?«

»Ich weiß nicht, ob ich das überhaupt darf.« Pat ertappte sich, wie sie Ausflüchte suchte, um Zeit zu gewinnen. Schnell aber sah sie ein, daß ihr gar nichts anderes übrigblieb, als nachzugeben. Eine Verweigerung dieses Ansinnens nämlich müßte den Mann nur noch mehr verunsichern.

»Beim Cognac haben Sie sich doch auch nicht um Verbote gekümmert. Nicht wahr? Es könnte wichtig sein für mich«, fügte er hinzu, als Pat ihn nachdenklich ansah.

»Also gut, ich werde die Präparate holen. Es gibt schließlich nichts zu verbergen. Warten Sie einen Moment.«

Sonder lehnte sich zurück, als Pat das Büro verlassen hatte, und betrachtete die Landschaftsaufnahmen über Thalmanns Pult. Zweimal Nebel, einmal Gegenlicht. Dann schaute er zur gegenüberliegenden Wand, wo fünf Bilder aus einem Werbekalender hingen, dekorativ in ihrer Buntheit. Etwas Ungewöhnliches, Rätselhaftes lag in den eingefangenen Strukturen. Es könnten mikroskopische Aufnahmen sein, dachte Sonder. Und wenn seine Geschwulst so aussieht, so oder ähnlich, was dann? Er hatte unzählige solcher Knoten gesehen, in vielen Lungen auch, bei Männern und Frauen, bei jungen und bei alten Menschen. Seinen eigenen aber hatte er nicht zu Gesicht bekommen. Vielleicht mußte er sich ein Bild machen von dem, was ihn bedrohte, hatte er sich nach dem Gespräch mit Doktor Thalmann überlegt. Vielleicht mußte er sich etwas vorstellen können – etwas Konkretes – unter dem, was seit Wochen unheilvoll sein ganzes Denken beherrschte. Wer weiß, womöglich wäre er dann in irgendeiner Weise, die er noch nicht kannte, fähig, mit seiner Krankheit umzugehen, ja sogar den geforderten Kampf aufzunehmen. Aber eben. Dieses Bild konnte er sich höchstens noch vom Mikroskop versprechen, so unvertraut ihm dieses Gerät war.

»Hier ist das Corpus delicti!« Pat schüttelte dabei die Kartonmappe in ihrer Hand, daß man leise Glas klirren hörte. Beide lächelten sie. Sonder, weil es nicht zu übersehen war, wie sehr sich Pat Mühe gab, unbekümmert zu wirken.

Er trank seinen Cognac aus, erhob sich ohne Eile und trat zum Mikroskop, wo Pat Wyss die Mappe aufgeklappt hatte. Und er sah zu, wie sie eines der farbigen Präparate auswählte und auf den Mikroskoptisch legte. Es war ein Teil von ihm, dünn geschnitten und mit einer Nummer versehen, ging ihm durch den Kopf, ein Teil von ihm, der sich selbständig gemacht hatte. Und gerade dieses Wissen, daß es eigenes Gewebe war, das sich gegen ihn gewandt hatte, hinderte ihn daran, mit dieser Krankheit gedanklich zurechtzukommen. Es wollte ihm nicht in den Kopf gehen, daß Krebs eine eigene teuflische Ausgeburt sein soll, die selbständig wie ein Parasit im Körper wächst, sich ausbreitet, plötzlich in anderen Organen auftaucht, um letztlich mit der Zerstörung des Körpers auch sich selbst die Lebensgrundlage zu entziehen. Es war eine Vorstellung, die sich in seiner Denkwelt nicht einordnen ließ, denn er konnte darin keine Logik finden. Mit welchen Mitteln aber kämpft man gegen etwas an, dessen Logik man nicht erkennt? Ein Knochenbruch, eine Lungenentzündung, ein Herzinfarkt, das ist alles begreifbar, auch Gallensteine oder Diabetes oder Syphilis. Krebs aber hatte für ihn seit jeher etwas Unnatürliches an sich, etwas Dunkles, Perverses.

Nachdem die Optik auf seine Augen abgestimmt war, führte Pat Sonders rechte Hand zu der Schraube, mit der er das Präparat verschieben konnte. Erst spürte sie Widerstand, als sie seine Hand ergriff, und dann, als die Hand nachgab, war es ein leichtes Zittern. Aufregung oder Angst? Sie war sich sicher, daß sie diese kräftige Hand noch nie hatte zittern sehen.

Mit ehrfürchtiger Scheu blickte Sonder ins Mikroskop. Eine Weile schaute er nur, dann begann er an den Schrauben zu drehen, verschob das Bild in allen Richtungen, langsam vorerst, dann immer schneller. Und gebannt erlebte er den ständigen Wechsel des Bildes, dessen Formen sich stets änderten und sich doch stets zu wiederholen schienen. Daß die roten Girlanden von Krebszellen gebildet werden und das Grüne Schleim ist, erklärte ihm Pat. Nein, erschreckend ist es nicht, mußte sich Sonder schon bald eingestehen. Fremd ja, aber nicht erschreckend. Eigentlich sogar exotisch schön. Ja, wäre man unbelastet, hätte man nicht das eigentlich Böse vor sich, man müßte diesen farbigen Strukturen sogar einen gewissen Reiz zugestehen. Oder darf man etwa einer Giftschlange die Schönheit absprechen, überlegte er, nur weil sie gefährlich ist oder weil sie zugepackt hat?

Sonder lehnte sich zurück und fuhr sich mit dem Handrücken über die kalte, feuchte Stirn. »Und wenn so etwas dann anderswo wiederkommt, im Knochen zum Beispiel, sieht es dann gleich aus?« fragte er, ein leichtes Schwindelgefühl überspielend, das sich durch die unregelmäßigen Bewegungen des Bildes eingestellt hatte.

»Kann durchaus sein«, antwortete Pat. »Aber was wollen wir davon sprechen, Herr Sonder? Bei der Untersuchung hat sich doch gar nichts ...«

»Man hat mir gesagt, ich müsse mich regelmäßig untersuchen lassen, alle drei Monate«, wandte Sonder ein. »Ohne Grund wird das wohl kaum gemacht.«

Ein gutes Argument. »Das ist eine Vorsichtsmaßnahme. Die gilt für alle, die einen Lungentumor haben. Oder besser: hatten.« Ihr wurde bewußt, wie fadenscheinig ihre Ausreden waren. Doch was sollte sie tun?

»Aber man kann doch bestimmen, wie gefährlich das ist? Das macht ihr hier doch täglich.«

Pat ärgerte sich, daß sie dem prüfenden Blick von Sonder nicht standhielt, spürte, wie er ihre Ausflüchte durchschaute. Dabei wollte sie doch ehrlich sein zu ihm. »Ja, schon, aber nicht so genau.« Und es kam nicht mehr überraschend für sie, daß Sonder nach dem Bericht fragte, wo Befund und Prognose festgehalten waren, unbestechlich, ohne jedes Mitleid. Er wollte nun die ungeschminkte Wahrheit erfahren, eine nüchterne wissenschaftliche Beurteilung seines Tumors. Er mußte es leid sein, vage Antworten zu erhalten, gutes Zureden über sich ergehen zu lassen. Er hatte zuviel gesehen, wußte zuviel, um sich auch nur halbwegs in Sicherheit wähnen zu können. Vielleicht hilft ihm wirklich nur die volle Wahrheit. Die aber gibt es nicht. Nicht bei dem, was ihn interessiert, nicht bei der Prognose.

Während Pat den Bericht studierte, blickte Sonder noch einmal ins Mikroskop, tauchte gleichsam weg, hinein in sein Inneres. Und wie bei einem Sprung durch eine blaugraue Wasserfläche, unter welcher sich einem eine völlig neue, gefahrenvolle Welt auftun kann, fand Sonder sich in seiner eigenen Innenwelt wieder, die ihn faszinierte, so bedrohlich sie auch war. Doch diese unwirklichen Formen und Farben, die er in seiner ihm vertrauten Umwelt nie erfahren hatte, ließen unbewußt Zweifel in Sonder aufkommen, auch tatsächlich ein Stück von sich selbst vor sich zu haben. Nach und nach gewann er Distanz zu dem, was man Tumor oder Krebs nannte, betrachtete das, was er sah, nicht mehr als etwas von ihm Stammendes, vielmehr als etwas Eingepflanztes, dessen Ursprung außerhalb seines Körpers liegen mußte.

Ein unbeherrschtes Pochen ließ Pat zusammenfahren. Doktor Götze trat ins Zimmer, eine Zigarette im Mundwinkel, ein Buch unter den Arm geklemmt. »Ich wollte nur sagen, daß ich morgen abend erst nach acht Uhr kommen werde. Ich habe noch einen Termin.« Gewichtig stand er da, selbstsicher. Warum auch nicht? Schließlich war er Privatdozent mit Aussicht auf eine außerordentliche Professur.

»Das Essen ist auf acht angesetzt!« Was gab es mehr zu sagen? Schließlich hatte Götze sie wissen lassen, wie sein Erscheinen bei solchen Anlässen zu werten war. Wenn der Chef es so wünscht, hatte er gesagt. Ja, dieser Götze! Seine Erscheinung mochte noch zum Lachen reizen, sein Auftreten aber erweckte Abscheu. Wie ein embryonenhaftes Ungeheuer kam er Pat vor, egoistisch, undifferenziert, genußunfähig. Plump war er, großköpfig, und sein glattrasiertes Gesicht wurde von einer mächtigen Hornbrille dominiert, die ihren Halt mehr in der taillenartigen Einengung zwischen Schläfe und Backenknochen zu finden schien als auf der kleinen Nase. Dazu vergrößerten die dicken Gläser, die er wegen seiner Sehschwäche benötigte, seine Augen wie Lupen, was ihm meist einen drohenden und manchmal einen schreckerfüllten Ausdruck verlieh.

Erst als sich Götze zum Gehen anschickte, gewahrte er anscheinend, daß Sonder am Mikroskop saß. »Was zum Teufel machen Sie denn da. Wollen Sie etwa noch Histologie lernen?«

»Ich habe nur meine Lunge angeschaut.« Ruhig sagte es Sonder, kühl beinahe. Doch Pat spürte die feinen Beben, die von ihm ausgingen, wußte, daß es in seinem Innern brodelte. Wie ein Vulkan kam er ihr vor, einer, der nur verloschen scheint. Man braucht feine Sinne, um die drohende Gefahr eines Ausbruches zu erkennen.

»Was haben Sie angeschaut?« zischte Götze, und zu Pat gerichtet: »Das geht doch nicht. Was fällt Ihnen eigentlich ein? Das dürfen Sie gar nicht! Ist doch alles vertraulich!« Götzes Stimme schwoll zu einem Schreien an, und von der heftig wippenden Zigarette fiel Asche auf den Boden. »Sind Sie denn von Sinnen?«

»Es ist schließlich seine Lunge. Röntgenbilder zeigt man den Patienten ja auch«, sagte Pat, scheinbar unbeeindruckt auch sie. Ihre Augen aber begannen gefährlich zu rollen.

»Das ist unglaublich«, schnaubte Götze, den Rückzug antretend. Er hatte es erfahren müssen, daß er gegen sie nicht durchkam. Zweimal schon hatte sich Bäni nach rüden Auseinandersetzungen – einmal hatte sie ihn in ihrer Wut mit einem üblen Schimpfwort bedacht – auf ihre Seite geschlagen. Er warf die Tür ins Schloß, daß die Scheibe klirrte.

»Ich könnte den Kerl umbringen«, brummte Sonder, etwas lauter als beabsichtigt.

»Das wäre eine Wohltat, Herr Sonder, eine Wohltat an der ganzen Menschheit.« Die Blicke, die Pat noch immer in die Richtung der Tür schleuderte, hätten nicht abschätziger sein können, wären allein noch durch eine obszöne Geste zu überbieten gewesen. »Und so ein Idiot soll Professor werden.«

»Nachfolger von Caesar etwa?«

»Nein, er hat sich um eine Stelle an der Universität beworben und soll in der engeren Auswahl sein. Einfach lächerlich!«

Sonder schüttelte den Kopf.

»Eine Karriere ist nun mal eine negative Selektion, was die Menschlichkeit betrifft.« Bei diesem Thema konnte sich Pat so richtig ereifern. Je höher einer säße in der Hierarchie, desto mehr sei er ihr suspekt, erklärte sie. Das gelte übrigens für jedes Machtsystem, ob Politik oder Kirche, Armee oder Wissenschaft. Der Drang des Menschen nach Macht sei eine Frage des Instinktes, und wo der Instinkt überhandnehme, habe die Menschlichkeit keinen Platz mehr. An diesem Prinzip scheitere jedes System, weil der Mensch eben nicht weise sei, wie er sich das mit dem ›Homo sapiens‹ selbst vorgaukle. Vielleicht sei er wirklich nur ein Tier, spann Pat ihre Gedanken weiter, bei dem sich wegen der Kombination von aufrechtem Gang und opponierbarem Daumen, rein zufällig also, die Großhirnrinde etwas stärker ausgebildet habe. Dieses Großhirn aber, dem anscheinend der ganze Fortschritt zu verdanken sei, versage bei allen wesentlichen Entscheidungen, weil es sich dem archaischen Urhirn, das der Mensch seit seiner tierischen Vergangenheit unverändert mittrage, unterwerfen müsse. »Stellen Sie sich vor, Herr Sonder, man hat das Wissen, um die gesamte Menschheit zu ernähren und dabei erst noch die Umwelt zu schonen, doch dieses Wissen darf nicht angewendet werden. Das Urhirn dieses machthungrigen, egoistischen Geschöpfs läßt es nicht zu.«

Sonder nickte. Was wollte er dazu sagen?

Pat schwieg einen Moment. Sie erinnerte sich, warum Götze eigentlich hereingeschaut hatte. »Ich habe Sie noch gar nicht gefragt. Sie kommen doch auch zum Abteilungsfest morgen? Caesar hat mir die Organisation angehängt.«

»Nein. Lieber nicht. Sie verstehen das.« Sonder verschwieg, daß er es vorzog, am morgigen Abend ein Fußballspiel anzusehen. Er hatte lange kein Spiel mehr besuchen können.

»Ja. Natürlich. Aber vielleicht haben Sie am Wochenende Zeit. Wir könnten etwas auf den Grill legen und plaudern. Meine Eltern sind in den Ferien, und ich muß nach dem Haus schauen.«

»Gerne, sehr gerne.« Seine kleinen klaren Augen leuchteten auf, zeigten, daß diese Einladung für ihn das Erfreulichste war seit langem. Dennoch, er vergaß darob nicht, wozu er hergekommen war. »Also, wie steht es jetzt damit?« Er deutete auf das Blatt, das Pat noch immer in der Hand hielt.

Der Knoten habe die kritische Größe erreicht gehabt, führte Pat nach kurzem Studium des Berichtes aus, sei peripher gelegen gewesen – vorteilhaft für die Resektion –, doch an einigen Stellen habe eine Tendenz zu infiltrativem Wachstum bestanden. Ein Bronchuskarzinom ohne Lymphknotenbeteiligung.

»Und meine Chancen? Wie stehen die?«

»Anhand der Beschreibung heißt das etwa ... fünfzig Prozent für die nächsten ... fünf Jahre.«

»Und was steht im Bericht?«

Sie war ertappt, sah es an seinem offen fragenden Gesicht. »Es ist falsch, was hier steht, mit Sicherheit ein Irrtum. Ich verstehe etwas davon«, sagte sie erregt. »Ich habe viele Berichte durchgeschaut für meine Dissertation. Sie können mir glauben, Herr Sonder. Ich kenne alle Arbeiten auf diesem Gebiet.«

»Schlechter?«

Während Pat auf Sonder einredete, vorschlug, mit den Schnitten zu Caesar zu gehen, um so zu beweisen, daß eine Fehlbeurteilung vorliegen mußte, schaute Sonder auf das Blatt, das sie zornig auf ihr Pult geworfen hatte, und sah dort das überdimensionierte ›G‹ einer bekannten Unterschrift.

»Ich glaube Ihnen, Frau Wyss. Jaja, ich glaube Ihnen.« Ein anderer Gedanke beschäftigte ihn jetzt. Nämlich ob es Zufall war, daß ausgerechnet Götze seinen Tumor beurteilt hatte. So konnte doch nichts Positives herausschauen für ihn. Bei Götze nicht, davon war er überzeugt.

»Überhaupt, das wichtigste Kriterium ist da doch gar nicht berücksichtigt. Der Mensch! Man müßte seine Einstellung miteinbeziehen können in die Beurteilung. Sein Wille zur Gesundung ist letztlich entscheidend dafür, wie es weitergeht. Und so gesehen sind Ihre Chancen bedeutend besser, als hier geschrieben steht.«

»Und warum glauben Sie das?«

»Weil ich überzeugt bin, daß Sie kämpfen werden, daß Sie sich nicht so leicht unterkriegen lassen. Darum!«

Sonder lächelte nachsichtig. Auch sie kann es nicht lassen, ihn zum Kampf anzuhalten.

Seine Frage, warum sich denn der Krebs bei ihm überhaupt gebildet habe, da er, so wie sie es darstelle, gegen dessen Entstehung eigentlich gefeit sein sollte, erschien Pat im Moment logisch – erst Stunden später fiel ihr eine treffende Antwort ein –, und sie fühlte sich damit der unwissenschaftlichen Argumentation überführt. Er ist zäh, unbequem, läßt einem keinen Spielraum, mußte Pat dem alten Mann nicht ohne Bewunderung zugestehen.

»Es muß doch einen Grund geben, daß sich dieser Tumor ausgerechnet bei mir gebildet hat.« Sonder hatte diese Frage schon Doktor Thalmann gestellt, damals, vor der Operation noch. Die Antwort aber hatte ihn nicht befriedigt, war nicht eigentlich eine Antwort gewesen auf die Frage, so wie er sie verstand.

»Das ist nicht so leicht zu sagen. Der bekannteste Risikofaktor ist Zigarettenrauch, aber es gibt ...«

»Ich habe nie Zigaretten geraucht. Früher mal Pfeife, aber Zigaretten nie!«

»Es gibt noch andere Ursachen. Man kennt sie nur nicht so genau.«

»Jedenfalls gibt es Kettenraucher, die gesund sind, und ich habe Lungenkrebs. Das ist doch unlogisch, das ist ungerecht.«

Pat erklärte, daß Krankheiten erst logisch würden, wenn man alles wüßte, alle inneren und äußeren Faktoren, und das werde wohl nie der Fall sein. Und Gerechtigkeit dürfe man von der Natur ohnehin nicht fordern, das müßte er selbst doch recht gut wissen. Die Natur könne sich nun einmal nicht um den einzelnen kümmern, sei mit ihren Gesetzen allein der Gesamtheit verpflichtet, wo sie einen Zustand des Gleichgewichtes anstrebe. Die Gesetze des Lebens schließen das Absolute aus, und damit sei auch eine Gemeinschaft aus lauter Gesunden undenkbar. So gesehen müsse man eigentlich auch die Krankheit als etwas Normales betrachten.

Eigenartige Leute, diese Mediziner, dachte Sonder,

fordern einen auf, gegen eine Krankheit zu kämpfen, und wenn man eine einfache wissenschaftliche Erklärung verlangt, kommt im Endeffekt heraus, daß man gar nichts dagegen unternehmen kann. Oder sollte er etwa gegen etwas Normales ankämpfen? Was ihn aber mehr beschäftigte als dieser Widerspruch, war ein Gedankenblitz, eine Idee, die ihn vorher, als Pat sprach, gestreift hatte. Ihm war, als hätte sich ihm für Bruchteile einer Sekunde eine Lücke aufgetan, durch die er etwas gesehen hatte, das ihn der Lösung seines Problems näherbringen könnte. Er mußte die Idee wiederfinden. »Es braucht also Kranke, damit es auch Gesunde geben kann?« versuchte er es.

»Ja, in einem gewissen Sinn stimmt das. Und für den einzelnen, den es trifft, scheinbar grundlos trifft, ist es hart, und er mag es als Unrecht empfinden.«

»Das heißt demnach, ich bin stellvertretend krank für einen starken Raucher« – da war der Gedanke wieder – »für einen starken Raucher, der trotz drei Päckchen am Tag gesund bleibt?« Sonder, der Pat unverwandt anschaute, gab sich Mühe, ruhig zu bleiben, sich nicht anmerken zu lassen, wie bedeutungsvoll ihre Antwort für ihn war.

Pat zuckte die Achseln. »Ja«, sagte sie dann. »Man kann es so ausdrücken, wenn man will.« Ihre weiteren Ausführungen, er sei statistisch gesehen eine Ausnahme, ebenso, wie ein starker Raucher mit einer gesunden Lunge eine Ausnahme sei, interessierten Sonder nicht mehr. Er glaubte den Haken gefunden zu haben, an welchem sein Fall aufzuhängen war.

Pat war überrascht, als Sonder plötzlich aufstand und ihr die Hand reichte. »Herzliche … herzlichen Dank, Frau Wyss« – fast hätte er ›herzliche Gratulation‹ gesagt – »Sie haben mir sehr geholfen. Ich möchte nun nicht weiter stören.«

»Sie haben mich doch nicht gestört«, sagte Pat, ahnungslos, wie sie ihm nun auf einmal geholfen haben sollte. »Schauen Sie ruhig wieder vorbei, wann immer Sie wollen.«

»Auch wenn ich keine Hilfe mehr brauche?«

»Das würde mich noch mehr freuen. Übrigens, soll ich Bruno Thalmann etwas ausrichten?«

»Nein. Ist nicht nötig.«

4

Noch vor vier Uhr verließ Sonder die Klinik. Wenn man ihn schon nicht erwartet hatte, würde ihn auch niemand vermissen, dachte er sich. Daß er den Bus knapp verpaßte, störte ihn nicht, er ging zu Fuß. Ein Stück nur hatte er sich vorgenommen, ging aber weiter bis zum Bellevue. Dort erst nahm er das Tram, um nach Hause zu fahren. Kreis 4, zwischen der Geleiselandschaft des Bahnhofs und der Kaserne. Nahe der Tramstation kaufte er ein, in einem kleinen Laden, wo man das Nötigste bekam. Seine Rückkehr mußte sich herumgesprochen haben. Das Vollkornbrot, das stets für ihn aufgehoben wurde, lag auch heute bereit. Es gehe ihm gut, sagte er im Laden, um keine weiteren Erklärungen abgeben zu müssen und sich dem Mitgefühl von Herrn Neff – er spielte dies glänzend wie die meisten Ladeninhaber – zu entziehen. Sonder kaufte eine Wurst, etwas Käse, eine Flasche Bier, Milch und Äpfel. Mehr brauchte er nicht. Seine Genügsamkeit hatte es ihm erlaubt, Geld für seine Reisen auf die Seite zu legen, und auch jetzt, wo der Sinn des Sparens fraglich geworden war, dachte er nicht daran, teure Dinge zu kaufen. Er hatte sich an die einfachen Mahlzeiten gewöhnt.

Den Weg zu seiner Wohnung einige Straßen weiter ging Sonder mechanisch, gedankenverloren, bis das durchdringende Quietschen eines Wagens ihn aufschreckte. Eine häßliche Schimpftirade begleitete ihn zurück auf das Trottoir. Leicht verstört versuchte er seine Gedanken, die ihn seine Umwelt hatten vergessen lassen, wieder zu ordnen. Alles drehte sich nun um die Idee, die sich aus dem Gespräch mit Pat Wyss entwickelt hatte, um diese Idee, die seinem Problem einen neuen Aspekt verlieh. Die tödliche Krankheit war für einen andern bestimmt gewesen. Und Sonder brauchte nicht zu suchen, für wen. Nein, er wüßte nicht, wer anders es sein könnte.

Seit fünf Jahren war er diesem Mann ausgeliefert. Ein Stellenwechsel war nicht mehr in Frage gekommen. Fünf Jahre lang hatte Götze ihn schikaniert, ihm Dinge aufgetragen, die er unmöglich termingerecht erledigen konnte, hatte gegebene Aufträge plötzlich bestritten und ihm beim Widerspruch der mangelnden Subordination bezichtigt. Und dann hatte Götze geraucht, unablässig geraucht, Zigarette um Zigarette inhaliert, hatte ihm manchmal den Rauch ins Gesicht geblasen. Mit voller Absicht, legte sich Sonder zurecht. Auf diese Weise mußte Götze den Krankheitskeim auf ihn übertragen haben, nachdem er ihm zuvor schon die Widerstandskraft geraubt hatte. Und später, als die Krankheit zum Ausbruch gekommen war, als ihm ein Tumorknoten entfernt werden mußte, war es Götze, der die Diagnose gestellt, gleichsam das Urteil gesprochen hatte, bewußt ein hartes Urteil. Ein Todesurteil.

Sonder wähnte sich als Opfer einer gemeinen Hinterlist, fühlte sich wie eine Fliege, gefangen und verstrickt in einem Spinnennetz. Und er sah die Spinne, die ihn eingewickelt, ihm den tödlichen Speichel eingeimpft hatte, sah, wie sich die Spinne nun daranmachte, ihn auszusaugen, um aus seinem Körper eigenes Leben zu schöpfen. Aber soweit war es noch nicht. Nein, er lebte noch, er konnte sich noch wehren. Daß er diesen hinterlistigen Plan aufgedeckt hatte, änderte wenig an seiner Lage, das wußte er wohl, aber es erlaubte ihm, den Kampf aufzunehmen. Er hatte den Feind erkannt. Ob es nun wirklich der Kampf war, den Thalmann und Pat Wyss meinten, wußte er nicht. Genaueres hatte ihm niemand sagen können. Welche Rolle aber spielte das schon? Wichtig war, daß er Widerstand leistete. Das hieß für ihn, daß er keine harmlose Fliege bleiben durfte. Ja, er müßte sich einen Stachel zulegen, um – gleichsam eine Wespe werdend – die Spinne angreifen zu können.

Fasziniert erlebte Sonder, wie plötzlich alles einfach wurde, nachdem er dem Rätsel seiner Krankheit auf die Spur gekommen war. Der Tumor hatte sein Wesen geändert, war nun definitiv nicht mehr als eigene Ausgeburt zu betrachten, sondern eben als etwas Fremdes, das auf ihn übertragen worden war. Genauso, wie er es am Mikroskop schon erahnt hatte. Und diese Erkenntnis erst machte es ihm möglich, sich zu wehren, das Übel an der Wurzel anzugehen. Selbst der Gedanke, seine Gegenwehr komme zu spät, könne ihm seine Gesundheit nicht mehr zurückgeben, kümmerte Sonder im Moment wenig. Fest stand, daß er handeln mußte, daß er das, was man ihm angetan hatte, nicht unbeantwortet hinnehmen durfte. Die Folge, die sich daraus zwingend ergab, nämlich Götze unschädlich zu machen, womöglich gar zu töten, schreckte Sonder nicht. Er betrachtete den Oberarzt nicht mehr als Menschen, nur noch als bösartige Spinne, als Feind schlechthin.

Sonder wohnte im Parterre eines Mietshauses, das – in den dreißiger Jahren gebaut – seit langer Zeit auf eine Renovation wartete. Daß es nie dazu gekommen war, störte ihn nicht, im Gegenteil, so war wenigstens die Miete niedrig geblieben. Im Korridor stellte er seine Tasche ab und trat ins Wohnzimmer. Altmodische Polstermöbel standen da, ein kleiner Tisch, ein Büchergestell, eine Kommode, darauf ein Fernseher, schwarzweiß. Der Teppich war stark abgenutzt, das Muster stellenweise kaum mehr zu erkennen. Im jähen Kontrast zu der bescheidenen Einrichtung die von Waffen und Trophäen bedeckten Wände. An der einen Wand hingen drei Gewehre zwischen gelblichen Schädeldecken von Gemsen mit den spitzen schwarzen Krickeln und von Rehböcken mit zwei- und dreigeteilten Stangen. Links sein Jagdgewehr, das er seit dem Zusammentreffen mit dem Keiler nie mehr benutzt hatte, rechts das Jagdgewehr seines Vaters, mit dem damals der Hund erlöst worden war, und darüber in der Mitte sein Karabiner, den er bei der Grenzbesetzung getragen hatte. Sie hingen hier, wie bei andern Ahnenbilder hängen, Ferienbilder, Malversuche, Ehrenmeldungen und Diplome. Von der Wand herunter versichern einem diese Dinge, daß man eine Geschichte hat. Die vergilbte Fotografie seiner Frau, sitzend, mit dem Bub daneben, der aufrecht steht, die Arme an den

Körper gepreßt – wie ein Soldat in Achtungstellung –, hing im Schlafzimmer über dem Bett.

Sonder war ins Wohnzimmer gegangen, um eine Waffe zu wählen. Ein Gewehr natürlich, was sonst. Jetzt aber, als er sie so beschaute, die Gewehre, die alle Erinnerungen trugen, zögerte er. Auf einmal hielt er sie nicht mehr für angemessen, keines davon. Schließlich wollte er nicht auf die Jagd gehen, auch nicht in den Krieg ziehen, er wollte sich nur verteidigen, ein Unrecht abwenden, und dazu schien ihm ein Gewehr nicht das geeignete Instrument zu sein. Verunsichert blickte er zu den andern Wänden. Auch dort hingen Waffen, ungewöhnliche Waffen, alle von exotischer Herkunft. Speere, Pfeilbogen mit Köchern voller farbiger Pfeile, zwei Blasrohre, eine Armbrust aus Thailand, eine Schleuder, dazu einige Messer und kleinere Utensilien, die der Jagd dienten. Er hatte sie zusammengetragen, erworben auf seinen Reisen durch die verschiedenen Kontinente, und von jedem Objekt wußte er genau, woher es stammte und wozu es gebraucht worden war. Auch hier hatte jedes Ding seine Geschichte.

Bald nach seinem Umzug nach Zürich, der nicht ganz freiwillig gewesen war, hatte Sonder mit seinen Reisen begonnen. Zuerst hatten sie ihn in den Süden geführt, nach Italien und Griechenland, dann weiter nach Ägypten, nach Marokko, in die Türkei. Und später hatte er immer fernere Länder besucht. In Kenia und Tansania war er gewesen, am Amazonas, in den Bergen Nepals, im Dschungel von Borneo, auf Galapagos. Einmal nur war er in einer Gruppe gereist, doch so oft wie möglich hatte er sich von ihr abgesetzt. Er hatte andere Interessen. Vor allem aber wollte er nichts mittragen, kein Erbe mitgeliefert bekommen, wollte ein Fremder sein unter Fremden. Nur so konnte er zu sich selbst finden. Für ihn waren es Reisen in die Fantasie, wo er die Wirklichkeit, die zu Hause stattfand, vergessen konnte. So war er seither immer alleine unterwegs gewesen, oft auf abenteuerlichen Pfaden, nicht immer ungefährlich, dessen war er sich bewußt. Aber was hatte er schon zu verlieren, das das Risiko nicht wert war?

Sonder hatte gesehen, wie Menschen anderswo leben, hatte Tage bei ihnen verbracht und Feste mit ihnen gefeiert, ohne mit ihnen sprechen zu können. Er beobachtete, das konnte er, das hatte ihn sein Vater gelehrt. Beobachten, um daraus zu verstehen. Worte seien der Verständigung nicht förderlich, pflegte er zu sagen, wenn er darauf angesprochen wurde. Die Bedeutung von etwas lasse sich nicht aus dem Wort erkennen, meinte er, nur durch die Beobachtung. Bedeutet Haus beispielsweise Hütte, Heim oder gar Tempel? Bedeutet Waffe Leben oder Tod? Und Tod, heißt das Ende oder Neubeginn?

Die Waffen hier an den Wänden waren die einzigen Zeugen seiner Reisen. Ein Tagebuch hatte er nie geführt, und das Fotografieren hatte er aufgegeben, als er merkte, daß es ihn beim Beobachten störte. Von seinen Erlebnissen erzählte er nur selten, nur wenn man ihn fragte. Seine Ausführungen wurden den Vorstellungen seiner Zuhörer ohnehin selten gerecht, da er meist andere Dinge wesentlich fand. Doch das Erzählen war für ihn auch nicht wichtig. Er reiste, um zu erleben, um zu erfahren, um zu vergessen, und nicht, um mit beeindruckenden Berichten aufwarten zu können.

Sonder schaute die Speere an und die Pfeilbogen, dann wieder die Gewehre an der andern Wand. Gegen wen er sich zur Wehr setzen mußte, war ihm heute offenbart worden, jetzt fragte sich nur noch, wie. Seine Augen wanderten von einem Objekt zum andern auf der Suche nach einem geeigneten Instrument für sein Vorhaben. Er sah, wie der kraftvoll geschleuderte Speer ein Faultier durchbohrte, wie der Pfeil von der Armbrust den Vogel traf, und er sah auch vergiftete Pfeile aus dem Blasrohr schnellen. Plötzlich nahm er einen Gegenstand von der Wand herunter, den er zuvor nicht beachtet hatte. Es war eine Injektionsspritze, die einem Pfeil glich. Für ihn ein geschichtsloses Geschoß, das er in der Massai-Steppe zwischen den verstreuten Knochen einer Antilope gefunden hatte. Nach seinen Erkundigungen handelte es sich dabei um ein Projektil, wie es zur Narkose von Wildtieren eingesetzt wird. Demnach wurde es also nicht zum Töten gebraucht, nur zum Betäuben. Dennoch, das Tier war verendet. Es mußte geflohen sein, stellte sich Sonder vor, und konnte aus irgendeinem Grund nicht verfolgt werden. Vielleicht wegen einer Motorpanne, wer weiß. Narkotisiert in der Steppe liegen ist tödlich. Die Geier beginnen ihr Werk, bevor das Leben ausgehaucht ist. Er hatte dieses grausige Schauspiel bei einem verendenden Zebra ansehen müssen, ohne eingreifen zu dürfen. Es war in einem Nationalpark, wo man der Natur ihren Lauf läßt, wo man die

Gesetze der Natur gesetzlich schützen muß vor der Natur des Menschen.

Nun bot sich diese Spritze mit dem farbigen Federkranz also an, sein Stachel zu werden. Er bräuchte nur noch ein geeignetes Instrument dazu, überlegte er sich, und als sein Blick die Blasrohre streifte, kam ihm die Idee, die Spritze in ein Rohr zu stecken und sie durch Blasen zum Fliegen zu bringen. Der Gedanke, das Projektil durch die Luft aus der eigenen verletzten Lunge anzutreiben, hatte etwas für sich, gefiel ihm. Auf diese Weise würde ein gerechter Kampf daraus, sinnierte er, zumindest aus seiner Sicht. Und wenn er das schaffen, seine Lunge das aushalten würde, dann wäre er über den Berg, dann hätte er das Übel überwunden.

Der Lederbeutel, der neben den Blasrohren hing, enthielt eine bräunliche, zähe Masse. Pfeilgift. Ricardo, sein Führer am oberen Orinoco, ein ehemaliger Guerillakämpfer und – wie er von sich sagte – ein Freund der Indianer, hatte es ihm besorgt. Nie hätte Sonder geglaubt, daß ihm dieses Gift einmal von Nutzen sein könnte. Jetzt aber schien es ihm genau das zu sein, was er für seine ungewöhnliche Waffe brauchte. Es galt nun noch, ein Rohr mit dem entsprechenden Durchmesser zu finden. Sofort machte sich Sonder auf die Suche, und bald brachte er aus dem Keller zwei Rohre, die aber beide zu groß waren. Er dachte daran, zum Spengler zu gehen, bevor er entdeckte, daß sich eine Vorhangstange aus der Küche für diesen Zweck eignete. Nachdem er sie gereinigt hatte, sägte er sie in zwei Teile und steckte das Projektil in den größeren davon. Er holte tief Luft und blies, auf ein Kissen zielend, das einige Schritte entfernt auf dem Sofa lag, ins Rohr. Sonder krümmte sich ob des stechenden Schmerzes in seiner Seite. Hoffentlich ist nichts gerissen, dachte er schnell, sah gleichzeitig, daß die Spritze am Kissen abgeprallt war, und vor dieser Tatsache verlor der langsam verebbende Schmerz an Wichtigkeit. Es hatte geklappt, aus drei Metern hatte er getroffen. Trotzdem, es wird nötig sein zu üben, sagte er sich, auch wenn es schmerzt. Und dieser Schmerz bekam plötzlich eine besondere Bedeutung für Sonder. Er bezeugte ihm seine Versehrtheit, bestärkte ihn dadurch in seinem Verteidigungskampf, legitimierte ein weiteres Mal sein Vorhaben.

Das Projektil mußte auf seine Funktion hin überprüft werden, gereinigt und notfalls repariert. Das traute sich Sonder zu. Nach dem Nachtessen würde er Zeit dafür haben. Eine passende Injektionsnadel ließe sich in der Klinik gewiß auftreiben.

In dem kleinen Garten, der zu seiner Wohnung gehörte, hatte Sonder einen Sitzplatz eingerichtet, und bei schönem Wetter trug er jeweils sein Essen hinaus. Obwohl man nicht gerade von einer erhebenden Aussicht sprechen konnte, zumindest sah man hier draußen den Himmel. Und er vergaß nie, das Blechgeschirr mit Milch hinauszutragen für die beiden Katzen, die ihn gelegentlich besuchten. Die kleine Schwarze kam jeweils auf direktem Weg, wenn sie ihn erblickte, trank nicht immer, bevorzugte es offenbar, schnurrend und mit erhobenem Schwanz um seine Beine zu streichen und geschmeidig ihren schlanken Körper unter seiner breiten

Hand durchzuwinden. Der andere Besucher, ein großer getigerter Kater, näherte sich der Futterstelle auf seine Art, auf Umwegen, stets den Eindruck erweckend, als würde er ganz zufällig zum Milchgeschirr finden. Wenn er dann hastig läppelte, ließ er Sonder nie aus den Augen, und sobald der Napf leer war, verzog er sich wieder, was ebenso ziellos aussah wie sein Kommen.

Als Sonder heute hinaustrat, sah er den Tiger im Gemüsebeet, wie er einer Amsel im Brombeergesträuch auflauerte. Sonder bewegte sich langsam, stellte sein Tablett vorsichtig ab, um die beiden nicht zu stören, den Jäger nicht und auch nicht den Vogel. Er sah den geduckten Körper des Raubtieres, langgestreckt, halbhoch, regungslos beinahe. Die eine Vorderpfote verharrte in der Luft. Nur die Schwanzspitze zeigte an, daß Leben in dem Tier war. Plötzlich flog die Amsel auf, ohne die Katze bemerkt zu haben, sonst hätte sie geschimpft. Ein kurzes Peitschen des Schwanzes nur, dann richtete sich der Kater auf und begann sich zu putzen, wie wenn es keine Konzentration gegeben hätte unmittelbar zuvor, keine Spannung bis in den kleinsten Muskel. Sonder wußte nicht, wem der Kater gehörte, ob er überhaupt irgendwo zu Hause war. Er stellte sich gerne vor, daß sich das Tier selbständig durchschlug, mal hier, mal dort übernachtete, und so verstand er die Milch – manchmal war es auch ein Wurstzipfel – als Beitrag, dem Tier diese Unabhängigkeit zu erhalten.

5

Dienstagabend war es, kurz vor sieben. Um den Hauptbahnhof herrschte ein unübliches Treiben. Von weitem schon waren Fahnen zu sehen und Gesänge zu hören. Kleine Gruppen von Fußballbegeisterten, blau-weiß gekleidet die einen, rot-schwarz die andern, ließen sich nicht in den Untergrund des ›Shopville‹ drängen. Ungewohnte Farbtupfer waren sie in der grauen Hektik des Bahnhofplatzes, der wie vielerorts den Automobilen vorbehalten war. Die kleinen Störungen des Verkehrsflusses lösten da und dort Hupkonzerte aus, die das Gejohle nur noch lauter werden ließen, das Schwingen der Fahnen noch heftiger.

»Was soll das nun wieder bedeuten?« erregte sich eine ältliche Dame im Tram, als dieses, vom Löwenplatz her kommend, kurz aufgehalten wurde.

»Nur ein Fußballspiel«, beschwichtigte Sonder, der neben ihr saß.

Die Dame schwieg, als hätte sie nichts gehört, und ihre Mundwinkel zeigten, daß es ein abschätziges Schweigen war.

»Das sind die selbsternannten Bannerträger auf dem Weg zu ihren Helden«, ertönte ein sonorer Baß neben Sonder. Die Stimme war unverwechselbar, wie auch das anschließende donnergrollende Lachen, das von einem erheblichen Resonanzboden zeugte. Es konnte nur Jakob Zurbuchen sein, Musiklehrer an einem städtischen Gymnasium, bekannt auch als Kolumnist einer Wochenzeitung.

Sonder schaute in das fleischige, stets joviale Gesicht, das von einem üppigen weißen Haarkranz umrahmt war. Sie kannten sich vom Männerchor ›Uetliberg‹, wo Zurbuchen während des Dirigierens stimmgewaltig die Bässe zu unterstützen pflegte.

»Schon lange nicht mehr gesehen, Göpf«, sagte Zurbuchen und legte Sonder seine prankenartige Hand auf die Schulter.

»Grüß dich, Jack. Ja, ist wahr. Bin krank gewesen.«

»Aber du kommst hoffentlich wieder? Wir können deine Stimme brauchen.«

»Die Luft ist draußen, Jack, und nächstens werde ich ohnehin pensioniert und dann ...«

»Spielst jetzt wohl Fußball«, grinste der Musiklehrer breit.

»Wie du siehst. Ich bin auf dem Weg dorthin.« Sonder griff nach dem Plastiksack, aus dem das eingepackte Metallrohr ragte, versicherte sich, daß er dieses so zwischen den Beinen versteckt hielt, daß Zurbuchen es nicht sehen konnte.

»Schau nur gut, daß es keine Toten gibt.« Nochmals hallte sein Lachen durch den Tramwagen, bevor er am Bahnhofplatz ausstieg.

Der letzte Satz klang nach. Eigenartig, dachte Sonder, daß Zurbuchen so etwas sagt. Er fuhr noch eine Station weiter, dort mußte er umsteigen, so oder so.

Singend zogen die Schlachtenbummler in Richtung Landesmuseum. Sonder schaute auf die Uhr. Zehn nach sieben. Die haben genug Zeit, um rechtzeitig im Stadion zu sein, rechnete er aus, selbst wenn sie den ganzen Weg zu Fuß gehen. Spielbeginn war um acht Uhr. Er stieg in das Tram, das in die entgegengesetzte Richtung fuhr, der Limmat entlang zum Bellevue und weiter bis Stadelhofen. Dort wechselte er in die Forchbahn.

Sonder war völlig ruhig, erschreckend ruhig fast, wie er selbst feststellte. Er wußte wohl, was alles sein Vorhaben zum Scheitern bringen könnte, auch was das für ihn bedeuten würde. Einige kleine Vorsichtsmaßnahmen hatte er getroffen. So befand sich in seiner Tasche ein Paar Handschuhe, feine, wie sie die Ärzte im Autopsieraum tragen. Fingerabdrücke zu hinterlassen wäre das Dümmste, was passieren könnte, besonders wenn sonst alles nach Plan klappen sollte. Doch es gab noch einiges mehr, mit dem er zu rechnen hatte. Götze könnte vor ihm dort eintreffen, oder gar nicht. Dann bliebe ihm nichts anderes übrig, als unverrichteter Dinge abzuziehen und eine nächste Gelegenheit abzuwarten. Oder das Geschoß könnte das Ziel verfehlen oder das Gift seine Wirkung eingebüßt haben. Womöglich hatte es – welch ungeheurer Gedanke – nie eine solche besessen. Das hatte er bisher nicht in Betracht gezogen. Er hatte keinen Grund gesehen, Ricardo zu mißtrauen, und jetzt blieb ihm keine andere Wahl, als auf die Redlichkeit eines Dschungelkämpfers zu hoffen. Auch das gehörte nun zum Risiko, das er weiterhin einzugehen bereit war. Was aber, wenn Götze tatsächlich nicht ansprechen sollte auf die Injektion? Er hatte die zähe Masse in etwas Wasser aufgelöst. Was also, wenn sich bei ihm die erwartete Lähmung nicht einstellte? Würde der Kampf dann mit andern Mitteln ausgetragen werden? Das Metallrohr als Schlagwaffe! Ein Schauer lief Sonder über den Rücken. Nein, Gewaltanwendung auf keinen Fall. Oder er könnte bei der Tat überrascht werden. Die Polizei würde es ihm nie abnehmen, daß er aus Notwehr gehandelt hätte. Selbst der Gedanke jedoch, den Rest des Lebens hinter Gittern zu verbringen, vermochte Sonder nicht abzuschrecken. Wo ist denn schon der Unterschied zwischen einem Gefängnis und einem Spital, war seine Frage. Ist es denn von Bedeutung, ob die einen das Urteil vollstrecken oder die anderen?

Sonder schaute sich vorsichtig um. Es waren nur wenige Menschen in der Bahn, und niemand schien von ihm Notiz zu nehmen. Sie gehen nach Hause zum Essen, stellte sich Sonder vor, sitzen nachher im Garten oder vor dem Fernsehapparat, oder sie machen einen Spaziergang. Alles harmlose Bürger, so wie er, mit ihren größeren und kleine Sorgen, zu Hause und im Beruf, gelegentliche Geldschwierigkeiten. Das Übliche. Sonder beneidete sie. Vor seinem Problem verlor dies alles an Bedeutung. Und fremde Schuld – von dieser Idee hätte er sich von niemandem mehr abbringen lassen – hatte ihn in diese schicksalhafte Lage gebracht. Er hatte die Auseinandersetzung nicht gesucht. Nein, der Kampf war ihm aufgezwungen worden, von Götze, der ihn ausgewählt hatte, ihn, Gottfried Sonder. Und zum wiederholten Mal stellte er sich die Frage, wieso gerade er geopfert werden sollte. Ist es etwa reiner Zufall? Oder ist es vielleicht wie auf der Jagd, wenn man ein Tier aus der Gruppe aussucht? Man nimmt die Überzähligen ins Visier. Oder jene, die man dafür hält.

Auf der Forch verließ Sonder die Bahn, folgte ein kurzes Stück der Straße und bog dann in einen Feldweg ein. Er kannte die Gegend von früheren Festen her, wußte, wo die Autos parkiert werden. Doch es war nicht der direkte Weg, den er ging. Auf einem kleinen Umweg, meinte er, würde er weniger auffällig dorthin gelangen, wo er sich auf die Lauer legen wollte. Nahezu lautlos bewegte er sich im Wald, ging über Gräben, durch Gebüsche, mit einer Behendigkeit, die kaum einer dem hinkenden alten Mann zugetraut hätte. So erreichte er ungesehen – davon war er überzeugt – den Holzstoß, vor welchem die Wagen standen, zuvorderst der mit Comicfiguren bemalte 2 CV von Pat Wyss, zuhinterst der weiße Mercedes des Professors. Als Sonder sah, daß der rote Ford noch fehlte, war er erst mal erleichtert. Götze wird seinen Wagen neben jenen von Caesar stellen, rechnete er sich aus, das ist der logische Platz für ihn, in jeder Hinsicht.

Sonder setzte sich auf einen Baumstrunk hinter dem Holzstoß. Ein ideales Versteck. Zum einen ließ sich von hier das Sträßchen überblicken, zum andern würde Götze nach dem Parkieren in seiner Reichweite sein. Er hatte geübt, trotz der Schmerzen, die jedesmal beim Blasen auftraten. Auf fünf Meter, meinte er, dürfte er das Ziel eigentlich nicht mehr verfehlen. Er zog die

Handschuhe an, bedächtig, als wäre es ein Ritual. Dann packte er das Metallrohr aus, in welchem bereits das Projektil steckte.

Um zwei Minuten vor acht war Sonder bereit. Eine große Stille umgab ihn. Die Waldhütte war zu weit entfernt, als daß man Stimmen hätte hören können. Gelegentlich ein Rascheln im Geäst, durch einen Vogel oder ein Eichhorn, und ganz in der Nähe das Hämmern eines Spechtes. Geräusche, die für Sonder Teil der Stille waren. Als er versuchte, sich die bevorstehende Szene in allen Einzelheiten vorzustellen, wurde er plötzlich in eine eigenartige Erregung versetzt. Sie war nicht vergleichbar mit der Spannung, die er jeweils beim Warten auf einen Rehbock verspürt hatte. Es war eine Kälte darin, die ihm unbekannt war, die Vorahnungen weckte.

Auf einmal dieses unerklärliche Gefühl, das einen merken läßt, daß man angestarrt wird. Man spürt auch, woher. Sonder sah den Hund am Ende des Holzstoßes stehen, einen Dackel, der ihn mißtrauisch musterte. ›Mach, daß du wegkommst‹, bedeutete ihm Sonder mit einer Handbewegung. Umsonst. Vom Walde her hörte man Schritte. Noch eine Handbewegung, heftiger diesmal. Der Hund rührte sich nicht. Die Schritte kamen näher. Sonder nahm einen Stein auf, drohte damit. Das war falsch. Nun begann ihn der kleine Wicht zu verbellen. Eine besänftigende Frauenstimme bewirkte nichts, im Gegenteil, das Bellen wurde noch heftiger. Die Stimme, sehr nahe bereits, wurde befehlend. Und als die Frau hinter dem Hund erschien, war Sonder bereits aufgestanden. Abgewendet tat er, als wäre er kurz ausgetreten. Das genügte.

Schwer ließ sich Sonder auf den Baumstrunk nieder. Er war gesehen worden, und das am Ort der Tat. Das also war eingetroffen, was er unbedingt hatte vermeiden wollen. Sein Vorhaben, den Pfeil sicherzustellen, wenn alles geklappt hatte, und Götze hier zu verstecken, würde nun zur Falle werden. Wegen eines kleinen Hundes. Die Frau würde ihn beschreiben können, ihn womöglich wiedererkennen. Nein, so einfach durfte er es ihnen nicht machen! Doch mit dem Gedanken, aufzugeben, unverrichteter Dinge abzuziehen, wollte er sich nicht abfinden, nein, durfte er sich nicht abfinden. Eine Niederlage jetzt, hier, wäre nichts anderes als ein Eingeständnis seiner Ohnmacht. Das aber konnte er sich nicht mehr leisten. Vielleicht sollte er sein Vorgehen ändern. Aber wie?

Ein roter Wagen bog ins Sträßchen ein. Staub wirbelte auf. Was, wenn er Götze wegschaffen würde? In dessen Wagen. Dann wäre der Tatort verlegt, und niemand würde nach einem kleinen alten Mann mit grauem Schnauz suchen. Doch wie sollte er? Seit fast zehn Jahren hatte er nicht mehr hinter dem Steuerrad gesessen, seit er aufgehört hatte, für die Klinik Botengänge zu machen.

Der Wagen kam näher, unaufhaltsam, forderte einen Entschluß. Ein Zittern erfaßte Sonder, als er die Züge seines Widersachers erkannte, steigerte sich, bis sein ganzer Körper bebte. Und als er aufstehen wollte, um sich in Stellung zu begeben, hielt ihn eine unsichtbare

Kraft zurück, drückte ihn nieder auf seinen Sitz. Seine Glieder waren bleiern, die Luft plötzlich knapp, und das Herz hämmerte gefährlich. Hart trieb es ihm das brodelnde Blut in den Kopf, daß an der schweißnassen Schläfe die Ader zu bersten drohte. Und auf der Zunge verspürte er einen eigenartigen metallischen Geschmack.

Blitzschnell kam die Erinnerung, kam und ging. Er hatte dies schon einmal erfahren, damals, als sein Bub vermißt wurde und der Knecht des Nachbarn, einschlägig vorbestraft, in Verdacht geriet, dem Kind etwas angetan zu haben. Damals war es genau so. Es mußte Zorn sein, heiliger Zorn.

Sonder mußte seine ganze Kraft aufwenden, um sich die paar Schritte vorwärts zu schleppen. Der Kampf hatte begonnen. Geduckt, sich mit einer Hand abstützend, spähte er durch eine Lücke im gestapelten Holz. Langsam kam der Wagen auf ihn zu, genau so, wie er es sich vorgestellt hatte. Sollte er es wirklich tun? Allen Unsicherheiten zum Trotz? Der Motor wurde abgestellt, Götze stieg aus, blieb bei der offenen Tür stehen und suchte seine Taschen ab. Wahrscheinlich nach Zigaretten, dachte Sonder. Nie war ihm Götze so verworfen vorgekommen, so abgrundtief böse mit seinem teuflischen Pakt. Dieser Mann ließ ihm keine Wahl. Und als sich Götze in den Wagen lehnte, um etwas vom Nebensitz zu nehmen, reagierte Sonder. Schnell richtete er sich auf, bebend immer noch, stützte die Arme breit auf dem Holz ab und richtete das Rohr auf Götze. Und wie er auf dessen Hintern zielte, über den sich straff die blaue

Hose spannte, kam er sich plötzlich hilflos vor, naiv mit seiner höchst sonderbaren Waffe. Viel lieber wäre ihm jetzt ein Gewehr gewesen oder eine Pistole, jedenfalls etwas Sicheres. Zudem befiel ihn eine Angst, als er tief einatmete, er hätte zuwenig Luft, zuwenig Kraft auch, um dem Geschoß genügend Fahrt zu verleihen.

Ein scharfes Zischen, ein kurzes Schwirren, und der bunte Federkranz baumelte im blauen Flanell wie eine welkende Blüte. Für Augenblicke schien es Sonder, als wäre alles eingefroren: keine Bewegung, kein Ton, kein Haßgefühl, keine Schmerzen in der Brust. Augenblicke nur, dann kam das Leben zurück. Langsam vorerst, das Auftauchen von Götzes Kopf war noch wie in Zeitlupe, auch sein Griff nach hinten. Sonder bückte sich, zog sich in sein Versteck zurück und erlebte, wie alles um ihn her, auftauend aus der Vereisung, an Intensität gewann. In unzähligen Abstufungen leuchtete das Grün des Waldes, die Luft war erfüllt vom schrillen Abendgesang der Vögel. Sonder roch Harz und Bärlauch, spürte wieder die ungewöhnliche Wärme, nur die Schmerzen in seiner Brust kamen nicht zurück, und auch die Schwere, die ihn zuvor behindert hatte, war wie weggeblasen. Zurück blieb eine Spannung, eine fast lustvolle Neugier auf die Folgen seiner Tat. Er schaute durch die Lücke im Holzstoß, um die Wirkung seines Gegenschlages zu beobachten.

Ungläubig, entgeistert starrte Götze auf das eigentümliche Ding, das er dicht vor seine Augen hielt. »Da spielt einer verrückt«, keuchte er, bevor er zu schreien begann. »Hallo, wer ist da? Wer war das?« Verstört sah er sich um, schrie noch lauter, als er niemanden entdecken konnte. »Wo ist dieser gottverdammte Idiot.« Seine Stimme überschlug sich. Dann schaute er kurz auf den Wagen, schien sich zu orientieren und auf die einzig mögliche Richtung zu besinnen, bevor er entschlossen auf den Holzstoß zuschritt.

Sonder wußte nicht, warum er sich erhob. Das war nicht geplant gewesen. Angesicht zu Angesicht stand er nun Götze gegenüber.

»Sonder, Sie? Ja sind Sie denn wahnsinnig geworden?«

»Wenn Sie meinen, Götze.«

»Was fällt Ihnen eigentlich ein? Das können Sie doch nicht machen!« preßte Götze hervor. Sein Gesicht war krebsrot geworden.

»Doch, ich kann es. Wie Sie sehen, kann ich es.« Und Sonder wunderte sich, mit welcher Ruhe er sprach angesichts der Unsicherheit, die über der Szene lag.

»Sie sind ja krank, Mensch!« Jetzt schrie Götze wieder.

»Ich weiß. Todkrank. Und Sie haben das Urteil gefällt. Folter und Tod!«

»Was sagen Sie da? Sie sind von Sinnen.« Plötzlich schien sich Götze auf das Wesentliche zu besinnen. »Was war in der Spritze, sagen Sie, was war darin?«

»Unwichtig, Herr Doktor«, sagte Sonder, wobei er das Wort ›Doktor‹ besonders betonte. »Es wird schmerzlos sein.«

»Was ist es? Sagen Sie mir schon, was es ist.« Jetzt flehte Götze mit fast weinerlicher Stimme.

»Pfeilgift. Indianisches Pfeilgift.« Für einen Moment dachte Sonder an Ricardo. Vertraute er ihm zu Recht?

»Curare!« Götze atmete schwer. Tubocurare, Topfcurare, Calebassencurare, schoß ihm durch den Kopf, aus der Rinde von Strychnos, Chondodendron tomen ... »Curare! Mensch, Sie wollen mich umbringen!« Seine Stimme krächzte.

»Nein, nur unschädlich machen.« Es erstaunte Sonder, daß Götze nicht reagierte. Er hat die Bemerkung wohl nicht verstanden, meinte er, konnte sie wahrscheinlich gar nicht verstehen.

Die neuromuskuläre Synapse. Curare verhindert die Bindung von Acetylcholin. Die Folgen sind ... Götze machte einen unsicheren Schritt vorwärts, stand jetzt nur noch durch den Holzstoß von Sonder getrennt, und mit einer fahrigen Bewegung versuchte er nach seinem Widersacher zu greifen. Eine schlaffe Lähmung bei vollem Bewußtsein.

Sonder kam es vor, als ob ein Blinder nach ihm tasten würde, und instinktiv streckte er Götze das Metallrohr entgegen. »Ja, damit habe ich es geschafft«, sagte er, als Götze das Rohr zu fassen bekam. »Mit meiner Lunge habe ich mich gewehrt, Herr Götze.« Ein Anflug von Stolz war aus Sonders Stimme zu hören. »Ja, mit der Lunge. Damit haben Sie nicht gerechnet.«

Zuletzt das Zwerchfell, die Atmung fällt aus. Das Antidot... »Neostigmin, ich brauche...!« Ein heiseres Lallen war alles, was Götze noch hervorbrachte.

Sonder zog am Rohr, stieß etwas, merkte, daß Götze keinen Widerstand mehr bot. Das Gift war daran, seine Wirkung zu tun, unaufhaltsam. Gern hätte Sonder jetzt Ricardo hier gehabt, den einsamen Kämpfer gegen das

Böse, Ricardo, auf den er sich zu Recht verlassen hatte. Er würde ihn verstehen. Er haßte die Ausbeuter.

Schwer wurden die mächtigen Lider hinter den Gläsern. Fast unwirklich schien es Sonder, wie sie sich senkten, wie sie langsam die Augen schlossen, die kurz zuvor noch aufgerissen waren vor Wut und Schrecken. Keine Autorität ließ sich mehr vorschieben, auf kein Vorrecht konnte Götze noch pochen. Machtlos war er dem Dschungelgift ausgeliefert, vor dem alle gleich sind. Und es kam kein Gefühl des Triumphes auf bei Sonder, keine Schadenfreude, als Götze das Rohr losließ. Götzes Zusammensacken war Genugtuung für ihn, nicht mehr und nicht weniger.

Der Körper verdrehte sich. Götze fiel nach links und schlug hart mit dem Kopf gegen die Stoßstange von Bänis Wagen. Schön war das nicht, dachte Sonder, und meinte damit den Aufprall, bei dem die Brille zerbrach. Jetzt hieß es handeln. Sofort ging Sonder um den Holzstoß und versuchte den Kofferraum zu öffnen. Ohne Erfolg. Er nahm den Schlüsselbund von der Wagentür, suchte nach dem passenden Schlüssel, als ein rhythmisches Pfeifen ihn aufhorchen ließ. Das Geräusch kam näher. Schnell kniete Sonder nieder, Götze teilweise verdeckend, tat, als ob er sich mit dem Hinterrad des Mercedes beschäftigen würde. Ein Jogger keuchte vorbei, stur geradeaus schauend, nur mit sich selbst beschäftigt. Ein tiefes Aufschnaufen fürs erste.

Zwei Autoreifen und eine große Kartonschachtel füllten den Kofferraum des Fords zum größten Teil aus. Die Sachen einfach herausnehmen und hier liegenlassen ging nicht, entschied Sonder. Fieberhaft suchte er nach einem Ausweg. Eines stand fest. Er war gesehen worden, also mußte Götze weg von hier und auch der Ford. Götze auf dem Hintersitz, wie ein Fahrgast! Ein gefährliches Unterfangen, meinte Sonder, zu riskant bei seinen Fahrkünsten. Trotzdem, was blieb ihm anderes übrig. Hinter dem Mercedes stehend, den Kopf von Götze zwischen den Füßen, vergewisserte er sich, daß die Luft rein war. Eher beiläufig versuchte er mit einem Knopfdruck den Kofferraum von Bänis Mercedes zu öffnen. Und zu seinem Erstaunen – ja, Sonder erschrak sogar – sprang der Deckel auf. Der Kofferraum, der nichts als eine kleine Kiste mit Flaschen enthielt, war recht geräumig. Warum auch nicht, dachte sich Sonder, einen Blick auf Götze werfend. Soll doch Caesar für seinen Oberarzt schauen.

Sonder war gewohnt, schwere Dinge zu tragen, dennoch, dieses Vorhaben stellte auch für ihn ein erhebliches Stück Arbeit dar. Ein Knie am Boden, drehte er Götzes Oberkörper auf das vorgestellte Bein, drückte ihn gegen den Wagen und stemmte ihn langsam hoch, bis es ihm gelang, die Last auf die Kante des Kofferraums zu schieben. Dann, nach einer kurzen Verschnaufpause, brauchte es nur noch ein festes Zupacken, einen Ruck, und Götze sank hinein, in den blau ausgekleideten Kofferraum. Als auch die Beine versorgt waren, warf Sonder einen letzten Blick auf den Mann, von dem er nicht wußte, ob er ihn bereits als Leiche betrachten mußte. Es hätte sich feststellen lassen, doch Sonder genügte der Anblick. Er, das Opfer, er, der immer Opfer gewesen war, hatte Götze, den Täter, unschädlich gemacht, aus dem Verkehr gezogen, sicher für den Moment, wahrscheinlich aber für immer. Und das Gesicht kam ihm irgendwie fremd vor, kleinäugig war es jetzt ohne den lupenartigen Effekt der Gläser.

Dann, ohne zu wissen warum, griff Sonder an Götzes Kopf vorbei nach einer der Weinflaschen. ›Château Latour‹ las er. Nie im Leben hatte er sich etwas unrechtmäßig angeeignet, nie auch nur daran gedacht. Und so lag es ihm auch jetzt fern, die Flasche zu stehlen. Er nahm sie an sich, so selbstverständlich, als handle es sich um ein Tauschgeschäft. Der Oberarzt gegen eine Flasche Wein. Soweit zu Götze, dachte er, als er den Kofferraumdeckel zuwarf.

Ein Lächeln huschte über sein Gesicht, als er den Rest des Giftes auf den Boden spritzte. Schnell ging er zu Götzes Wagen und legte das Projektil und das Metallrohr und auch die Flasche auf den Nebensitz. Bevor er einstieg, warf er einen Blick zurück auf den Ort seiner Tat, erkannte das Brillengestell mit dem zerbrochenen Bügel als einzigen Zeugen dessen, was sich hier abgespielt hatte. Er hob die Brille auf und warf sie ebenfalls in den Wagen. Dann setzte er sich hinters Steuerrad. Es war nun neunzehn Minuten nach acht. Nach kurzem Suchen fand er das Zündschloß, bald auch den passenden Schlüssel. Nach einigen Trockenübungen mit dem Schalthebel stieg seine Zuversicht, zumal bisher alles recht gut verlaufen war. So fuhr er los, ruckartig anfänglich, bald aber ging es leidlich, immerhin so, daß er nicht fürchten mußte, besonders aufzufallen.

Sonder lenkte den Wagen nach Witikon, bog dort in

die Katzenschwanzstraße ein. Er wollte den Stadtverkehr meiden, hatte vor, den Wagen irgendwo unauffällig abzustellen – er dachte an den Parkplatz beim Zoo –, um dann mit dem Tram zum Fußballplatz zu fahren. Für die zweite Halbzeit sollte es noch reichen, hatte er sich ausgerechnet.

Einige Minuten war Sonder schon hinter einem Wagen hergefahren, bis er gewahr wurde, daß es ein heller Mercedes war, so einer, wie Caesar ihn fuhr. Der Kofferraum! Caesar wird wohl einen rechten Schrecken kriegen. Den Gedanken, er könnte den Kofferraum noch oben beim Wald öffnen, verdrängte Sonder. Er wollte die möglichen Folgen nicht durchdenken, brauchte es nicht zu tun, redete er sich ein, nachdem bisher alles zu seiner Zufriedenheit verlaufen war.

Plötzlich Bremslichter. Sonder erschrak, wie sich der Abstand zum Vorderwagen bedrohlich schnell verringerte. Der Wagen quietschte, als er auf die Bremsen trat, rutschte leicht weg. Verkrampft klammerte sich Sonder ans Steuerrad. Der Wagen wollte und wollte nicht zum Stehen kommen. Unmittelbar vor ihm jetzt der Mercedes. Es klirrte, Glas zerbrach. Jetzt endlich stand der Wagen mit abgewürgtem Motor. Sonder sank tief in den Sitz, starrte auf das Armaturenbrett. Im nächsten Moment würde einer wutschnaubend die Tür aufreißen. Die Szene am Waldrand jagte durch seinen Kopf. Er sah den farbigen Pfeil im Hintern stecken, sah das Gesicht von Götze, zornig, verängstigt dann, sah Götzes Körper im blauen Kofferraum. »Welch ein Idiot bin ich doch! Halt doch unfähig für ein solches Unternehmen.«

Ein Hupen unterbrach sein stilles Jammern, ließ ihn aufschauen. Es war leer vor ihm, der Wagen war bereits in Richtung Adlisberg abgebogen. Und ein eigenartiger Geruch stieg ihm in die Nase. Es war der Wein. Das Klirren war von der Flasche gekommen, die nun zerschellt am Boden lag. Von hinten nun ein weiteres anhaltendes Hupen. »Gott sei Dank«, murmelte Sonder, als der Wagen sofort wieder ansprang.

Sehr vorsichtig jetzt näherte er sich der Tramstation Zoo. Rechts lagen die Parkplätze. Er hatte bereits den Blinker betätigt, als ihm einfiel, daß Caesar nicht weit von hier wohnte. Früher hatte er manchmal dort im Garten gearbeitet. An Samstagen. Besonders wenn Bäume gefällt werden mußten, war er dort gewesen, hatte gesägt und Holz gespaltet für den Kamin und sich so etwas dazuverdient. Es war eine Arbeit, die ihm Spaß machte, dennoch, allein Caesar zuliebe hätte er sie nicht getan. Warum auch? Dazu ließ sich dieser seine gesellschaftliche Stellung zu stark anmerken, auch im privaten Gespräch. Immer mußte er recht haben. Es gab kein Thema, bei dem er seine – Sonders – Meinung hätte gelten lassen, nicht einmal wenn es um die Jagd ging.

Sonder hatte sich entschieden. Er bog nach links ab. Diese Möglichkeit, Caesar eins auszuwischen, bei ihm etwas Verwirrung zu stiften, die wollte er nicht ungenutzt verstreichen lassen. Götze im Kofferraum und dessen Wagen vor der Haustür! Das wird dem Professor zu rätseln geben. Da kann er zeigen, ob er wirklich alles besser weiß. Langsam fuhr Sonder durch die Susenbergstraße, bog zweimal ab und stellte den Ford vor Bänis Villa. Er nahm den Plastiksack aus der Tasche und steckte das Projektil hinein. Das Rohr ließ er liegen. Erst auf dem Weg zur Haltestelle zog er seine Handschuhe aus, und noch im Tram rieb er sich das weiße Pulver von den feuchten aufgeschwollenen Händen.

6

»Nein, es tut mir leid, er ist noch nicht im Hause«, sagte Fräulein Stäuble. Der salbungsvolle Unterton in ihrer Stimme wirkte unnatürlich, absichtlich übertrieben, was vor allem jüngere Ärzte verunsichern mochte. »Nein, Herr Doktor Götze hat keine Nachricht hinterlassen.«

Kaum hatte die Sekretärin den Hörer aufgelegt, stand Bäni bereits wieder in der Tür. Er hatte sich schon mehrfach nach seinem Mitarbeiter erkundigt, auch aufgetragen, Götze, sollte er anrufen, sofort mit ihm zu verbinden. »Wieder nichts?«

»Nein. Der Rosetti hat nach ihm gefragt.«

Unmutig zog sich Bäni in sein Büro zurück. Er hätte Götze gerne die heutige Vorlesung übergeben, da er sich ausgebrannt fühlte, unfähig war, sich auf sein Manuskript zu konzentrieren, das zudem mangelhaft überarbeitet war. Vor einem Jahr hatte er sich krank gemeldet, um das ungeliebte Kapitel der Gefäßkrankheiten nicht lesen zu müssen. Götze hatte ihn damals vertreten, und das täte er bestimmt wieder. Er müßte ihn nur darum bitten. Wenn Götze nicht noch auftauchte, blieb ihm nichts anderes übrig, als selbst anzutreten. Ausgerechnet die Arteriosklerose, die er in den letzten Jahren vernachlässigt hatte. Es war inzwischen ein recht komplexes Thema geworden.

Bald hatte es in der Abteilung die Runde gemacht, daß Götze fehlte, wie am Abend zuvor schon. Es war unerklärlich, daß er, ohne jemandem Bescheid zu geben, nicht zur Arbeit kam. Auch Sonder war erstaunt. Er hatte angenommen, Caesar würde, wenn er schon den Kofferraum nicht öffnete, so zumindest Götzes Wagen vor seinem Haus entdecken. Im Dunkeln war der Ford ja noch zu übersehen gewesen, aber heute müßte er ihm doch aufgefallen sein.

Bäni hatte sich in Götzes Büro vergeblich nach dessen Vorlesungsmanuskript umgesehen. Unter dem Stichwort Arteriosklerose war nichts zu finden. Götze mußte es herausgenommen haben. Hat er wohl damit gerechnet, die Vorlesung erneut halten zu müssen oder dürfen? Oder will er ihm etwa eins auswischen? Nein, das ist nicht Götzes Art, nein, auf ihn ist Verlaß in solchen Dingen. Hundertprozentig. Um so erstaunlicher sein Fernbleiben ohne eine Nachricht. An sich hielt Bäni wenig von seinem Oberarzt. Götze hatte für ihn keine Kultur, kein musisches Verständnis, kein anderes Interesse als seine Karriere. Dafür tat er alles. Das machte ihn zu einem nützlichen Mitarbeiter, zu einem, der jeden Auftrag gewissenhaft ausführte. Götze selbst hatte seinen Einsatz einmal Hinaufdienen genannt. Hinaufdienen! Nach Bäni wahrhaft ein würdiger Ausdruck für eine verachtenswerte Gesinnung. Intelligenz setzt sich durch, ohne dienen zu müssen, davon war Bäni überzeugt, sah sich selbst als leuchtendes Beispiel.

Später blätterte Bäni in Lehrbüchern, nach einer brauchbaren Zusammenfassung suchend oder nach Diagrammen, die ihm als Grundlage für seine Vorlesung dienen könnten. Doch was er fand, war entweder alt und entsprach etwa den Notizen in seinem Manuskript, oder es war verwirrend, unverständlich in der Fülle der Abkürzungen, die ihm nicht vertraut waren. Seinen Ärger, mit den Erkenntnissen der neueren Forschung nicht mitgehalten zu haben, wischte er – nicht zum ersten Mal – mit dem Grundsatz hinweg, daß es bei der Vorlesung nicht so stark auf die Richtigkeit des Gesagten ankomme als auf eine didaktisch überzeugende Präsentation. Aber das hilft einem auch nicht viel weiter! Bäni stampfte durch sein Büro. Am Diakasten wählte er Bilder aus, nahm fast alle, die er zum Thema fand. Damit ließ sich Zeit gewinnen. Und in immer kürzeren Abständen fragte er im Sekretariat nach Neuigkeiten. Mehr als Mutmaßungen aber bekam er dort nicht zu hören, und dazu fehlte ihm die Zeit. Einzig ob Götze da war oder in nützlicher Frist noch eintreffen würde, war für ihn jetzt von Interesse.

Ohne viel Zuversicht sah er zuletzt einen Stapel neuerer Publikationen durch, um vielleicht da etwas Verwertbares zu finden. Er stieß auf eine Arbeit zur Geschichte des Kreislaufes, zögerte, legte sie weg, nahm sie wieder auf. Durfte er sich davon Rettung versprechen? Ja, warum sollte er heute nicht etwas abschweifen? Er könnte doch ganz gut einmal die geschichtlichen Hintergründe der Kreislaufforschung darlegen, die in dieser Arbeit von Professor Leubi aus Freiburg zusammengefaßt waren. Das zu tun müßte doch in der akademischen Freiheit liegen, die ja auch die Freiheit der Lehre einschließt. Und es könnte den Studenten nur guttun, wenn mit einer interdisziplinären Vorlesung gleichsam einmal etwas weiter ausgeholt würde, dachte er sich. Bäni glaubte ohnehin, zunehmend Fachidioten auszubilden, nur noch Techniker, denen – besonders seit auch noch der Lateinunterricht fallengelassen wurde – jedes humanistische Denken abging.

Hastig las er die Arbeit, unterstrich vielfarbig, wichtige Namen rot, Fakten blau, Texte – vorwiegend in Latein und Französisch –, die er zum Vorlesen geeignet fand, gelb. Bäni war zufrieden, als er die Vorlesung gerettet sah, mehr noch, er war stolz, seinen Studenten einmal zeigen zu können, was unter einem klassisch gebildeten Geist zu verstehen ist.

Bevor Bäni wegfuhr, ließ er Thalmann rufen, bat ihn, er möchte ihn zur Vorlesung begleiten. Sie kamen auf der kurzen Fahrt zur medizinischen Fakultät wieder auf Götze zu sprechen, werweißten weiter um sein Wegbleiben, auch jetzt, ohne eine sinnvolle Erklärung zu finden. Vor den Studenten erklärte Bäni, er sei eines Mißverständnisses wegen gezwungen, eine Änderung im vorgesehenen Ablauf der Vorlesung vorzunehmen, und kündigte an, an diesem Tag einen Abriß über den Kreislauf der Geschichte zu geben. Unruhe entstand, einige Studenten lachten. Er hätte sich da wohl in der Fakultät geirrt, meinte einer. Das Gelächter schwoll an, und Bäni, ahnungslos, was diese plötzliche Heiterkeit veranlaßt hatte, suchte in der Menge Thalmanns Kopf auszumachen. Ohne Erfolg. So blieb er im ungewissen, bis eine Studentin in der ersten Reihe sich seiner erbarmte und ihn auf den Versprecher aufmerksam machte. Jetzt lachte auch er, nicht herzlich zwar, da er es nicht schätzte, ausgelacht zu werden. Als etwas Ruhe eingekehrt war, meinte er, daß dies gewiß auch ein interessantes Thema wäre, daß er aber vielmehr vorhätte, über die Geschichte des Kreislaufes zu sprechen.

Als Bäni mit Hippokrates begann, verließen einige Studenten den Hörsaal durch den Hinterausgang. Bäni ging zu Aristoteles über, der angenommen hatte, daß Luft von der Lunge ins Herz gelange und daß ein Gemisch von Luft und Blut in der linken Kammer zum Kochen gebracht werde. Diese Anschauung sei aufrechterhalten worden, bis Thomas von Aquin mit seinem Werk ›De motu cordis‹ den Naturwissenschaftlern eine Lektion erteilt habe. »Ridiculum igitur est dicere quod calor sit principium motus cordis«, las der Professor vor. Der Philosoph hätte damit gezeigt, was logisches Denken zustande bringe, sagte er mit einem selbstgefälligen Lächeln.

Während Bäni wie ein Gymnasiallehrer die lateinischen Ausführungen von Vesal vorlas und übersetzte, verließen weitere Studenten den Hörsaal. Daß der große Anatom damals zwei voneinander unabhängige Gefäßsysteme vertreten hatte, interessierte sie anscheinend nicht. Ist schließlich auch nicht Prüfungsstoff, dachte Thalmann mit einem gewissen Maß an Verständnis. Ihm war inzwischen klargeworden, daß Caesar eine kürzlich in der ›Zeitschrift für den Schweizer Arzt‹ erschienene Arbeit vortrug. Er begriff nicht, warum Caesar ihn mitgenommen hatte, ärgerte sich darob, denn zum einen kannte er diesen Artikel, zum andern wartete in der Abteilung wahrlich genug Arbeit auf ihn.

Bäni betonte, daß es wieder ein Theologe war, den der Mangel an Logik störte und der die Existenz eines Lungenkreislaufes postulierte. Hohes Lob zollte Bäni dann dem englischen Anatomen William Harvey für seine hervorragende Arbeit ›Exercitatio anatomica de motu cordis et sanguis in animalibus‹. Er nannte dies ein Beispiel exakter Beobachtung und logischer Deduktion, eine Formulierung, die er wörtlich von Kollege Leubi übernahm. Danach las Bäni einen französischen Text vor, die Antwort von Descartes, der Harveys Arbeit ins Lächerliche zog. Descartes hielt an der alten Theorie der Blutverdampfung fest, wobei er sich auf das Experiment berief. Ein weiterer Beweis, meinte Bäni, den Zeigefinger erhoben, daß sich Denken nun mal nicht ersetzen lasse, weder durch Beobachtung noch durch das Experiment. Beides könne täuschen und einen zu falschen Schlüssen verleiten.

Ein Teil der verbliebenen Zuhörer dankte für diesen geschichtlichen Exkurs mit intensivem, langanhaltendem Klopfen. Auch wenn es wenige waren, Bäni genoß den Applaus. Schließlich zählt das Lob einer Elite weit mehr als jenes der breiten Masse.

»Es ist schon fast zu heiß, etwas Ernsthaftes zu tun«, meinte Bäni. Sonst wurde auf der Rückfahrt wenig gesprochen. Zurück in der Klinik vernahmen sie, daß Götze noch nicht aufgetaucht wäre, auch nichts von sich hätte hören lassen. Nach der allgemeinen Meinung, wie Imelda Stäuble bekanntgab, müßte man nun die Polizei verständigen. Man müßte zumindest mal anfragen, ob etwas bekannt sei, ein Unfall vielleicht. Bäni übernahm diese Aufgabe selbst. Er wurde ärgerlich, als er zum dritten Mal weiterverbunden wurde und sein Anliegen von neuem vorbringen mußte. Der Mann, mit dem er dann sprach, schien Notizen zu machen, jedenfalls wiederholte er alles, was Bäni ihm mitteilte. In Götzes Wohnung in Fällanden melde sich niemand. Götze sei geschieden. Die Frau lebe mit dem Kind im Tessin, in Lugano, soviel er wisse, zerstritten, offenbar ohne Kontakt. Ein roter Ford. Nein, die Nummer kenne er nicht. Bäni machte eine Grimasse zu Imelda. Wie käme er dazu, sich die Autonummer eines Mitarbeiters zu merken?

»Es liegt keine Meldung vor«, sagte der Mann von der Polizei zuletzt. »Wir werden die Angelegenheit jedenfalls im Auge behalten.«

In der Mittagspause erzählte Zimmerli von einem Arzt, der sich davongemacht hatte, als er nach einer ehrenvollen Wahl seine Zeugnisse hätte vorlegen sollen. Es wäre ein Hochstapler gewesen, der nie studiert hatte. Vielleicht müßte er auch einmal ins Gespräch eingreifen, dachte sich Sonder, auch eine mögliche Lösung anbieten, um am Ende nicht noch aufzufallen. Doch es kam ihm nichts anderes in den Sinn, als: Götze könnte drunten in der Garage im Kofferraum eines Wagens liegen. Also schwieg er.

7

Nachdem er die Rosen begossen hatte, trug Bäni den Liegestuhl auf den Rasen, stellte ihn in den Schatten des Nußbaums. Er wischte sich mit dem Handrücken die Schweißperlen von der Stirn, als er ins Haus zurückkehrte. An der Bar goß er sich einen Martini ein und holte Eis in der Küche, wo seine Frau Monica das Abendessen vorbereitete. Gegen sieben sei es soweit, sagte sie, sie werde ihn rufen. Im Hinausgehen nahm Bäni die Zeitung vom Tisch und machte es sich im Liegestuhl, geschützt vor der noch immer kräftigen Abendsonne, bequem.

Er dachte an das rätselhafte Verschwinden seines Oberarztes, ging erneut die verschiedenen Mutmaßungen durch, die den Tag durch dazu angestellt worden waren. Von Zeit zu Zeit griff er nach dem Glas, das auf dem Boden stand. Ist Götze vor etwas davongelaufen? Hat er vielleicht betrogen? Oder hat er ganz einfach durchgedreht? Soll ja vorkommen. Selbstmord womöglich? Aber doch nicht Götze! Oder ist er am Ende etwa das Opfer eines Verbrechens geworden? Diese Gedanken, mochten sie sich in dieser oder jener Form auch stets wiederholen, waren Bäni nicht unangenehm. Im Gegenteil, die Ungewißheit um Götzes Schicksal erzeugte in ihm einen seltsamen Kitzel. Sich darob zu schämen war nicht seine Art, dennoch nahm er die Zeitung zur Hand, um sich abzulenken. Wahllos begann er zu lesen, kam aber nie weit. Seine Gedanken schweiften ab, bevor die Sätze einen Sinn bekamen. Bald ließ er die Zeitung wieder sinken, nippte einige Male an seinem Martini und starrte in das grüne Blätterdach. Die Gedanken an seinen Oberarzt schlichen sich wieder ein, begannen sich von neuem im Kreis zu drehen, wurden zunehmend unklarer, verschwammen. Eingelullt vom monotonen Klicken des Rasensprengers und dem gleichmäßig auf- und abschwellenden Rauschen des Wassers, das auf den ausgetrockneten Boden fiel, döste er ein. Die Zeitung glitt zu Boden, das Eis im Glas schmolz.

»Harald, Harald.« Das schrille Rufen seiner Frau kam von sehr weit her. Instinktiv fühlte Bäni, daß es nicht die Aufforderung zum Essen sein konnte. Er erhob sich schwer, stieß sein Glas um und ging, geblendet vom grellen Licht, wankend dem Hause zu. »Es ist jemand an der Tür!« rief ihm seine Frau aus der Küche zu. »Ich kann jetzt nicht weg!«

Es läutete nochmals, zweimal lang. Bäni ging auf dem Gartenweg um sein herrschaftliches Haus und kam so von der Seite her zum Eingang, was ihm Gelegenheit gab, den Mann, der dort wartete, kurz zu mustern. Er konnte sich nicht erinnern, ihn je gesehen zu haben. Es war ein eher unauffälliger Herr, um die Sechzig, rundlich, glatzköpfig, bieder wirkend in seinem altmodisch geschnittenen Anzug, der eine Nummer zu groß schien. Auch das Gesicht, das sich ihm nun zuwandte, war Bäni unvertraut. An dem Mann war nichts Besonderes, so dachte Bäni, der die klaren, lebhaften Augen nicht bemerkte, Augen, die mehr zu sehen versprachen, als man einem biederen älteren Herrn allgemein zutraut.

»Häberli, Kriminalkommissar. Guten Abend, Herr Professor. Sie haben heute mit uns telefoniert.«

»Herr Kommissar, was führt sie zu mir?« Bäni zog erwartungsvoll die Brauen hoch, als er dem Mann die Hand reichte. »Haben Sie Nachricht von Doktor Götze?«

»Wir haben seinen Wagen gefunden.«

»Wo denn?« fragte Bäni schnell.

»Gerade da unten, vor Ihrem Haus«, entgegnete der Kommissar ruhig.

»Was!« schrie Bäni auf. »Was sagen Sie da?«

»Ihr Nachbar hat uns auf den Wagen aufmerksam gemacht. Er soll bereits seit gestern abend hier stehen. Ist Ihnen der Wagen denn nicht aufgefallen?«

Bäni schluckte leer, als er die Frage verneinte. Das Blut war ihm in den Kopf gestiegen beim Gedanken, auch nur am Rande in diese Sache hineingezogen zu werden. »Und was ist mit Doktor Götze?« Es gelang ihm mit Mühe, einen spöttischen Ton zu unterdrücken.

»Das wissen wir nicht. Ist er gestern abend etwa bei Ihnen gewesen?«

»Nein. Wir haben gestern ein Fest gehabt, und Doktor Götze ist nicht erschienen. Wir haben ihn erwartet, in einer Waldhütte … Sein Wagen? Ich war auf der Forch. Was soll das?«

Bäni nickte, als Häberli ihn fragte, ob er einen Moment Zeit hätte. Auf der Straße erkannte er den roten

Ford sogleich, begriff nicht, wie er diesen zuvor hatte übersehen können. Der Wagen stand tatsächlich nur wenige Meter vor seiner Garageneinfahrt. Bäni blieb stehen und schaute dem jungen Mann zu, der bei der offenen Tür kniete. Dieser war daran, Gegenstände vom Boden des Wagens zu nehmen und diese behutsam in einem Plastikbeutel zu sammeln. Als sie zu ihm hintraten, erhob er sich mit einer eleganten Bewegung, die einen sportlich trainierten Körper verriet.

Der Kommissar stellte seinen Mitarbeiter vor. Man nickte sich zu, doch der Blick des Professors streifte das jugendliche Gesicht von Doktor Manz nur flüchtig. Seine Aufmerksamkeit galt vielmehr dem Beutel in dessen Hand. Er enthielt Scherben, die grünen Scherben einer Flasche. Der Turm! Unverkennbar der Turm auf dem schlichten Etikett. Es lief Bäni kalt über den Rükken. Dieser Turm erinnerte ihn an ein Dutzend Flaschen Château Latour, die er vor einer Woche von Eugen Rusterholz erhalten hatte und die noch immer in seinem Kofferraum lagen. Er hatte sie vergessen. Zwölf Flaschen Château Latour vom Jahrgang 59 hatte er einfach vergessen. Die Vorstellung, sie mehrere Tage durchgeschüttelt zu haben, gab ihm einen Stich durchs Herz.

»Doktor Götze scheint ein Feinschmecker zu sein.« Das Interesse des Professors am Inhalt des Beutels war Manz nicht entgangen.

Höhnisch lachte Bäni auf. »Götze ein Feinschmecker! Er ist mit Knödeln, Wurst und Bier restlos zufrieden.« Und mit Abscheu erinnerte er sich, daß Götze einmal einen Lynch-Bages, den er irrtümlich zum Prüfen bekam, trotz penetrantem Zapfengeschmack ausgezeichnet fand.

»Nun, ein 59er Latour ist gewiß nicht zu verachten.«

Bäni zuckte zusammen. Der Wein, der Wagen hier, und Götze verschwunden! Wie paßte das zusammen? Ein 59er bei Götze! Da war kein Sinn darin. Plötzlich tat Bäni zwei Schritte nach vorn – die Bewegungen waren hölzern, das spürte er –, um sich am Wagen abzustützen. Zum Ärger von Manz. Bäni beugte sich vor, blickte hinein in den Wagen, als würde er etwas Bestimmtes suchen. Der Geruch von abgestandenem Wein stach ihm in die Nase. Château Latour! Bäni kämpfte gegen die Übelkeit. »Können Sie sich einen Reim auf diese Geschichte machen?« fragte er den Kommissar tonlos, zwei feuchte Abdrücke auf der Karosserie hinterlassend.

»Es ist zumindest merkwürdig«, meinte Häberli. »Eine Flasche Wein und eine Brille am Boden, beide zerbrochen, und ein Metallrohr auf dem Nebensitz.«

»Eine Aktentasche auf dem Rücksitz und ein Zündschlüssel, der steckt«, ergänzte Manz.

»Und Götze verschwunden«, murmelte Bäni vor sich hin.

Nach Aussage des Nachbarn, so Häberli, mußte der Wagen zwischen 17 Uhr und 22 Uhr hier abgestellt worden sein. Bäni war ratlos. Er hatte das Haus etwa zwanzig Minuten vor acht verlassen und Götzes Wagen dabei nicht gesehen. Was aber wollte das schon besagen? Schließlich war ihm der Wagen auch heute nicht aufgefallen. Auf die Frage des Kommissars, ob vielleicht jemand im Haus nähere Angaben machen könnte, führte ihn Bäni hinauf, und zusammen gingen sie in die Küche. Seine Frau aber war keine Hilfe. Sie gab an, den Wagen wohl gesehen, aber nicht gekannt zu haben. Und am gestrigen Tag war sie bereits vor 16 Uhr ausgegangen und erst gegen 23 Uhr zurückgekehrt. Am Dienstag war der wöchentliche Bridgeabend.

Nachdem der Wagen zur weiteren Spurensicherung aufgeladen war, verabschiedeten sich die Polizisten. Bäni trat in den Salon und ließ sich in einen Sessel fallen. Es war ein hoher Raum mit Stuckdecke, erlesene Möbel standen darin, großzügig angeordnet, an den Wänden Landschaften und Stilleben. Neunzehntes Jahrhundert. Es kann nur Zufall sein, redete sich Bäni ein. Was soll er mit Götzes Ford schon zu tun haben? Der Château Latour aber irritierte ihn. Château Latour! Er spürte, wie sich dieser Name, sonst Quell herrlicher Erinnerungen, unheilschwanger in seinem Hirn festkrallte, wie dieser Name plötzlich eine Bedrohung in sich barg, die ihm unerklärlich war. Die zwölf Flaschen, die in seinem Wagen lagen, hatte er für ein Gutachten erhalten, für ein kollegiales Entgegenkommen in einer unangenehmen Sache. Es war ihm wohl bewußt, daß ohne weiteres auch ein anderer Standpunkt vertretbar gewesen wäre.

Als seine Frau zum Essen rief, erhob sich Bäni mechanisch und ging hinaus zum Gartensitzplatz, wo der Tisch gedeckt war. Während sie schöpfte und Wein einschenkte, erzählte er kurz, was vorgefallen war, verschwieg jedoch die Geschichte mit dem Wein. Was sollte er sie an seine Vergeßlichkeit erinnern, die er noch nie so schmerzlich empfunden hatte wie gerade jetzt? Abwesend stocherte er eine Weile im Essen herum, leerte dann hastig sein Glas und stand auf. Er möge nicht essen, erklärte er, die Sache mit Götze mache ihm zu schaffen. »Warum mußte der Idiot seinen Wagen gerade hierhin stellen«, fluchte er vor sich hin, als er ins Haus ging.

Monica Bäni hörte, wie die Kellertür ins Schloß fiel. Sie hatte sich im Laufe der Jahre an die Launen ihres Mannes gewöhnt, hatte gelernt, seine Eskapaden gelassen zu nehmen. Soll sich eine andere Sorgen machen, war seit einiger Zeit schon ihre Devise, eine genügt vollauf, mehr hat er nicht verdient. Und daß Imelda Stäuble – nicht als erste übrigens – sich Sorgen um ihn machte, das wußte sie von den bekümmerten Anrufen aus dem Sekretariat, wenn er aus irgendeinem Grund einmal etwas später oder gar nicht zur Arbeit ging.

Es gibt unglaubliche Zufälle, versuchte sich Bäni auf dem Weg zur Garage einzureden. Das erlebt man doch immer wieder. Mit dieser Angelegenheit hier kann er gar nichts zu tun haben, daran ändert auch der Wein nichts, trotz des Jahrgangs. Und der Wagen? Sollte es am Ende vielleicht doch ein Zeichen sein, ein Racheakt von Götze, der von dem Gutachten wußte? Unsinn! Die Anzahl der Flaschen wird es beweisen, wehrte Bäni diese absurde Mutmaßung ab. In wenigen Momenten werden alle Zweifel ausgeräumt sein, wird endgültig feststehen, daß die Ängste unbegründet waren. Alles andere wäre widersinnig. Dennoch zögerte Bäni, als er hinter seinem Wagen stand.

Krachend fiel der Deckel des Kofferraumes wieder zu. Bäni taumelte, prallte mit dem Hinterkopf gegen das

Garagentor. Er fiel, stürzte in ein schwarzes Loch, das sich plötzlich aufgetan hatte. Endlos schien es ihm. Dann der Aufprall. Bäni rappelte sich hoch. Er mußte für einige Momente das Bewußtsein verloren haben, hatte den Kofferraum noch gar nicht geöffnet. Oder doch? Noch war das Krachen nicht verhallt. Bäni schleppte sich zur Treppe, mühsam, die Beine drohten ihm den Dienst zu versagen. Und wie betäubt ließ er sich auf die Stufen sinken und schlug die Hände vors Gesicht. Götze war tot, dessen brauchte er sich nicht zu versichern. Der abgedrehte Kopf ließ keine Frage offen. Lange saß er da, im Dunkeln, nachdem das automatische Licht ausgegangen war, unfähig, einen klaren Gedanken zu fassen, hoffend nur, bald aus diesem bösen Traum zu erwachen. Als er sich soweit beruhigt hatte, einsehen mußte, daß ihn nichts aus dieser mißlichen Lage erlösen würde, daß es nur an ihm lag, mit dieser unwirklich anmutenden Tatsache fertig zu werden, stand Bäni auf. Er machte wieder Licht und ging langsam hinter den beiden Wagen auf und ab.

Jemand hatte ihm einen üblen Streich gespielt, einen makabren Streich mit unabsehbaren Folgen. Soviel stand fest. Eigentlich müßte man jetzt die Polizei rufen. Gewiß wird das auch erwartet von dem, der ihm die Sache eingebrockt hat. Damit würde er sich selbst ausliefern, dem Kommissar und seinem Gehilfen zunächst – ihre Namen hatte er vergessen. Augenblicklich kämen sie zurück. Sie würden Fragen stellen, unangenehme Fragen, würden ihn womöglich bedrängen. Doch weit schlimmer, er fiele auch den Journalisten in die Hände, die zum

Gefolge der Polizei gehören. Und diesen ist nichts heilig, das weiß man ja, sie stürzen sich auf alles, was Schlagzeilen verspricht. Und diese Geschichte läßt sich ausschlachten. Ausbeineln würden sie ihn, wegen diesem Vorfall, für den er gar nichts konnte. Rücksichtslos würde er dem Pöbel vorgeworfen, wie ein Stück Fleisch den Geiern. Er, ein mehrfach ausgezeichneter Professor der Medizin, ein Oberst der Armee, Vorsteher der örtlichen Kirchpflege auch, ein Mann also, der seine Pflichten wahrnimmt, dafür den vollen Respekt der Mitbürger verdient hätte. Bäni sah bereits die Schlagzeilen. ›Toter Arzt in Kofferraum von Zürcher Professor!‹ Das mußte verhindert werden. Unter allen Umständen. Aber wie? Dazu bräuchte er Hilfe. Bäni dachte an Parteifreunde, Verbindungsbrüder, Berufskollegen, schätzte ihren Einfluß ab, ihre Beziehungen in der Politik. Irgendwie mußte sich die Sache regeln lassen, ohne an die große Glocke gehängt zu werden. Das Polizeiwesen untersteht einem Bürgerlichen, überlegte er. Glücklicherweise. Da ist eher Verlaß. Dennoch, das Vorgehen war heikel, dessen war er sich bewußt, bedurfte einer exakten Planung. So beschloß er, zuerst einmal die Faktoren zu ordnen, bevor er diesbezüglich etwas unternehmen wollte.

Der Wagen war am Abend zuvor irgendwann zwischen 17 und 22 Uhr vor seinem Haus abgestellt worden. Soviel wußte Bäni von der Polizei. Er selbst hatte Götze kurz vor 18 Uhr zuletzt gesehen, lebend gesehen, als sie zusammen die Klinik verließen. Eineinhalb Stunden etwa hatte er zu Hause verbracht, ehe er zur Waldhütte fuhr, und zurück kam er erst nach Mitternacht wieder. Mit Götzes Wagen vor seinem Haus mußte man ihm die Leiche in der Zeit, als er zu Hause war, in den Kofferraum gelegt haben. Das war nur logisch. Wie aber hätte dies überhaupt geschehen sollen? Er schloß das Garagentor doch stets ab. Darin war er pedantisch. Wie soll also jemand... Plötzlich schlich sich ein Zweifel ein. Könnte er mit der peinlichen Angelegenheit vielleicht nicht doch zu tun haben? Der Gedanke an einige Vorfälle, die für ihn unerklärbar geblieben waren, verunsicherten ihn. Er hatte sich in letzter Zeit einige Male in seltsamen Situationen befunden, ohne zu wissen, wie er da hineingeraten war. Er hatte diese Amnesien verharmlost, sie als professorale Vergeßlichkeit abgetan, sich eingeredet, es wäre nichts anderes als die Folge einer geistigen Überanstrengung. Mit der Abgabe einiger Ämter und einer Entlastung, was die Vorlesungen betraf, würde sich das geben, hatte er geglaubt. Bäni blieb stehen, als ihn der ungeheure Verdacht befiel, er könnte tatsächlich in diese unselige Geschichte verwickelt sein, mehr noch, er könnte selbst... Er war am Abend zuvor im Liegestuhl eingenickt, überlegte er sich schnell, und beim Erwachen hatte er angenommen, eine Stunde geschlafen zu haben. Sollte in dieser Zeit etwas vorgefallen sein, etwas Grauenhaftes, Unvorstellbares, das aus seinem Gedächtnis gestrichen war? War es mit ihm soweit, daß er völlig die Kontrolle über sich verloren hatte? Erneut vermeinte er zu spüren, wie der Boden unter seinen Füßen nachgab. Schwer ließ er sich wieder auf die Treppe sinken.

Ob er sich nun schuldig gemacht, sich wirklich an Götze vergriffen hatte, es würde für ihn mit großer Wahrscheinlichkeit ein Rätsel bleiben. Das mußte er sich eingestehen, nachdem er vergeblich versucht hatte, sich zu erinnern. Er konnte auch nicht erwarten, daß sich die Erinnerung später wieder einstellen würde, dies war bei den früheren Ereignissen auch nie der Fall gewesen. Wenn er nun den grausigen Fund der Polizei meldete, so überlegte er, müßte er wohl damit rechnen, in Verdacht zu geraten. Man würde ein Alibi von ihm haben wollen, und das konnte er nicht vorweisen. Man würde ihm allerlei Fragen stellen, würde versuchen, ihn zu verwirren. Diesem Druck befürchtete er nicht gewachsen zu sein. Nicht mehr. Die Polizei hat da ihre Methoden, das kennt man ja. Von dem gemütlich wirkenden Kommissar ging zwar wenig Gefahr aus, meinte er, mit ihm würde er sich arrangieren können. Um so mehr mißtraute er diesem Mitarbeiter. Das könnte sehr gut ein Draufgänger sein, der auf Ansehen und Bedeutung einer Person keine Rücksicht nimmt. Und dann eben die Presse.

Es galt nun Vorkehrungen zu treffen, daß es nie soweit kommen konnte. Und Bäni begann, sein Wissen gegen jenes der Polizei abzuwägen. Der Polizei war einzig bekannt, daß Götzes Wagen vor seinem Hause stand, stellte er fest, und daß eine Flasche Château Latour darin lag. Wenn er sich also der Leiche unauffällig entledigte und auch den Wein verschwinden ließe, dann müßte doch Götzes Wagen geradezu zu seinen Gunsten sprechen, überlegte er sich. Welcher Schuldige wollte schon in dieser Weise auf sich aufmerksam machen? Diese

Feststellung gab dem Professor etwas von seiner Überzeugung zurück, jede Situation dank seiner Intelligenz meistern zu können. Die Würfel waren also gefallen, die Leiche mußte verschwinden. Versenken, beschloß er, und auch die Stelle, wo das geschehen sollte, stand für ihn schnell fest. Er dachte an das tiefe Becken unter dem Hirschfels, über den das Wasser der Sihl in mehreren Kaskaden hinunterfällt.

Bäni öffnete den Kofferraum wieder, ohne zu zaudern diesmal. Was ihn erwartete, wußte er nun ja. Zudem war ihm der Umgang mit Leichen vertraut, die schließlich Objekte seiner medizinischen Tätigkeit darstellten. In diesem Falle überstieg zwar sein Interesse an der Todesursache die berufliche Neugier weit, dennoch ging er bei der kurzen Untersuchung emotionslos vor. So, als ob es reine Routine wäre, beschaute er die Schleimhäute, befühlte mit Zeige- und Mittelfinger die Wunde unter dem Auge, tastete den Kopf, speziell den Hinterkopf, nach weiteren Verletzungen ab. Außer einem Bruch des Jochbeines aber ließ sich nichts feststellen, und diese Verletzung war für den Tod nicht verantwortlich zu machen. Fraktur des Arcus zygomaticus, rechts, sagte Bäni vor sich hin, als würde er diktieren.

Um an die Kiste mit dem Wein herankommen zu können, faßte Bäni Götzes Körper unter den Armen und zog ihn gegen sich, bis er sich über den Rand des Kofferraumes legen ließ. Auch keine penetrierenden Wunden am Rücken, stellte er kurz fest, keine größeren Blutungen jedenfalls. Dann griff er über die Leiche hinweg nach dem Wein und hob die Kiste heraus. Und mit blokkierten Armen mußte Bäni zusehen, wie Götze zurücksank, zunehmend schneller, und er wandte sich ab, als der Kopf mit einem dumpfen metallischen Klang aufschlug. Götze hat einfach keinen Stil, dachte er einmal mehr, auch als Leiche nicht. Mit der gebührenden Vorsicht trug er darauf den Wein die Treppe hoch, in den Keller, wo das Holz für den Kamin lagerte, und versteckte ihn unter einigen Birkenscheiten.

Monica Bäni schaute auf die Uhr, als sie den Mercedes wegfahren hörte. Es war kurz nach acht. Sie hatte es sich in einem Liegestuhl gemütlich gemacht, zog genüßlich an einem Zigarillo und schaute zu, wie die Rauchwölkchen ins Blau des Himmels übergingen, während aus dem Haus die Klänge von Dvořáks Symphonie ›Aus der neuen Welt‹ drangen. Sie fragte sich nicht, was ihr Mann solange im Keller getan haben mochte, auch nicht, wohin er nun fuhr. Sie hoffte nur, daß er sie nicht mehr stören würde an diesem Abend, daß sich ein Vorfall wie jener Mitte April nicht wiederholte, als er gegen 10 Uhr abends vom Flughafen anrief, ohne zu wissen, warum er überhaupt dort war. In seiner Tasche hatte ein Parkschein gesteckt, und der Wagen, den sie nach langem Suchen erst fanden, war vorne rechts leicht zerbeult gewesen, das Glas von Licht und Blinker zerbrochen. Was an jenem Abend genau vorgefallen war, blieb im dunkeln. Man hatte die Polizei auch nicht informiert. Auf Anraten von Eugen Rusterholz, der Überarbeitung diagnostiziert hatte, war ihr Mann darauf zwei Wochen in Flims zur Erholung. Seine Vergeßlichkeit aber hatte sich nicht gebessert.

8

Bäni fuhr nervös, verschaltete sich gelegentlich, vergaß den Blinker zu betätigen. Bewußt aber fuhr er langsamer als sonst, was ihm nicht leichtfiel. Die vielen Bußen, die er vorwiegend für Geschwindigkeitsübertretungen erhalten hatte, waren ihm Bestätigung für einen rassigen Fahrstil. Heute aber durfte er nicht auffallen, durfte in keine Kontrolle geraten, heute auf keinen Fall. Bei Horgen verließ er die Autobahn und fuhr Richtung Hirzel. Die üppige Moränenlandschaft war überflutet von den Strahlen der tiefstehenden Sonne. Runde Hügel, jeder gekrönt von einem kräftigen Laubbaum, dazwischen schilfbewachsene Moore und kleine Weiher. Bäni gefiel diese Gegend, er hatte hier auch einige Bilder gemalt, früher, als er noch Muße dazu fand. Gerade Landschaften malte er ansprechend. So verstrahlten seine Bilder aus dieser Gegend Sinnlichkeit, vermittelten durch die sanft geschwungenen und doch akzentuierten Formen etwas durch und durch Weibliches. Heute aber hatte er keine Augen für diesen Liebreiz. Sein ganzes Sinnen war darauf ausgerichtet, die gefährliche Fracht loszuwerden. Unbeobachtet auf jeden Fall.

Jenseits vom Hirzel kam er ins bewaldete Sihltal, das bereits im Schatten lag. Eine schmale Naturstraße führte steil hinunter zum Fluß, zur Stelle, die sich Bäni ausgesucht hatte. Fünf Autos zählte er, Ausflügler, die – wie er vermutete – in der Dämmerung aufbrechen würden. Er fuhr etwas weiter und stellte seinen Wagen hinter einige halbhohe Büsche. Und aus der Ferne beobachtete er das fröhliche Treiben am Fluß, wo dieser unter dem kleinen Wasserfall ein ruhiges Becken bildete. Zarte Rauchschwaden hingen über dem Wasser. Kinder warfen Steine, versuchten diese auf der Oberfläche aufspringen zu lassen.

Warum eigentlich hier, fragte sich Bäni plötzlich. Woher nahm er eigentlich die Gewißheit, daß dieser Ort geeignet war? Doch er mochte sich mit dieser Frage nicht weiter herumschlagen. Er hatte die Stelle festgelegt, und getroffene Entscheidungen umzustoßen war nicht seine Art. Bäni setzte sich auf eine Bank. Er mußte den Anbruch der Dunkelheit abwarten, zudem brauchte er etwas Ruhe. Der Tag hatte ihn gefordert, in jeder Beziehung, und weitere Mühen standen noch an. Er schloß die Augen. Von Zeit zu Zeit fiel ihm das Kinn auf die Brust, und bruchstückhaft nur noch drangen die schrillen Schreie der Schwalben und das helle Rufen der Kinder an sein Ohr.

Ein scharfes Zischen ließ Bäni aufschreien, und das darauffolgende Krachen wirbelte ihn von der Bank. Geduckt stand er in der Finsternis, die Arme über dem Kopf, als gelte es, einen Angriff abzuwehren. Das Rauschen der Bäume mischte sich mit verhallendem Donnergrollen. Gedanken durchzuckten Bänis Hirn wie die Blitze der Nacht, ließen ihn andeutungsweise erkennen, wo er sich befand. Aber der Grund? Bedrohlich knackten die Äste über ihm, knarrten die Stämme unter den heftigen Windstößen, die aus allen Richtungen zu kommen schienen. Und bevor sich Bäni noch von der Stelle gerührt hatte, begannen schwere Tropfen zu fallen und schwemmten alles Traumhafte hinweg.

Nur mit Mühe fand Bäni zu seinem Wagen zurück, völlig durchnäßt schon. Gnadenlos prasselte der Regen nun nieder, windgepeitscht, trommelte wellenartig übers Dach, selbst Donnerschläge übertönend. Mit einem großen Nastuch trocknete sich Bäni Gesicht, Hals und Hände. Ärgerlich zwar über diese Unannehmlichkeit, mußte er sich doch eingestehen, daß dieser Sturm auch Vorteile mit sich brachte. Zumindest hatte er die Gewißheit, daß ihn bei seinem heiklen Vorhaben niemand überraschen würde. Der erste Versuch, in die Nähe des Flusses zu fahren, mißlang noch. Das Licht des Scheinwerfers drang nicht durch das sintflutartig fallende Wasser, nur Blitze vermochten die nähere Umgebung silhouettenhaft zu erleuchten. Es wurde gegen 10 Uhr, bis der Regen etwas nachließ. Bäni sah nun mehr und fuhr los, fuhr langsam dem Sträßchen entlang. Die andern Wagen waren verschwunden, wie erwartet. Als einziger hatte er das aufziehende Gewitter nicht bemerkt. Er kannte den Weg, der zwischen den Bäumen hindurch zum Fluß führte, ein Fußweg zwar, doch breit genug, um durchzufahren. Meter für Meter tastete er sich vorwärts. Äste bogen sich ihm entgegen, schnellten fort in die Dunkelheit.

Als er nichts mehr vor sich sah, hielt Bäni an, in sicherem Abstand zum Ufer, und stieg aus. Er wollte die

Sache hinter sich haben. Je schneller, desto besser. Das Scheinwerferlicht ließ er brennen, es sollte ihm den Weg zeigen. Bäni war überrascht vom Gewicht der Leiche. Unvorstellbar, daß er sie in den Kofferraum hatte heben können. Man soll ungeahnte Kräfte entwickeln in der Not. Er mußte in Not gewesen sein. Verbissen gegen Wind und Regen ankämpfend, schleppte er die Leiche über den morastig gewordenen Boden hin zum Fluß. Dort verschnaufte er eine Weile, um Kraft zu sammeln. Dann packte er zu, endgültig, um den unseligen Götze mit einem wuchtigen Stoß ins aufgewühlte Wasser zu befördern. Bäni glitt aus. Machtlos rutschte er die steile Böschung hinunter, zusammen mit der Leiche. Und verzweifelt klammerte er sich an Götze fest, als die entfesselte Natur sie alle beide zu verschlucken drohte, krallte seine Finger in dessen Kleider. Bis zur Brust im Wasser bereits, fand er plötzlich Halt, wider Erwarten schon. Es war Götzes Leibgurt. Die Kräfte schwanden, als Bäni sich vorsichtig an Götze hochzog, doch es reichte, das Ufer zu erklimmen.

Es ist noch immer Verlaß auf ihn. Trotz allem. Bäni schüttelte den Kopf. Dankbarkeit war in dieser Situation nicht angebracht. Erschöpft kniete er auf dem lehmigen Boden. Überhaupt! Ist diese Situation nicht zu grotesk, um Wirklichkeit zu sein? Doch auch ein tiefer Seufzer in den triefenden Nachthimmel, ein wortloses Stoßgebet gleichsam, half nichts. Es gab keine Erlösung, kein Erwachen in einem weichen Daunenbett. Hätte er den Kommissar doch informiert, dachte Bäni in diesem Moment, hätte er es doch auf sich genommen. Alles wäre besser, als das hier durchzumachen. Jetzt gab es kein Zurück mehr, jetzt würde er sich vollends der Lächerlichkeit preisgeben, und das wäre schlimmer, viel schlimmer, als in Mordverdacht zu geraten. Als Mörder wird einem noch ein gewisses Maß von Respekt entgegengebracht, als Versager nicht. Hohn und Spott würden ihm bleiben, nichts als Hohn und Spott. Das hatte er nicht verdient. Das würde er nicht ertragen.

Bäni raffte sich auf mit dem einzigen Gedanken, von hier zu fliehen, und er stand bereits beim Wagen, als ihm einfiel, daß er den Ort so nicht verlassen durfte. Götze mußte vollends ins Wasser, mußte in dessen dunkler Tiefe versinken. Jeder Tag bis zum Wiederauftauchen würde ihm einen Vorteil verschaffen. Und den galt es zu nutzen. Unbedingt. Bäni ging zurück zum Wasser. Doch wie er es auch anstellte, weder durch Stoßen noch durch Ziehen ließ sich Götze bewegen. Seine Kleider, sein Gurt hatten sich in einem Wurzelstock verfangen. Und beim Versuch, die Leiche etwas anzuheben, drohte Bäni erneut auszugleiten. Nur das nicht! Ein zweites Mal würde er es nicht schaffen. Er mußte einsehen, daß hier nichts mehr auszurichten war. Das hieß, er mußte Götze so zurücklassen, daß dieser mit Sicherheit bereits am nächsten Tag entdeckt würde. »Sturer Bock«, zischte Bäni unwirsch. Er ging zum Wagen, wo er seine verdreckten Kleider auszog, bevor er einstieg. Er rollte Hemd und Hose zusammen, warf sie auf den Boden vor dem Nebensitz und stellte die Schuhe dazu.

Auf der Fahrt zurück begann er zu frösteln. Es regnete weiter in Strömen, Blitze aber leuchteten nur noch aus der Ferne. Bei Kilchberg verließ Bäni die Autobahn. Er brauchte Hilfe, und er wußte, daß er diese am ehesten von Wothan erwarten durfte. Ihm konnte er sich anvertrauen. Wothan wäre der letzte, der ihn im Stich lassen würde.

Das Landhaus von Eugen Rusterholz hatte englischen Zuschnitt. Es lag in einem großen Park, der nur gerade ums Haus herum gepflegt, sonst aber ziemlich verwildert war. Als Bäni in die Einfahrt einbog, sah er mit Erleichterung, daß in der Bibliothek Licht brannte. Er hupte einige Male. Hier mußte er nicht befürchten, jemand andern auf sich aufmerksam zu machen. Wothans Gestalt erschien im erleuchteten Fenster, verdunkelte es kurz, bevor das Licht in der Halle anging. Bald darauf wurde das Garagentor geöffnet. Bäni fuhr hinein, es war genügend Platz neben dem olivfarbenen Rover und dem schwarzen Jaguar.

»Mein Gott, Caesar«, rief Rusterholz aus, als Bäni aus dem Wagen stieg. »Was ist denn mit dir geschehen?« Es lag für ihn nahe, einen weiteren ›black out‹ seines Freundes anzunehmen.

»Du kannst es dir nicht vorstellen, Wothan«, seufzte Bäni schwer. »Verdammt unangenehme Sache, das kann ich dir sagen.«

»Wo sind denn deine Kleider?« Rusterholz zog für einen Moment eine Peinlichkeit sexueller Art in Betracht, bis Bäni ihm den völlig verschmutzten Anzug zeigte.

»Verdammt unangenehm, du wirst es nicht für möglich halten.«

»Komm, wir gehen nach oben, erzählen kannst du nachher noch.« Rusterholz führte seinen späten Gast ins Badezimmer und ließ das Wasser einlaufen. Auf sein Verlangen hin gab ihm Bäni die Kleider. »Es ist sowieso besser, du bleibst über Nacht hier.«

»Ja!« Bäni hätte jetzt jedem Vorschlag seines Freundes zugestimmt. Vorbehaltlos.

Als Rusterholz zurückkam, trug er einen Pyjama und einen Morgenmantel über dem Arm und die Pantoffeln in der Hand. »Nimm das mal. Maria kümmert sich um deine Sachen.«

»Sehr gut. Ich danke dir.« Und Bäni schaute seinem Freund in die Augen, die klein wirkten unter den buschigen Brauen, unergründlich, eigenartig farblos auch über den violetten, von einem Netz feiner Äderchen überzogenen Wangen. Auf die überlegene Ruhe, die dieses breite bäuerliche Gesicht ausstrahlte, setzte Bäni nun seine ganze Hoffnung, und nicht zuletzt auf den Funken Verschlagenheit, der dann und wann darin aufleuchtete.

»Ich bin in der Bibliothek. Komm herunter, wenn du fertig bist. Dann kannst du erzählen, was passiert ist.« Rusterholz schmunzelte. Er sah keinen Grund, den Vorfall allzu tragisch zu nehmen. Schon bei der Geschichte am Flugplatz war es mehr um das Selbstwertgefühl gegangen. Caesar hatte sich in erster Linie in seiner Eitelkeit verletzt gesehen.

Bäni lehnte sich in der Wanne zurück und sah dem massigen Mann nach. Wie ein Bär kam er ihm vor. Er hatte es stets als Widerspruch empfunden, daß Wothan auf die plastische Chirurgie gekommen war, auch daß er eine Professur erlangt hatte. Von der Erscheinung her hätte Bäni ihn eher als Förster gesehen oder als Veterinär. Und wenn er diesen Mann je um etwas beneidet hatte, so war es das beträchtliche Vermögen, das Rusterholz aus dem Verkauf des väterlichen Hofes zugefallen war; heute aber fand Bäni die Leichtigkeit beneidenswert, mit der Wothan sein Leben meisterte, vor allem seine Art, Probleme zu lösen.

»Whisky?« fragte Rusterholz, als Bäni im dunkelblauen Morgenmantel ins Zimmer trat.

»Ja. Kann einen vertragen.«

Etwas verloren stand Bäni in dem großen Raum zwischen den massiven eichenen Möbeln. Links die ganze Wand nur Büchergestelle, ebenfalls Eiche. Hinten die Bar, wo Rusterholz gerade den Whisky eingegossen hatte. Und rechts um einen offenen Kamin zahlreiche Bilder, dicht gehängt bis unter die Decke. Rusterholz stellte die beiden Gläser auf einen kleinen Tisch, der vor dem Kamin stand und in den ein Schachbrett aus Marmor eingelegt war. Hier pflegte er an den Abenden, die er zu Hause verbrachte, zu sitzen. Hier löste er Schachprobleme, las Schachbücher, spielte Meisterpartien nach, oft weit bis nach Mitternacht. Auch jetzt setzten sich die beiden Professoren an diesen Tisch, wie jeweils am letzten Freitag im Monat, wenn sie vor dem Essen noch eine Partie spielten. Bäni verlor zwar stets, dennoch machte er Wothan die Freude, als Gastgeschenk gleichsam. So konnte es jeweils nur darum gehen, wie lange er Rusterholz zu widerstehen vermochte.

Bäni begann zu erzählen, ausführlich, gestand notgedrungen, den Château Latour vergessen zu haben, und er verschwieg auch seine Befürchtung nicht, was Götzes Tod anbetraf. Diese hätte ihn ja erst zu seinem Ausflug an die Sihl veranlaßt. Eine Kurzschlußhandlung, wie er es jetzt nannte. Rusterholz hörte aufmerksam zu, schweigend bis auf kurze Ausrufe der Überraschung, die mit der Zeit von kräftigeren Ausdrücken abgelöst wurden. Es stand für ihn bald fest, daß es diesmal um bedeutend mehr ging als um Caesars Ruf oder Glaubwürdigkeit. Es handelte sich jetzt um nichts Geringeres als um Totschlag. Schnell spielte er für sich einige Varianten durch, dachte unter anderem auch daran, daß Götze schon vorher in den Kofferraum gelangt sein könnte, fand es aber unglaubhaft, unlogisch vielmehr. Wer würde schon so verrückt sein, Götzes Wagen im nachhinein Caesar vor die Tür zu stellen, in der Meinung, ihn damit zusätzlich in Verdacht zu bringen. Caesar hätte den Wagen wohl kaum dort stehengelassen.

»Woran, glaubst du, ist Götze gestorben?« fragte Rusterholz, nachdem Bäni seinen Bericht beendet hatte und es eine Weile still gewesen war.

»Keine Ahnung! Vielleicht Herzinfarkt.«

»Da ist wohl der Wunsch Vater des Gedankens«, bemerkte Rusterholz, ohne ein Lächeln auch nur anzudeuten. Die Lage war ernst.

»Würdest du den Wein zurücknehmen?« fragte Bäni plötzlich. »Es darf nicht bekanntwerden, daß die Flasche von mir stammt.«

Die Flasche also. Auch Caesar denkt an sie. »Meine

Fingerabdrücke müßten auf den Scherben sein, schließlich habe ich die Flaschen aus dem Gestell genommen«, meinte Rusterholz nachdenklich. »Das wäre weiter kein Problem. Dann habe ich Götze die Flasche halt geschenkt.«

»Geschenkt!« Bäni saß nun senkrecht im Stuhl. »Was hast du?«

»Nein. Natürlich nicht. Beruhige dich. Nur falls die Polizei meine Fingerabdrücke finden sollte.«

»Verstehe.«

»Was aber, wenn es deine sind?«

»Sind die nicht unbrauchbar geworden durch den ausgelaufenen Wein?«

»Möglich. Und was sonst?«

»Dann war ich es, der Götze die Flasche gegeben hat.«

»Das geht nicht«, sagte Rusterholz nach kurzem Überlegen. »Du hättest es dem Kommissar gesagt, als ihr vom Wein gesprochen habt. Als Unschuldiger hättest du es ihm sagen müssen. Herrgottsack«, fuhr er auf. »Wenn die da was finden sollten, Caesar, dann steckst du tief in der Scheiße!«

»Ich sollte ein Alibi haben für heute abend«, wich Bäni aus. »Würdest du das für mich richten?«

Rusterholz empfand diese Aufforderung als verbindlich, da sie von einem Freund kam, von einem Verbindungsbruder zudem, der dringend Hilfe brauchte. Ganz korrekt war es zwar nicht von Caesar, er hätte auf sein Angebot warten müssen. Doch wie dem auch war, Rusterholz sah sich in einer Zwickmühle. Einerseits war Caesar ein Freund, den er nicht im Stich lassen durfte, andrerseits machte er sich schuldig, wenn er wissentlich die Hand reichen würde, um eine Untat zu verschleiern. Das alte Dilemma zwischen Freundschaft und Gesetz. »Du mußt dich untersuchen lassen, Caesar! Wahrscheinlich handelt es sich um eine zerebrale Durchblutungsstörung. Das kann man medikamentell regeln.«

Bäni nickte mehrmals und sah seinen Freund erwartungsvoll an.

»Es darf sich nicht wiederholen, auf gar keinen Fall«, sagte Rusterholz eindringlich. »Sonst ist alles für die Katz.«

»Ja, Wothan, natürlich. Ich kenne einen guten Neurologen.«

Rusterholz starrte auf die Tischplatte, auf die 64 schwarzen und weißen Felder, und in seinem Geiste ordneten sich dort Figuren an. Caesar hat sich in eine schwierige Situation gebracht. Der König ist in Gefahr. Verständlich, daß Caesar nun schützend einen Turm davor hinstellen möchte. Die Damen sind aus dem Spiel. Beim Gegner stehen Läufer und Springer gut, drohen übermächtig zu werden. Es sieht eher schlecht aus, zumal von der andern Seite kaum grobe Fehler zu erwarten sind. Man müßte versuchen, auf ein Remis auszugehen, vielleicht eine Pattsituation erzwingen. Und der Preis? Bei einer Niederlage ist alles verloren. Ganz klar. Was aber gibt es zu gewinnen, wenn Verschwiegenheit oberstes Gebot ist? Wo soll Anerkennung herkommen, das Lob für eine meisterliche Leistung? Nein, ein solches Spiel lag ihm nicht. Er müßte es ausschlagen. Das aber hieße, Caesar fallenlassen. »Es könnte dich jemand gesehen haben an der Sihl, als du auf der Bank eingenickt bist.«

»Das ist unwahrscheinlich.«

»Also! Seit wann bist du bei mir?«

»Seit ... seit halb neun etwa. Wothan, das werde ich dir nie vergessen.«

»Schon gut«, wehrte Rusterholz ab. »Ich weiß im Fall nichts. Ich habe dir nur einen Gefallen erwiesen, ohne Fragen zu stellen. Verstehst du? Ich habe irgendeine Frauengeschichte vermutet, im Fall. Aber wissen tue ich nichts! Einverstanden?« Jetzt erst, als Bäni mehrfach heftig nickte, streckte Rusterholz seine Pranke aus, die sein Freund sichtlich gerührt ergriff.

Mit unverminderter Heftigkeit schlug der Regen ans Fenster, als wollte der Himmel in dieser Nacht nachholen, was er über Wochen vernachlässigt hatte. Rusterholz ging mit kalter Berechnung vor, als er festzuhalten versuchte, welche Punkte in dieser Angelegenheit für Caesar sprachen und welche gegen ihn. Neben dem Standort von Götzes Wagen kam er auf das fehlende Motiv, ein wichtiges Moment, wie er ausführte. Bäni gab zwar zu, daß er Götze verachtet hatte, aus verschiedenen Gründen, vor allem wegen seiner penetranten Unterwürfigkeit. Andrerseits leugnete er nicht, aus dem grenzenlosen Ehrgeiz, der den Mann getrieben hatte, auch kräftig Nutzen gezogen zu haben. Rusterholz hörte dies mit einer gewissen Befriedigung, betrachtete es als Trumpf, den er Caesar bei günstiger Gelegenheit auszuspielen riet. Seine Umgebung müsse merken, welchen Verlust er durch Götzes Tod erlitten habe. Was nun aber gegen ihn vorgebracht werden könnte, meinte Rusterholz weiter, wäre weitgehend vom Schicksal abhängig, von dem, was die Polizei herausfinden würde. Sie selbst könnten im Moment einzig Vorsichtsmaßnahmen treffen, im weiteren aber hätten sie defensiv zu spielen, also die Züge des Kommissars abzuwarten. »Nehmen wir an, die Fingerabdrücke auf den Scherben seien nicht mehr auswertbar. Das ist unser Risiko!«

Bäni nickte.

»An der Sihl wird der Regen, von der Leiche abgesehen, wohl kaum etwas Brauchbares zurücklassen.«

»Da kommt mir in den Sinn, der Wagen ist völlig verdreckt. Er müßte abgespritzt werden und innen gereinigt.«

»Laß das meine Sorge sein!«

Es war bereits nach Mitternacht, als Maria erschien. Schwarz und bleich stand sie in der Tür und meldete mit ihrer dunklen vibrierenden Stimme, daß die Kleider in Ordnung gebracht wären und das Gastzimmer hergerichtet.

»Professore Cesare ist seit halb neun hier, und die Kleider wollen wir vergessen.« Rusterholz sagte es so ruhig, als wäre es völlig nebensächlich.

»Capito! Buona notte.«

»Buona notte e grazie mille.« Bäni war es nicht recht, daß er im Moment kein Geld bei sich trug. »Ich werde dir zweihundert Franken dalassen«, sagte er, als Maria gegangen war.

»Du brauchst ihr kein Geld zu geben. Ich bezahle sie, und ich bezahle sie gut.« Was seine Köchin anging, verstand sich Rusterholz als Mäzen, als Förderer von hohem italienischem Kunstschaffen.

»Aber für ihr Schweigen. Immerhin bestätigt sie mein Alibi.«

»Maria kannst du nicht kaufen! Sie ist Künstlerin durch und durch, sie tut es, oder sie tut es nicht, basta. Bring ihr das nächstemal ein Geschenk mit. Ohne zu sagen wofür. Das freut sie am meisten.«

9

Es war ein Morgen wie an den Tagen zuvor, sonnig, nur unmerklich kühler. Einzig die Blätter und die Blüten am Boden, die steinige Erde, die aus den Gärten geschwemmt worden war, zeugten vom nächtlichen Unwetter. Leicht nahm Sonder die Stufen auf dem Weg zur Arbeit, ohne Atempause erreichte er die Anhöhe, wo der bewunderte Nadelbaum stand. Einen Ast hatte er verloren, vom Umfang eines kräftigen Oberschenkels. Zwischen zahlreichen großen Zapfen lag er auf dem Rasen. Die Bruchstelle zeigte etwas Fäulnis, wie Sonder bei genauerem Hinsehen feststellte, wenig nur, es bestand kein Grund, um den Baum zu bangen. Zufrieden ging Sonder weiter, auf direktem Weg heute, ohne Furcht vor dem, was auf ihn zukommen könnte, neugierig vielmehr.

Die Gespräche, die sich nun den dritten Tag um dasselbe Thema drehten, verstummten schlagartig, als der Professor zur Kaffeepause erschien, was er nur ausnahmsweise tat. Er möchte sie nicht in der Pause stören, sagte Bäni, hier aber hätte er sie alle zusammen. Und er störte natürlich niemanden. Alle waren sie begierig auf eine Information aus erster Hand.

»Gestern abend ist der Wagen von Doktor Götze gefunden worden, und erstaunlicherweise in der Straße, in der ich wohne«, begann Bäni seine Ausführungen. Verdutzte Gesichter rundum. »Es ist auch mir völlig unerklärlich. Ich habe keine Ahnung, was Doktor Götze dort wollte.« Die Erregung, in der sich der Professor befand, fiel angesichts der außerordentlichen Lage niemandem auf. »Mit größter Wahrscheinlichkeit ist der Wagen während unseres Festes dort abgestellt worden. Ich selbst muß ihn übersehen haben. Auch der Polizei ist es ein Rätsel. Vom Kommissar habe ich erfahren, daß man darangehen wird, die Gegend um mein Haus nach Spuren abzusuchen. Kein einfaches Unterfangen nach dem Gewitterregen. Bei mir ist jedenfalls nicht eingebrochen worden, die Polizei wird abklären, ob es vielleicht versucht wurde. Mehr weiß ich leider auch nicht. Ich werde Sie aber auf dem laufenden halten, um möglichen Gerüchten vorzubeugen.«

Unverzüglich kehrte Bäni in sein Büro zurück, da er jederzeit mit einem Anruf rechnete. Lang konnte es seiner Meinung nach nicht mehr dauern, bis Götze gefunden würde. Er glaubte, vor seinen Leuten überzeugend gewirkt zu haben, fand die Andeutung gelungen, man hätte vielleicht bei ihm einbrechen wollen. Ohne selbst etwas Konkretes ausgesprochen zu haben, sah sich Bäni nun als Urheber von Gerüchten, die in eine ihn entlastende Richtung wiesen. Bei jedem Klingeln des Telefons zuckte er zusammen, konzentrierte sich dann kurz, bevor er den Hörer abhob. Er wollte natürlich tönen, betroffen zwar bei der Nachricht, aber nicht übernervös. Zu seiner Verwunderung aber blieb die erwartete Meldung aus.

Auch Sonder wunderte sich, daß nichts über den Verbleib der Leiche zu vernehmen war. Und er fragte sich, ob diese wohl noch immer im Kofferraum liege, unentdeckt bis jetzt, oder ob der Fund gar verschwiegen werde. Zum Schutze von Bäni vielleicht? Oder etwa, um in Ruhe ermitteln zu können? Gewissensbisse plagten ihn nicht beim Gedanken an seine Tat. Er war weiterhin davon überzeugt, nur das für sein Leben Notwendige getan zu haben. Selbstverteidigung also, und dazu ist man befugt. Sein besseres Befinden seither, die Schmerzfreiheit vor allem, bestärkte ihn in seiner Ansicht.

Am späten Nachmittag kam der Kommissar in die Klinik. Er informierte Bäni, daß in der Umgebung des Hauses, wie auch am Haus selbst, nichts Besonderes aufgefallen sei. Auch die Untersuchung des Wagens habe, soviel er bisher vom Labor wisse, nichts gebracht. Alle Fingerabdrücke stimmten mit denjenigen auf Büchern und Sichtmappen in Götzes Aktentasche überein. Andere Abdrücke seien nicht sichergestellt worden, führte er weiter aus, was aber nicht notwendigerweise etwas zu bedeuten habe. Daß – wie er vom Labor erfahren hatte – zuletzt jemand mit Handschuhen gefahren war, behielt Häberli für sich.

Am Abend rief Bäni seinen Freund an, um ihm zu berichten, was bisher vorgefallen war und was er vom Kommissar erfahren hatte. Wortlos nahm es Rusterholz zur Kenntnis, meinte dann, daß, was die Flasche betreffe, eine Klippe umschifft scheine. Und er versicherte, daß die übrigen Flaschen wieder im Gestell lägen, so wie während der letzten zwanzig Jahre. Bäni hatte diese am Morgen zu Hause abgeholt und ihm an einem vereinbarten Ort übergeben.

»Wir müssen also annehmen, daß Götze vom Hochwasser mitgerissen wurde«, sagte Rusterholz später. »Etwas anderes kann ich mir nicht vorstellen.«

»Das würde dann gar nicht so schlecht aussehen.«

Rusterholz warnte vor zu großem Optimismus. »Warten wir ab, was die Leiche bringt, irgendwann wird sie ja auftauchen müssen. Piranhas habe ich in der Sihl noch nie gefangen.« Er sagte es grimmig, verärgert, daß Caesar die Leiche ausgerechnet in die Sihl werfen mußte. Der Zürichsee hätte es auch getan.

Auch der Freitag verlief ohne nennenswerte Erkenntnisse. Sonder hörte sich in der Kaffeepause einmal mehr die verschiedenen Meinungen an. Verbrechen und Selbsttötung hielten sich dabei etwa die Waage, nur Zimmerli glaubte weiterhin an die Flucht des Oberarztes. Selbst darauf angesprochen, zuckte Sonder die Schultern, sagte, er könne sich eigentlich nichts von alldem so recht vorstellen. Daß angesichts des gegebenen Gesprächsstoffes ihm und seinem Problem jetzt kaum mehr Beachtung geschenkt wurde, konnte ihm nur recht sein. Einzig Pat Wyss und Doktor Thalmann fragten ihn gelegentlich nach seinem Befinden.

Bäni hatte einen weiteren Tag vergeblich auf die Mitteilung gewartet, Götze sei gefunden worden. Eigentlich hätte es ihm recht sein müssen, war doch jeder Tag bis zum Auffinden der Leiche nur zu seinem Vorteil.

Doch da gab es noch etwas anderes. Eine Verunsicherung, die ihn immer häufiger beschlich. Ein Zweifel war es, ob sich auch wirklich alles so zugetragen hatte, wie er jetzt meinte und wie er es Wothan erzählt hatte. Einiges kam ihm recht sonderbar vor, unwahrscheinlich sogar, wenn er an die Szene beim Hirschfels dachte. Er hätte gerne einen Beweis für seine Glaubwürdigkeit erhalten, für sich selbst, besonders aber für Wothan. Denn wenn er auch zu wissen meinte, daß sein Freund durch dick und dünn zu ihm hielt, so meldete sich doch die Angst, Wothan könnte ihm sein Vertrauen entziehen, ihn fallenlassen, wenn Götze nicht bald gefunden würde.

Am Samstagmorgen war es soweit. Der Kommissar rief Bäni zu Hause an: ein Angler habe in der Sihl eine Leiche entdeckt, deren Personenbeschreibung auf Götze zutreffe. Der Ort, den Häberli angab, lag nach Bänis Schätzung ein bis zwei Kilometer vom Hirschfels entfernt.

»Ja um Gottes willen, wie ist er denn dorthin gelangt?« Bänis Stimme klang bestürzt. Wothan hatte also recht gehabt! Das hochgehende Wasser mußte die Leiche losgelöst und eine Strecke mitgeführt haben.

»Genau das möchten wir auch gerne wissen. Vorläufig wollte ich Sie nur informieren, daß Ihr Mitarbeiter tot ist. Eine Überraschung ist das wohl kaum.«

»Wie meinen Sie das?« fragte Bäni erschreckt. Unterstellte ihm der Kommissar etwa, Genaueres zu wissen?

»Nun, es sprach doch von Beginn an einiges für ein Gewaltverbrechen, nicht wahr?«

»Ja, das stimmt wohl. Aber sind Sie sicher, daß es ein Verbrechen war?« Bäni fühlte sich gedrängt, etwas zu sagen, etwas Harmloses natürlich.

»Ich hoffe, die Gerichtsmedizin wird uns da weiterbringen«, antwortete Häberli.

»Wäre zu hoffen!«

Zuletzt bedankte sich Bäni beim Kommissar für die prompte Benachrichtigung und bat, über die Entwicklung des Falles weiterhin informiert zu werden. Häberli sagte es ihm zu.

Rusterholz, von der neuen Lage umgehend in Kenntnis gesetzt, mahnte zur Vorsicht. Er fand Bänis Idee riskant, den Chef der Gerichtsmedizin anzurufen, auch wenn er ihn gut kennen mochte. Er riet ihm davon ab. Am Ende könne er nicht mehr unterscheiden, was er eigentlich wissen dürfe und was nicht, und das wäre gefährlich. Die Sache sei so schon kompliziert genug.

10

Samstag, später Nachmittag. Gottfried Sonder hatte gut zwei Stunden geschlafen. Vorgeschlafen. Er wollte frisch sein an diesem Abend. Auf seinem Gartenplatz schnitt er nun Triebe vom Rosenstock, nahm alle, die Blüten trugen oder Knospen, die am Aufgehen waren. Was soll's, dachte er sich angesichts eines arg geplünderten Stockes, in den nächsten Tagen hatte er ohnehin mit dem Aufräumen zu beginnen. Alles mußte weg. Er hatte die Wohnung auf den nächstmöglichen Termin gekündigt. Ende Juli schon ließ sein alter Mietvertrag zu. Sonder legte die Rosen auf den Tisch neben die Tasche mit dem Badezeug. Pat hatte ihn ermuntert, die Badehose mitzubringen, hatte ihn auf eine ausweichende Bemerkung hin inständig darum gebeten. Er freute sich, den Abend mit den beiden jungen Ärzten zu verbringen. Pat Wyss und Doktor Thalmann hatten wesentlichen Anteil an seinem Wohlbefinden. Ohne die Gespräche Anfang der Woche wäre es nie soweit gekommen. Thalmann hatte ihn zum Kampf gedrängt, und Pat hatte ihn den Feind erkennen lassen. Und bestimmt wären auch nur sie zwei je in der Lage, das Motiv seines Handelns zu ergründen. Daß sie es auch billigen würden, damit durfte er nicht rechnen. Dennoch, er konnte sich nicht vorstellen, daß ihm von dieser Seite Gefahr drohen sollte, ausgerechnet von den Menschen, die ihn stets anständig, ja zuvorkommend behandelt hatten.

Gegen 17 Uhr kam Thalmann vorbei, um ihn abzuholen. Sie fuhren durch die Stadt, am Bellevue vorbei, dann der Seestraße entlang bis Herrliberg. Gemeinsam hielten sie Ausschau nach dem gelben Haus mit der Rotbuche davor.

Gebell setzte ein, als Bruno Thalmann die Klingel drückte, und Momente später tanzte ein gefährlich aussehender Hund – es war ein deutscher Boxer – vor dem Gitterzaun hin und her. Erst als Pat hinzukam, beruhigte er sich.

»Kommt nur herein«, sagte Pat, nachdem sie das Tor geöffnet hatte, »Hercule tut euch nichts.« Ihre Freude über den Rosenstrauß war ehrlich. Sie werde ihn am Montag ins Büro mitnehmen, sagte sie.

Als die drei über den Rasen schlenderten, folgte ihnen der Hund, einen Tennisball im Maul, und am Ufer des Sees, wo sie stehenblieben, legte er den Ball Sonder vor die Füße. Geduckt schaute er vom Ball zu Sonder, hin und her, erwartungsvoll, den Körper zum Sprung gespannt. Sonder trat den Ball, und wie ein Geschoß jagte der Hund hinterher.

»Hercule hat ein unfehlbares Gespür für Menschen«, meinte Pat zu Sonder, »er wählt sich zum Spielen nur sympathische Leute aus.«

Sonder lächelte verlegen. Er wußte nicht gleich, ob er dieses Kompliment dem Hund oder Pat zu verdanken hatte.

Sie setzten sich auf eine Mauer, sprachen über die

herrliche Lage, über das Wetter, den See, die Segelschiffe mit den schlaffen Segeln, bis Pat vorschlug, schwimmen zu gehen. Sie ging voran ins Haus, um ihren Gästen ein Zimmer zum Umziehen zu zeigen. Sonder blieb zurück.

»Es ist mir wohl so. Ich bin nicht so versessen aufs Schwimmen«, sagte er, als Pat ihn aufforderte mitzukommen.

»Sie haben Ihre Badehose aber dabei?« fragte Pat, und sie deutete auf die Tasche, die er mitgebracht hatte.

»Ja schon ...«

»Wir sind völlig unter uns, Herr Sonder, und Ärzte wissen, wie Narben aussehen.« Pat ging auf ihn zu und faßte ihn am Arm.

Was gab es darauf schon zu erwidern? Sie würde keine Ausrede gelten lassen. Sonder nahm seine Tasche. Natürlich hat sie recht, sagte er sich, es gibt keinen Grund für Hemmungen. Aber irgendwie betrachtete er Pat nicht in erster Linie als Ärztin, sondern als attraktive junge Frau. Jetzt, ohne ihren weißen Kittel, erst recht.

Mehrmals fragte Thalmann, ob alles in Ordnung sei, als sie mit Sonder hinausschwammen, ob er sich auch nicht zuviel zumute. Sonder, der in seiner Jugend ein guter Schwimmer gewesen war, winkte ab. Er genoß die Erfrischung.

Pat hatte Getränke aufgestellt. Man plauderte von diesem und jenem, und Sonder fiel auf, daß niemand von Götze sprach. Keiner erwähnte ihn, obwohl sein Verschwinden doch seit Tagen das gegebene Thema war. Er fragte sich, ob Absicht dahinterstecke, ob es abgesprochen war, dieses Thema heute nicht anzuschneiden. Auch seine Narbe, die groß war und auffiel am stark behaarten Körper, wurde nie erwähnt. Die beiden schienen sie gar nicht zu sehen.

Gegen sieben wurde beschlossen, mit den Vorbereitungen für das Essen zu beginnen. Sie zogen sich um. Während Bruno Thalmann in der Küche half, brachte Sonder die Holzkohlen im Grill zum Glühen. Und weiter warf er dem Hund den Ball über den Rasen. Der Hund war in der Tat unermüdlich.

Ein lautes rhythmisches Klatschen vom See her ließ Sonder aufschauen. Zwei Schwäne waren es. Peitschende Flügelschläge, die Hälse gestreckt, ein verzweifeltes Hinterherlaufen der schwarzen Füße, das Loslösen von der Wasserfläche endlich. Langsame majestätische Bewegungen, nachdem die schweren Körper abgehoben hatten. Urweltlich mutete Sonder dieser krampfhaft scheinende Übergang vom würdevollen Schwimmen zum kraftvollen Flug an, von einem vollkommenen Bild zum andern. Er blickte den Vögeln lange nach.

Als Pat und Thalmann aus dem Haus kamen – sie trug ein Tablett mit Geschirr, er eine Platte mit Bratwürsten und Lammkoteletts –, fühlte Sonder, daß etwas vorgefallen war. Ihre Gesichter, ihre Bewegungen deuteten es an.

»Man hat ihn gefunden«, rief Pat erregt, noch bevor sie das Tablett auf den Tisch gestellt hatte. »Es wurde gerade im Radio durchgegeben. In der Sihl lag er.«

»Wo?« platzte Sonder heraus. Ihm war, als hätte er nicht recht gehört. Gleichzeitig merkte er, daß er sich in acht nehmen mußte. Unüberlegte Reaktionen könnten verräterisch sein.

»In der Sihl«, wiederholte Pat. »Die Todesursache ist noch nicht bekannt.«

»Die Polizei sucht nach Zeugen, die ihn Dienstag abend noch gesehen haben ...«, sagte Thalmann.

»... oder die an der Sihl etwas Verdächtiges beobachtet haben«, ergänzte Pat.

Warum in der Sihl, fragte sich Sonder verwundert, wie kommt er dorthin? Kann das eine Finte sein, um Bäni zu decken? Doch wohl kaum um den Preis, Zeugen suchen zu müssen, die an der Sihl etwas gesehen haben. Oder hat Bäni etwa die Leiche dorthin geschafft, um nicht in Schwierigkeiten zu kommen? Warum aber sollte er so etwas tun, was hatte er schon zu befürchten? Sonder hatte angenommen, daß es für Bäni unangenehm würde, und er war neugierig darauf gewesen, wie sich der Professor aus der Affäre zog. Damit aber, daß er die Leiche verschwinden ließe, hatte Sonder nicht gerechnet. Doch wie dem auch war, ungelegen kam ihm diese Wendung nicht. Während er sich, am Grill stehend, einen Reim auf diese Nachricht zu machen suchte, verfolgte er mit einem Ohr das Gespräch der andern.

»... so einer dreht doch durch, wenn er vernimmt, daß er die Stelle nicht erhält. Bei diesem krankhaften Ehrgeiz ...« Für Pat handelte es sich offensichtlich um einen Selbstmord, dessen Anlaß im Beruflichen anzusiedeln war. »Darum auch sein Wagen vor Caesars Haus«, argumentierte sie.

»Was wissen wir denn schon über sein Privatleben

und seine Vergangenheit. Er hat diesbezüglich einmal eine Bemerkung gemacht. Ich weiß nicht...« Thalmann schien eher ein Beziehungsdelikt in Betracht zu ziehen. Jedenfalls schloß er Selbstmord aus. Götze wäre überhaupt nicht der Typ dazu, sagte er.

Sonder beschäftigte sich weiter mit der Glut. Was er aufgeschnappt hatte, stimmte ihn zuversichtlich. Den Gedanken, sie könnten ihm etwas vorspielen, verwarf er sofort wieder. Pat würde sich verraten. Er war überzeugt, daß ihre Augen einen Verdacht nicht verheimlichen könnten.

Bevor sie zu essen begannen, schlug Pat vor, nicht mehr von dieser Sache zu sprechen. Sie wollte den Abend genießen, das Essen und das Zusammensein, am Montag würden sie ohnehin mehr wissen. Die beiden Männer stimmten ihr zu. Nach dem Essen ermunterte Pat ihre Gäste zu einer Ruderfahrt. Das Boot fänden sie im Holzhäuschen unter der Weide, sie werde in der Zwischenzeit etwas Ordnung machen. Doch die Männer boten ihre Hilfe an, trugen das Geschirr in die Küche, wo Sonder gleich mit dem Abwaschen beginnen wollte. Daß es dafür Maschinen gab, daran hatte er nicht gedacht.

Pat ruderte zuerst. Leicht führte sie die Ruderblätter durchs Wasser, erzählte dabei von den früheren Seeschlachten mit den Nachbarskindern, redete, als ob kaum eine Anstrengung mit dem Rudern verbunden wäre. Nach einer Weile, sie waren bereits ein rechtes Stück vom Ufer weg, bat Sonder, sie ablösen zu dürfen, bestand darauf, gegen den Einwand von Thalmann, der gesundheitliche Bedenken vorbrachte. Nach vorsichtigem Beginn legte sich Sonder immer kräftiger ins Zeug, und unter allgemeinem Gelächter kämpfte er dagegen an, nicht auf einen Rundkurs zu geraten.

»Übertun Sie sich nur nicht, Herr Sonder«, meinte Thalmann nach einigen Minuten besorgt. »Sie sollten sich etwas schonen.«

»Nichts! Ich muß wieder in Form kommen«, antwortete Sonder mit gepreßter Stimme. »Ich werde es noch brauchen.«

War das wirklich der Mann, mit dem er Anfang der Woche gesprochen hatte, fragte sich Thalmann. In den wenigen Tagen mußte er eine völlige Wandlung durchgemacht haben, plötzlich schien er lebensfroh und zuversichtlich. Auch Pat wunderte sich. Beim letzten Gespräch war er noch ausgewichen, wollte nicht von der Zukunft sprechen, und jetzt forderte er dies geradezu heraus. Sie freute sich für ihn, ohne sich über diesen Wandel weitere Gedanken zu machen. Thalmann brachte das Boot zurück, etwas ungelenk zwar, doch mit Hilfe von Pat gelang es ihm, das Bootshaus anzusteuern.

»Gut sind Sie gerudert, Herr Sonder. Merken Sie die Anstrengung nicht?« fragte Pat, als sie, den warmen Abend genießend, im Garten saßen. Pat und Sonder tranken Bier, Thalmann Mineralwasser, da er noch fahren mußte.

»Nein, überhaupt nicht.« Sonder sagte es mit einer Selbstverständlichkeit, als wäre er nie krank gewesen.

»Sie müssen in Form kommen, haben Sie gesagt. Also müssen Sie auch etwas Besonderes vorhaben?« fragte Pat vorsichtig weiter.

Sonder nickte. Und nach einem kurzen Zögern meinte er trocken: »Ich möchte noch einmal auf dem Kilimandscharo stehen.« Er hatte sich entschlossen, direkt zur Sache zu kommen.

»Was!« entschlüpfte es Thalmann entsetzt. »Der ist ja über fünftausend Meter hoch.«

»Warum nicht?« Pat warf ihrem Kollegen einen vorwurfsvollen Blick zu.

»Fünftausendachthundertundfünfundneunzig Meter«, schmunzelte Sonder. »Ich war vor elf Jahren schon einmal oben.«

Thalmann erinnerte sich an das Gespräch vom Montag. Sonder hatte vom Bergsteigen gesprochen. Aufsteigen wollte er, bis es nicht mehr gehe, hatte er gesagt. Nicht mehr vorwärts und nicht mehr zurück. »Nun wollen Sie ihn also nochmals bezwingen«, fragte er, hoffend, Sonder werde seine Bedenken zerstreuen.

»Nein, nicht bezwingen. Nein, dafür reichen meine Kräfte nicht mehr aus.« Ein geheimnisvolles Lächeln umspielte seinen Mund. »Im Alter kämpft man nicht mehr gegen den Berg, man läßt sich emporheben.«

»Ich verstehe nicht, was Sie damit meinen.« Thalmann war verunsichert.

»Ich habe es früher auch nicht für möglich gehalten. Doch dann habe ich es erlebt, an eben diesem Kilimandscharo. Schon bei der ersten Begegnung, als ich ihn von der Massai-Steppe her sah, habe ich es gefühlt. Das Besondere.« Sonder schaute beim Sprechen an Thalmann vorbei, ein verklärter Ausdruck lag auf seinem Gesicht. Beim ersten Anblick habe er ihn zu kennen geglaubt, lange Zeit schon. Unbekannt und doch vertraut, wie das einem auch mit einem Gesicht zustoßen kann, irgendwo, in einem fremden Land. Als Freund sei ihm der Berg erschienen, als Vater dann, und zuletzt habe er den großen Geist in ihm gesehen, der in dieser oder jener Form überall gegenwärtig sei. So deutlich aber habe sich ihm dieser Geist noch nie gezeigt. Sonder sprach bedächtig, machte gelegentlich Pausen, um sich auf das Wesentliche zu besinnen. Der Berg habe ihn angezogen, wie ein Magnet fast habe er ihn aus der weiten Ebene zu sich hinaufgezogen. Durch den üppigen Regenwald vorerst, feucht und faulig, nach Absterben riechend und nach Zeugung, schleichendes und krabbelndes Getier am Boden, Schmetterlinge in der Luft, keifende Affen in den Bäumen. Dicht stiegen in Sonder die Bilder auf, intensiver denn je zuvor. Der ständige Wechsel der Vegetation mit zunehmender Höhe, immer karger werdend, immer unscheinbarer die Pflanzen. Und er erinnerte sich wieder an die rote Gladiole, die aus einer engen Schlucht leuchtete – es war wie eine Verheißung. Bald nur noch Gräser und flechtenbewachsene Steine. Alles, was der Berg ihm anbot, habe er aufgenommen, in sich hineingesogen, jede Regung, jedes Zeichen. Noch höher die schwarze Sandwüste zwischen bizarren Felsen, eine Mondlandschaft, geheimnisvoll von Nebelfetzen durchhangen. Keine Anstrengung habe er verspürt und keine Kälte, keine Schmerzen, die sich sonst in diesen Höhen einstellen. Der nächtliche Aufstieg dann im neugefallenen Schnee, Schritt um Schritt im Lichtkegel der Taschenlampe, Stunde um Stunde im Rhythmus des Berges. Auf dem Kraterrand ein Sonnenaufgang wie vor Millionen von Jahren, wie am ersten Tag nach der Schöpfung. Kindliches Staunen, Sprachlosigkeit. Weiter dem Kraterrand entlang, bläuliche Orgelpfeifen aus uraltem Eis, die fantastische Musik der absoluten Stille. Der Gipfel zuletzt, nahe dem Himmel, Tausende von Metern über den wildreichen Ebenen. Überwältigt vom Gefühl, mit dem Berg eins zu sein, aufgenommen von ihm, habe er dort gestanden, stolz und demütig, ein kleiner Teil zu sein von etwas derart Großem.

Es blieb eine Weile still, als Sonder schwieg und gedankenverloren über den See blickte. Die Dämmerung hatte eingesetzt, einzelne Lichter begannen aufzuleuchten.

Pat war ergriffen von Sonders Art zu erzählen, beeindruckt auch von seiner Leistung. Unwillkürlich mußte sie an die greisen Männer in Asien denken, die den Pfeilbogen zu spannen vermögen, was, wie gesagt wird, mit Körperkraft allein nicht zu erreichen ist. War Sonder etwa auch soweit? Hatte er diese Fähigkeit erlangt, tausend kleine Schritte zu einem großen Ganzen zusammenzufügen? Der Mann erstaunte sie immer mehr. »Was für ein Erlebnis«, sagte sie, und fast vorwurfsvoll fügte sie bei: »Und Sie haben uns nie davon erzählt.«

»Wer kann das denn schon verstehen?«

»Ich«, sagte Pat.

»Wir«, ergänzte Thalmann.

»Dann verstehen Sie auch, daß ich dorthin zurückgehen muß.«

»Ja, natürlich.«

»Wie lange werden Sie denn bleiben?« fragte Thalmann arglos.

»Ich werde nicht mehr zurückkehren.« Sonder sagte es, ohne eine Regung zu zeigen, wohl wissend, daß diese Bemerkung Verwunderung, wenn nicht gar Bestürzung auslösen mußte.

»Und die Untersuchungen ...«, reagierte Thalmann sofort.

Dieser Einwand war zu erwarten gewesen. »Keine Untersuchungen mehr. Sind nicht mehr nötig.«

»Aber natürlich sind sie nötig. Sie wissen doch ...«

»Sie haben mich zur Operation überredet, Herr Thalmann. Dafür bin ich Ihnen auch dankbar.« Sonder blieb unbeirrt.

Pat schaute von einem zum andern, unentschlossen noch, wie sie ins Gespräch eingreifen sollte. Als Ärztin müßte sie Bruno unterstützen, müßte sich für die Gesunderhaltung von Sonder einsetzen. Wo andrerseits, überlegte sie sich, nimmt man eigentlich das Recht her, einem alten Mann und besonders diesem alten Mann vorschreiben zu wollen, was er zu tun habe?

»Ich verstehe nicht, daß Sie ... jetzt, wo alles ...« Was soll das, fragte sich Thalmann, Sonder weiß schließlich ganz genau, um was es geht. Zudem ist jetzt nicht der Zeitpunkt.

»Es ist mein Wunsch, die Zeit, die mir bleibt, an einem Ort zu verbringen, wo das Leben ... lebendig ist und wo das Sterben einen Sinn hat.« Es klang keineswegs bedrückt, was Sonder sagte, gar nicht resigniert, wie man hätte annehmen können, wenn er vom Tod sprach. Im

Gegenteil, Sonder schien gelöst. Er hörte nicht auf, den Hund zu kraulen, der ihm den Kopf auf den Schoß gelegt hatte.

Während Thalmann besorgt schwieg, schaute Pat Sonder mit offenem Mund an, unsicher noch, wie sie seine Aussage zu werten hatte. Ist es einfach so dahergeredet, oder steckt mehr dahinter, Erkenntnis, Weisheit sogar? Sie mußte es annehmen. Auch daß sein eindrucksmächtiger Bericht von Afrika und seine Sehnsucht, dort zu leben und zu sterben, miteinander zu tun hatten. »Es ist die Natur, die Sie dort schätzen, nicht wahr? Es ist das Leben mit der Natur«, versuchte sie das Gespräch weiterzuführen.

»Es ist das Urwüchsige, wo nichts abgeschlossen ist. Alles fließt noch. Die Natur sucht noch immer nach neuen Formen. Ja. In überdüngten Wiesen und herausgeputzten Wäldern kann sich nichts Neues mehr entwickeln. Hier ist alles versteinert, der Boden und der Himmel und die Gedanken auch. Das ist für mich kein Ort mehr zum Leben und noch weniger zum Sterben. Das Spital erst hat mir dies bewußt gemacht.« Vom Nachbarhaus war fröhliches Lachen zu hören. »In einem weißen Krankenzimmer wird der Tod für mich sinnlos, das Kreuz an der Wand hin oder her. Es ist ebenfalls versteinert. Dort aber«, Sonder zeigte mit dem Arm in die Ferne, »entsteht aus dem Tod neues Leben, sichtbar, fühlbar. Dort modert es noch. Und es muß modern, damit Neues entstehen kann.«

»Und Steine modern nicht«, sagte Pat vor sich hin.

»Nein, Steine modern nicht«, wiederholte Sonder laut.

Thalmann erhob sich und machte einige Schritte zum See. Es war dunkel geworden, mondlos dunkel. Ein Lichterband zeichnete das gegenüberliegende Ufer nach. Hin und wieder irritierte eine Fledermaus sein Auge. Thalmann dachte über Sonder nach, über sein verändertes Verhalten, die abstrusen Ideen seit dem Ausbruch der Krankheit. Originelle Einfälle hatte er schon immer gehabt, das ließ sich nicht leugnen, doch bisher hatten sie sich in einem vernünftigen Rahmen bewegt. Was er jetzt aber vorhatte, war verrückt. Am Schluß würde Sonder selbst der Leidtragende sein, davon war Thalmann überzeugt. Er würde nochmals mit ihm sprechen müssen, alleine und nüchtern. Nicht jetzt, auch nicht nachher auf der Rückfahrt. Heute würden sie sich unmöglich verstehen. Er müßte auch mit Pat sprechen. Mit ihrer Hilfe wäre Sonder schon zur Vernunft zu bringen. Ja, Vernunft. Thalmann verstand nicht, was er nun hörte: daß, wenn man dem Ruf des Kauzes antworte mit Tönen von tief unten, aus der Lunge oder dem Bauch, man – für Momente selbst zum Kauz werdend – das sehen könne, was der Vogel sieht.

Auf die Bitte von Pat hin wiederholte Sonder den Ruf des Kauzes noch einige Male. Sie hatte ihre helle Freude daran. Und als es vom Nachbarhaus her still wurde, weil alle – wie sie annehmen mußte – dem Ruf des Kauzes lauschten, brach Pat in ein schallendes Lachen aus.

Als Pat die Gläser ein weiteres Mal füllte, meinte Thalmann, sie müßten wohl bald ans Aufbrechen denken. Damit aber stieß er auf heftigen Protest. Sie unterhalte sich glänzend, sagte Pat, und es liege ihr fern, sie bereits ziehen zu lassen. Falls er aber gehen müsse, werde sie sich schon um Sonder kümmern. Um halb zwölf fahre noch ein Zug nach Zürich. Und sonst könne er auch ohne weiteres hier schlafen. Sonder war einverstanden mit diesem Vorschlag. Er fühlte sich wohl wie schon lange nicht mehr.

Nachdem sie Bruno Thalmann hinausbegleitet hatte, setzte sich Pat wieder zu Sonder, begierig, mehr von Afrika zu hören. Sie hatte nach der Matura vier Wochen bei einem Onkel in Mombasa verbracht und war von dort aus zweimal auf eine Safari mitgefahren. Doch Sonder schien von etwas anderem zu sprechen, wenn er von der gleißenden Sonne über der dürstenden Steppe sprach, von den gewaltigen Wolkenwänden, den schweren Regengüssen und dem üppigen Sprießen danach, von Jahreszeiten, die sich in wenigen Tagen folgen. Elefanten und Giraffen hatte sie gesehen, Löwen und Zebras und Warzenschweine, wie in einem Tierpark, so kam es ihr jetzt vor. Doch Afrika, das Afrika, von dem Sonder eben erzählte, hatte sie nicht erlebt.

Er zeichnete die Jagd des Geparden nach, lebte sie nach, schilderte die vollendete Harmonie in der Verbindung von Kraft und Eleganz, beschrieb minutenlang, was nur Sekunden dauert. Das Näherkommen des Jägers ans Opfer. Eine Impala, die in Todesangst flüchtet. Die Verfolgung. Der Sprung dann. Der Sturz. Sonder litt sie nach, diese Jagd, ließ spüren, was die Jagd ihm bedeutet, wie sie für ihn in der Vereinigung zweier Leiber gipfelt. Alle Gesetze des Lebens wären beinhaltet in diesem kurzen Moment, meinte er zum Schluß. Und er wirkte entrückt. Erschöpft, aber glücklich. »Es entsteht Leben aus dem, was tot ist, tot scheint. In den Tropen ist das so. Es müßte überall so sein.« Und wie er an die Regeln der belebten Natur dachte, kam ihm Götze in den Sinn. Hatte nicht auch Götze versucht, aus dem Tod eines andern neues Leben zu schöpfen? Wo liegt der Unterschied? Doch sollte Götze dieses Recht aus der Natur abgeleitet haben, argumentierte er für sich, so war auch seine eigene Tat leicht zu rechtfertigen. Sie blieb, was sie war: Notwehr. Der Körper darf den Parasiten abwehren, das Beutetier den Jäger angreifen. Oder war er dem angeschossenen Keiler, der ihm das Knie zerschmettert hatte, je gram gewesen für die erlittene Verletzung? Nein, er hatte ihn bewundert.

»Ist eigentlich der Mensch für seine Umwelt verantwortlich, oder ist es umgekehrt, prägt sie den Menschen?« Pat erwartete keine Antwort darauf. »Wie würde Zürich in den Tropen aussehen, die Bahnhofstraße tropikalisiert?« Sie hatte dieses Wort kürzlich aufgeschnappt. Ich möchte alles tropikalisieren, hatte jemand gesagt.

Sonder lachte auf. Er dachte an Medan oder Guayaquil oder an eine Mischung der beiden Städte. Städte in den Tropen haben etwas Gemeinsames. »Zürich würde leben«, sagte Sonder, »leben nach den Gesetzen des Dschungels.« Autos kreuz und quer, malte er sich aus, streunende Hunde, die den Abfall durchwühlen, Geier auf dem Marmortempel von Max Bill, Bettler vor den Banken, Leguane im Park vor dem Globus, die Bahnhofunterführung überschwemmt, wenn es regnet, auf dem Trottoir Verputz, der von den Fassaden bröckelt.

Langsam verfallende Häuser also. »Ja, auch Steine modern. In den Tropen modern auch sie.« Venedig kam ihm in den Sinn, das nicht, wie immer wieder versucht wird, gerettet werden sollte, weil es gerade dadurch seines Reizes beraubt würde. Zumindest für ihn.

Pat amüsierte sich. Es machte ihr Spaß, ausgelassen Vergleiche in alle Richtungen anzustellen, sie liebte es, sich das Unmögliche zu denken. Daß nun ausgerechnet Sonder, dieser so bieder scheinende Mann, sie mit derartigen Spielereien der Fantasie unterhalten würde, das hätte sie nie gedacht. Eigentlich hatte sie ihn eingeladen, um ihn abzulenken, ihn etwas aus seinen Grübeleien herauszuholen. Und jetzt das.

»Wollen wir nochmals ins Wasser gehen?« fragte Pat unvermittelt.

»Warum nicht?« Sonder war durch sein Fabulieren unternehmungslustig geworden.

Pat brachte zwei Bademäntel aus dem Haus, und bald schwammen sie nebeneinander her, im gleichen Rhythmus, schweigend. Sonder fühlte sich frei, rundum frei. Und ihm war, als hätte er mehr als nur die Kleider abgelegt. Zurück am Ufer mühte er sich dann, auf den glitschigen Steinen das Gleichgewicht zu finden. Zweimal mußte er sich mit den Händen abstützen, bis Pat ihn helfend am Arm faßte. Sonder ließ es gerne geschehen, und miteinander stiegen sie aus dem Wasser. Und während sie langsam über den Rasen gingen, dem Haus zu, lag ihre Hand auf seiner Schulter, nicht mehr als Stütze jetzt, vielmehr beließ sie die Hand dort, wie man sie im Fell eines vertrauten Tieres ruhen läßt.

»Ich danke dir«, sagte Sonder, als Pat ihm einen Bademantel reichte, und erschrocken sofort: »O entschuldigen Sie bitte, es ist mir ...«

»Du mußt dich doch nicht entschuldigen, Göpf. Ist schon recht so«, lachte Pat. »Lassen wir es dabei.«

Mitternacht war längst vorbei. Auf dem Bettrand sitzend sah sich Sonder noch eine Weile im Zimmer von Pats Bruder um, der, wie sie gesagt hatte, für ein Jahr in den Vereinigten Staaten weilte. Dann legte er sich hin und überdachte den Abend. Er hatte viel gesprochen, meinte er, viel mehr als üblich. Ja, er hatte sich wohl gefühlt in dieser Gesellschaft.

Am andern Morgen, als Pat die Vorhänge zurückzog, sah sie unweit vom Ufer Sonder im Ruderboot sitzen. Sie rief ihm, winkte, und er winkte zurück. Nach dem Frühstück begleitete sie ihn zum Bahnhof. Dort lasen sie in einer Sonntagszeitung den Bericht mit der Überschrift: ›Vermißter Arzt tot in der Sihl‹. Es ging aus dem Bericht hervor, daß Götze bereits tot war, als er ins Wasser gelangte, und daß ein Verbrechen angenommen werden mußte, wenn auch die Todesursache noch nicht feststand. Selbstvergessen schüttelte Sonder mehrmals den Kopf. Ein Bild von Götze war dabei – eines, das ihm schmeichelte, wie Pat bemerkte –, und es wurde nach Zeugen gesucht, die Götze am Dienstag nach 18 Uhr noch gesehen hatten oder denen an der Sihl etwas Besonderes aufgefallen war. Unwillkürlich zuckte Sonder mit den Schultern.

11

Am Montag morgen um acht saßen sich Häberli und Manz im Büro des Kommissars gegenüber. Beide hatten sie eine Kopie des vorläufigen Autopsieberichtes in der Hand, und gemeinsam gingen sie Punkt für Punkt durch. Manz unterstrich, was ihm wichtig erschien, derweil der Kommissar kleine Zeichen auf ein Stück Papier kritzelte. Einige Namen standen darauf, und ein Strich stellte den Weg von Bänis Haus zur Sihl dar. Kleine Grafiken gehörten zu seiner Methode, komplizierte Fälle zu lösen. Und daß die Aufklärung von Götzes Tod nicht einfach sein würde, das hatte er im Gespür.

Aus dem Bericht des Gerichtsmediziners ging hervor, daß etwa ein Tag vergangen sein mußte, bis die Leiche ins Wasser gelangt war, und auch, daß sie etwa drei Tage darin gelegen hatte. Die Todeszeit dürfte also mit dem Verschwinden von Götze zusammenfallen, rechnete Manz nach. Anhand der Abschleifungen ließ sich aussagen, daß die Leiche eine gewisse Strecke im Fluß getrieben war. Eine Fraktur des rechten Jochbogens dürfte etwa zum Zeitpunkt des Todes entstanden sein, weitere Verletzungen aber würden sich nicht nachweisen lassen. Das hieß also, daß der Tod nicht durch Gewalteinwirkung eingetreten war, eine Feststellung, die nach Häberli den Detektivsinn meist ganz besonders fordert. Der Blinddarmnarbe und der unreinen Haut an Rücken und Hintern schenkten die beiden keine Beachtung. Der Bericht schloß mit der üblichen Floskel, daß zur Abklärung der Todesursache die histologischen und die toxikologischen Untersuchungen abgewartet werden müßten. Häberli sagte nicht, wie wenig er sich in diesem Fall von weiteren Untersuchungen verspreche. Es war ein Gefühl, das er nicht erklären konnte.

»Wo, glauben Sie, liegt nun der Schlüssel zu diesem Mord?« fragte der Kommissar.

»In der Klinik«, entgegnete Manz, ohne zu zögern. »Das Fehlen einer offensichtlichen Todesursache deutet auf einen Fachmann hin und auf Vorsatz, und der Wagen des Toten vor dem Haus des Professors auf Kenner der Szene.«

»Ich habe uns gegen neun Uhr in der Klinik angemeldet.« Mit einem angedeuteten Nicken gab Häberli zu erkennen, daß er diesem Gedankengang zustimmte.

Götzes Wohnung hatten sie sich am Samstag nachmittag noch angesehen, dort aber außer der Adresse seiner geschiedenen Frau nichts Brauchbares gefunden. Auch vom Hauswart und den Nachbarn, die alle angaben, ihn kaum gekannt zu haben, waren keine nützlichen Hinweise zu erhalten. Manz hatte danach Götzes frühere Frau angerufen. Sie meldete sich unter dem Namen Bernasconi, sprach deutsch mit slawischem Akzent und schien ob der Nachricht vom Tod ihres ersten Mannes nicht sonderlich bewegt. Seit zwei Jahren habe sie keinen Kontakt mehr mit ihm, sagte sie, und könne daher keine Auskunft geben über seine Lebensweise oder den Umgang, den er in letzter Zeit gepflegt habe. Auf das Kind angesprochen, erzählte sie freimütig, ihr Mann habe bei der Scheidung, mehr aus Bosheit wohl, seine Vaterschaft angezweifelt und nach einer diesbezüglichen Untersuchung auch recht erhalten. Die Hoffnung, über Götzes Gewohnheiten und seinen Freundeskreis doch noch etwas in Erfahrung zu bringen, ruhte somit vor allem auf den Aussagen seiner Mitarbeiter in der Klinik.

Professor Bäni hatte Anweisung gegeben, die Bibliothek für die bevorstehenden Befragungen herzurichten. Sonder war gerade dabei, den dritten Sessel hineinzutragen, als die beiden Kriminalpolizisten, begleitet von Bäni, das Zimmer betraten. Bäni wies Sonder an, draußen zu warten, um jeweils die Leute zu verständigen, die die Herren zu sprechen wünschten. Langsam ging Sonder also den Korridor auf und ab, die Hände auf dem Rücken. Das waren nun also die Spürnasen, die versuchten, ihm auf die Fährte zu kommen, dachte er sich. Doch nicht nur ihm, schließlich hatte er mit der Sache an der Sihl nichts zu tun. Recht sympathisch, urteilte er, beide hatten sie ihm freundlich zugenickt.

»Ich hoffe, Sie verstehen, daß wir uns etwas umhören müssen«, begann Häberli das Gespräch, nachdem sie Platz genommen hatten, die Polizisten auf der einen, der Professor auf der andern Seite des Tisches.

»Aber selbstverständlich«, sagte Bäni, und dienstfertig schob er dem Kommissar ein Blatt zu, auf dem alle Mitarbeiter aufgeführt waren. Zuoberst er selbst, dann Doktor Thalmann und Pat Wyss, weiter die Sekretärinnen, das Laborpersonal und zuletzt die Autopsiepfleger Zimmerli und Sonder.

»Wir wissen vorläufig soviel wie nichts über Doktor Götze«, fuhr Häberli fort, »wir möchten uns gerne erst mal ein Bild machen über ihn, etwas über seine Gewohnheiten, seinen Charakter erfahren.«

»Doktor Götze! Er war besessen von der Arbeit, ein ›workaholic‹, wie die Amerikaner sagen.« Bäni schilderte ihn als äußerst zuverlässigen Mitarbeiter, dem keine Arbeit zuviel war, um Karriere zu machen. Dies hätte auch bereits Früchte getragen, hatte er doch unmittelbar davorgestanden, ein Extraordinariat an der Universität zu erhalten. Er sei vielleicht nicht der Talentierteste gewesen, meinte Bäni weiter, dazu habe ihm die Fantasie gefehlt, die für einen hervorragenden Diagnostiker unabdingbar sei. Dies aber habe er durch ein ungeheures Wissen wettgemacht. Ein wandelndes Lexikon, nannte ihn der Professor und beklagte den großen Verlust, den er selbst durch den Tod seines Oberarztes erlitten hätte. Zum Verhältnis von Götze zu den Mitarbeitern befragt, zuckte er die Schultern und schnitt eine vielsagende Grimasse. Es sei für Untergebene eben nicht leicht, mit einem solchen Menschen zusammenzuarbeiten, erklärte er dann, Götze habe viel von ihnen verlangt. Zu Götzes Privatleben wisse er an sich wenig zu sagen, glaube jedoch nicht, daß ihm viel Zeit dafür geblieben sei. Spezielle Vorlieben seien ihm nicht bekannt, auch keine Kollegen, mit denen er außerhalb der Klinik verkehrt habe.

Mit dem eher plaudernden Ton aber war es vorbei, als Häberli nochmals nach dem genauen Verlauf der beiden kritischen Tage fragte. Bäni sprach nun langsam. Jeder Satz war wohlformuliert, beinahe druckreif, wenn man von einigen nachgelieferten Ergänzungen absah. Den Dienstag abend schilderte er so, wie er ihn erlebt hatte, nämlich, daß er eingenickt sei, zwischen einer halben und einer Stunde geschlafen habe und daraufhin zur Waldhütte gefahren sei. An die Zeit seiner Rückkehr könne er sich nicht genau erinnern, es müsse aber kurz nach Mitternacht gewesen sein. Mittwochs habe er den ganzen Tag am Institut verbracht, und abends – nach ihrem Besuch – sei er zu seinem Freund Eugen Rusterholz nach Kilchberg gefahren. Dort habe er auch geschlafen, was nicht unüblich sei, da sie gerne ein Glas zusammen tränken.

Es entging Bäni nicht, daß Manz keine Miene verzog bei dieser Bemerkung, während der Kommissar verständnisvoll lächelte. Obwohl bisher alle Fragen von Häberli gekommen waren, hatte Bäni bei seinen Ausführungen vornehmlich Manz angeschaut, als wollte er vor allem ihn von der Richtigkeit seiner Aussagen überzeugen.

»Die Flasche haben Sie ja schon gesehen! Kennen Sie dieses Rohr vielleicht?« fragte Häberli, während er einen Plastiksack mit den Scherben und das Metallrohr auf den Tisch legte.

Bäni verneinte schnell. Er überlegte, ob er sich nach der Bewandtnis von diesem Gegenstand erkundigen solle, ließ es dann aber.

»Das wär's von meiner Seite«, sagte Häberli, und zu Manz gerichtet, »haben Sie vielleicht noch Fragen?«

Manz nickte. »Sie haben sich sicher Gedanken darüber gemacht, was der Wagen von Doktor Götze vor Ihrem Haus bedeuten könnte?«

»Ja natürlich«, entgegnete Bäni spitz, zeigte, daß er diese Frage als eine Frechheit empfand.

»Und Sie haben keine Idee, wie es zu diesem merkwürdigen . . ., sagen wir mal, Zufall, kommen konnte?« Manz fixierte den Schmiß im Gesicht des Professors. Mit Skalpellen gäbe es schönere Narben und weniger Goldzähne, dachte er sich, und Ärzte wüßten wohl auch besser damit umzugehen als mit der Fechtwaffe.

»Nein«, antwortete Bäni nach einer kurzen Pause, »es sei denn, jemand will mich belasten.«

»Hat Doktor Götze Sie gelegentlich besucht?«

»Nur bei Einladungen, zwei- oder dreimal. Nein, sonst nie.« Der erste Eindruck bestätigte sich. Der Mann war unangenehm, mehr noch, er war gefährlich.

Manz gab Häberli mit einer Handbewegung zu verstehen, daß er keine weiteren Fragen mehr hatte. Der Kommissar bedankte sich beim Professor und überreichte ihm die Unterlagen zur Vorlesung aus Götzes Mappe. Bäni hatte darum nachgesucht. Es blieb ihm nun nichts anderes übrig, als das Kapitel der Gefäßkrankheiten selbst zu lesen.

Der Kommissar überging das Angebot von Bäni, nach Doktor Thalmann rufen zu lassen. Statt dessen bat er ihn, doch den Mann hereinzuschicken, den er ihnen als Hilfe zugewiesen hatte. Die Art, wie Sonder den Raum betrat, sich ihnen näherte, sich vorstellte und Platz nahm, deutete Häberli als zurückhaltend, nicht schüchtern und schon gar nicht unterwürfig. Seinen Namen fand er zuunterst auf der Liste, die ganz offensichtlich nach der Stellung in der Abteilung angeordnet war.

»Sie waren also am Dienstag auf dem besagten Fest! Was machten Sie . . .« Der Kommissar hielt inne, als er Sonder den Kopf schütteln sah.

»Nein, war ich nicht!« sagte Sonder bestimmt.

»Ach so! Und warum nicht?«

»Ich hab' mir das Fußballspiel angeschaut.«

»Im Fernsehen?«

»Nein. Im Stadion.«

»Sie schätzen solche Abteilungsfeste also nicht besonders.« Häberli lächelte. »Was ist der Grund?«

»Doktor Götze.« Sonder schluckte. »Ich nahm natürlich an, daß er auch dort ist.«

Manz, der noch damit beschäftigt war, Notizen zum Gespräch mit dem Professor zu machen, hob den Kopf. Der Frage des Kommissars, ob er denn in letzter Zeit Ärger mit Götze gehabt habe, wich Sonder aus, indem er erklärte, er sei erst seit einer Woche wieder an der Arbeit. Auf seine Abwesenheit angesprochen, erwähnte er die Operation, den Kuraufenthalt in Davos und auch die bevorstehende Pensionierung in einem Monat. Als Manz wissen wollte, ob ihn jemand auf dem Fußballplatz gesehen habe, nannte Sonder Direktor Zurbuchen, dem er vor dem Spiel im Tram begegnet sei, sowie einen Nachbarn, mit dem er auf dem Nachhauseweg kurz gesprochen habe.

»Und am Mittwoch? Was haben Sie am Mittwoch gemacht?«

»Ich habe gearbeitet, bin dann nach Hause gegangen und den ganzen Abend dort geblieben.« Und auf die Frage nach Zeugen gab er schmunzelnd zur Antwort: »Von zwei Katzen abgesehen keine.«

Nachdem Sonder ausgesagt hatte, die Gegenstände auf dem Tisch nicht zu kennen, wurde seine Befragung als beendet erklärt. Nacheinander brachte er nun die Mitarbeiter der Abteilung in die Bibliothek: Imelda Stäuble, Doktor Thalmann, Oskar Zimmerli, dazwischen Laborantinnen. Niemand äußerte sich besonders positiv über Götze, am wenigsten die Laborantinnen. Thalmann antwortete sehr geschickt. Nichts, was er sagte, sprach gegen Götze, nichts aber ausdrücklich zu seinen Gunsten. Imelda Stäuble, puppenhaft gepudert und geschminkt, schien sehr nervös und nestelte dauernd in ihrem kunstvoll hochgesteckten Haar. Statt auf die Frage des Kommissars, wie sie zu Götze gestanden habe, zu antworten, erzählte sie Nebensächlichkeiten. Häberli sah keinen Grund zu insistieren, und Manz stellte keine zusätzlichen Fragen.

Zuletzt fehlte nur noch Pat Wyss. Sie war auf Weisung des Professors über den Besuch der Polizei informiert und gebeten worden, heute etwas früher zu erscheinen. Als sie nun die Bibliothek betrat, entschlüpfte Manz ein leiser Ausruf der Überraschung. Er kannte sie vom Sehen, recht gut, könnte man sagen, obwohl sie bisher kaum miteinander gesprochen hatten. Pat grüßte zuerst den Kommissar und streckte dann lachend Manz die Hand hin.

»Ich weiß nicht einmal, wie du heißt«, sagte sie.

»Adrian. Und du also Patrizia.« So stand es auf dem Zettel.

»Pat«, stellte sie richtig.

Hier bei der Arbeit brauchte Manz etwas Überwindung für die vertrauliche Anrede, die sonst selbstverständlich war. »Wir sehen uns regelmäßig in der Sportanlage«, erklärte er dem Kommissar.

»Fechten Sie auch?« fragte Häberli.

»Nein, Jazzballett. Wir sehen uns am Dienstag jeweils im Konditionstraining oder in der Sauna«, antwortete Pat unbeschwert.

Dieser Zusatz wäre nicht nötig gewesen. Manz war peinlich berührt, man konnte es ihm ansehen. Es war eine Sportsauna, eine absolut seriöse Angelegenheit, wie aber sollte er Häberli dies klarmachen. Jetzt, in Anwesenheit von Pat, war jedenfalls nicht die passende Gelegenheit. »Am letzten Dienstag hast du gefehlt.« Manz versuchte damit auf jenen Abend überzuleiten, der besonders interessierte. Er erwartete ihre Aussage.

»Ich betrachte es als Kompliment, daß du das bemerkt hast.«

Die Gesichtszüge von Manz verrieten Spannung, die unruhigen Augen das fieberhafte Suchen nach der angemessenen Antwort. Häberli, der annehmen konnte, daß seine Anwesenheit Manz daran hinderte, so zu reagieren, wie er es gerne tun würde, griff nun ein und fragte selbst nach jenem Dienstagabend.

Pat Wyss gab an, schon früh zur Waldhütte gefahren zu sein, da sie dort Vorbereitungen zu treffen hatte. Im weiteren machte sie keinen Hehl aus ihren Gefühlen

Götze gegenüber und äußerte sich diesbezüglich noch negativer als zuvor die Laborantinnen.

»Hat Doktor Götze deutlich zugesagt, daß er zum Fest kommen wird?« fragte Manz.

»Ja. Er ließ mich am Nachmittag noch wissen, daß er etwas später eintreffen werde.«

»Gab er einen Grund an?«

»Er habe etwas vor, sagte er.« Sie legte für einige Momente die Stirn in Falten, bevor sie sich verbesserte. »Ein Termin! Ja, er sagte, er habe einen Termin.«

»Einen Termin? Kannst du dich genau daran erinnern?« fragte Manz jetzt sichtlich interessiert.

»So drückte er es aus, einen Termin oder zumindest etwas Ähnliches. Sonst hätte ich ja kaum an eine Sitzung bei einem Psychiater gedacht.«

Die Begründung leuchtet ein, dachte sich Häberli, wenn sie auch nicht von viel Respekt zeugen mochte. Manz, dem ihre Offenheit – trotz der vorangegangenen Situation – gefiel, wertete diese letzte Aussage als erste von Bedeutung. Damit hatten sie wenigstens einen Anhaltspunkt für weitere Abklärungen. Zu den Gegenständen auf dem Tisch wußte sie gar nichts zu sagen.

»Sieht man dich morgen abend?« fragte Pat, als sie sich von Adrian Manz verabschiedete.

»Vielleicht. Mal sehen, ob die Arbeit es zuläßt.« Dabei war es Manz klar, daß etwas Außerordentliches geschehen müßte, um ihn vom Training abzuhalten. Nachdem Pat Wyss die Tür hinter sich geschlossen hatte, nahm Häberli sein Blatt hervor und setzte ein Zeichen neben den Namen des Opfers.

»Freunde scheint Götze hier keine zu haben«, bemerkte Manz.

»Man mag ihn gehaßt haben. Doch genügt das als Motiv? Ich glaube das nicht.«

»Ich werde mich jedenfalls um den Termin kümmern. Dieser Punkt könnte uns weiterbringen.«

Am Nachmittag unternahm Häberli einen Gang an die Universität. Zuerst stattete er der Gerichtsmedizin einen Besuch ab, wo es aber keine Neuigkeiten zu erfahren gab. Darauf sprach er am Institut für Pathologie vor, um sich die Namen der Mitbewerber im Rennen um das Extraordinariat geben zu lassen. Zu dieser Zeit ließ Manz bei allen Ärzten und Zahnärzten der Stadt eine Umfrage durchführen, ob sie einen Horst Götze in Behandlung hätten. Er grinste, als er empfahl, mit den Psychiatern zu beginnen. Den Besuch der Weinhandlungen nahm er selbst in die Hand. Er wählte zuerst jene Geschäfte, die auf französische Spitzenweine spezialisiert waren. Beim zweiten Geschäft bereits stieß er in der Kundenkartei auf den Namen Rusterholz, Professor Eugen Rusterholz, einen Namen, den er am gleichen Tag bereits einmal gehört hatte.

12

Nichts erinnerte in der Bibliothek an die Befragungen des vorangegangenen Tages. Sonder nahm Bücher aus den Regalen und tippte Titel und Autoren auf Karteikarten, zweifingrig, Buchstabe um Buchstabe meist. Thalmann hatte ihm die Arbeit angeboten. Falls er Lust habe. Warum nicht, sagte sich Sonder. Die Zeit geht schneller vorbei, wenn man etwas zu tun hat. Er stieg gerade die Aluminiumleiter hoch, um einige Bücher zurückzustellen und weitere herunterzunehmen, als die Tür aufging. Bänis Gruß war kaum hörbar wie oft, was Sonder nicht störte, er hatte sich in den Jahren daran gewöhnt.

»Haben Sie den ›Robbins‹ irgendwo gesehen?« Bäni schritt nervös die Gestelle ab.

»Wen?« fragte Sonder leicht irritiert.

Jetzt erst schien Bäni wahrzunehmen, daß es Sonder war, der auf der Leiter stand. »Ein dickes Buch, grünblau, ziemlich auffällig.«

»Dort sind die Bücher aus dem Büro von Doktor Götze.« Sonder zeigte von der Leiter hinunter auf den Tisch. Genau dort, wo gestern sein selbstgefertigtes Blasrohr lag, ging ihm durch den Kopf. Für einen Moment bedauerte er es, das Rohr im Auto zurückgelassen zu haben. Nicht darum, weil es jetzt in den Händen der

Polizei zu einem Beweisstück werden könnte, vielmehr hätte er es gerne seiner Sammlung beigefügt. Schließlich war es ein Teil einer Waffe, die nun zu seiner Geschichte gehörte. Der Gedanke entsprang also einzig dem Trieb des Sammlers nach Vollständigkeit, da er bei seiner Absicht, für immer zu verreisen, ohnehin nichts mehr davon haben würde. Was er mit all seinen Waffen machen sollte, hatte sich Sonder noch nicht überlegt.

»Natürlich. Die halbe Bibliothek hat er gehortet.« Das gesuchte Buch befand sich darunter. Als Bäni, den ›Robbins‹ in der Hand, der Tür zustrebte, blieb er bei der Leiter plötzlich stehen. »Verdammt unangenehme Sache, was?«

»Ja!« Sonder fragte sich, ob Bäni wohl seine eigene Situation meinte oder diejenige am Institut.

»Sie hatten es auch nicht leicht mit ihm.«

»Das kann man sagen.« Wenn Caesar wüßte, er würde kaum so vertraut mit ihm sprechen. Warum aber sprach er überhaupt mit ihm? Und warum hatte er den Toten verschwinden lassen? Für Sonder gab es keinen Zweifel mehr, daß Bäni es war. Ist dies vielleicht seine Art, Probleme zu lösen? Unangenehmes einfach aus der Welt zu schaffen. Er hätte ihn gerne gefragt. Viel wichtiger aber als Caesars Beweggründe war für Sonder der Dienst, den ihm der Professor erwiesen hatte. Es war ein Dienst, der ihm von unschätzbarem Wert sein könnte. Seine Beteiligung an Götzes Verschwinden war dadurch höchst unwahrscheinlich geworden. Auf welche Weise sollte er schon ins Sihltal gelangt sein?

»Ja, er war kein angenehmer Zeitgenosse«, seufzte

Bäni. »Krankhaft ehrgeizig, sag ich Ihnen. Professor wollte er werden. Dafür hat er geschuftet wie ein Irrer. Nur dafür. Er hätte sein Ziel auch erreicht, obwohl er das Zeug dazu überhaupt nicht besaß.« Sonder, auch er ein Buch haltend, schaute halb umgedreht zu Bäni hinunter, der mehr zu sich selbst zu sprechen schien. »Wenn einer schuftet wie ein Irrer, kann er eine Professur erlangen. Jeder. Leider. Doch auch damit wäre er nicht lange zufrieden gewesen. Er hätte Dekan werden wollen. Später Rektor. Davon ist er nun erlöst.«

Sonder nickte stumm. Er fragte sich, warum Caesar ihm dies erzählte, ausgerechnet ihm. Nachdem sich der Professor plötzlich umgedreht und die Bibliothek verlassen hatte – fast ohne Gruß auch jetzt –, stieg Sonder von der Leiter und fuhr ohne Eile fort mit seiner Tätigkeit. Was sollte er sich abmühen? Es war ohnehin eine Verlegenheitslösung. Er mußte beschäftigt sein. Und die Arbeit, die er vor seiner Krankheit getan hatte, die vielen Jahre lang, verrichtete ein anderer. Er hatte sich eigentlich vorgestellt, daß er seinen Nachfolger einmal einführen würde. Doch Zimmerli beherrschte das Handwerk schon. Er hatte bereits in einem Basler Spital in der Pathologie gearbeitet, brauchte also keine Anweisungen mehr. Immerhin, er fand es nett von Zimmerli, daß er ihn aufgefordert hatte, vorbeizuschauen, wann immer er wollte. Zu lange aber war der Autopsieraum seine Domäne gewesen. Er konnte sich nicht vorstellen, dort unnütz herumzustehen.

Es war für Sonder ein ruhiger Tag, in jeder Hinsicht. Zum Fall Götze wurde nichts Neues bekannt, und in die Bibliothek kam nur noch ein weiterer Besucher. Thalmann holte sich eine Zeitschrift. Sonder fühlte sich nicht ertappt, weil er gerade untätig war und zum Fenster hinausschaute, als Thalmann eintrat. Bei einer Arbeit, die einem allein der Beschäftigung wegen zugeteilt wird, hat man Pausen verdient. Eigentlich erwartete er, daß Thalmann nochmals mit ihm sprechen würde, befürchtete es fast, denn begreifen könnte Thalmann ihn nie. Das wußte er inzwischen. Für Thalmann schien die Anzahl der Monate, der Wochen und Tage mehr zu bedeuten als die Qualität des Lebens, das einem noch blieb. Und es befremdete Sonder, daß sich der gläubige Mann in dieser Hinsicht so wenig unterschied von den andern Ärzten.

»Sorgen?« fragte Sonder, als auch der Arzt eine Weile nachdenklich aus dem Fenster sah.

»Caesar hat mir die Stelle von Götze angeboten.«

»Sie haben doch angenommen?«

»Noch nicht. Ich habe um eine Bedenkfrist gebeten. Morgen will er meine Antwort haben.«

»Ist das nicht die Chance?«

»Schon.« Thalmann seufzte laut. »Wenn Götze die Stelle an der Universität erhalten hätte, wäre alles anders.«

Armer Kerl, dachte Sonder, als er wieder alleine war. Muß nun ausgerechnet dieser Thalmann, der ihn damals zum Kampf drängte, darunter zu leiden haben, daß er den Kampf gegen Götze auch aufgenommen hat? Thalmann tat ihm wirklich leid.

13

»Hallo Adrian! Gibt es etwas Neues?« fragte Pat, atemlos noch vom eben beendeten Konditionstraining. Sie hatte an diesem Tag keine Neuigkeiten vernommen. Was in den Zeitungen stand, war ihr bekannt gewesen, und Caesar, der – wie sie annahm – als erster informiert würde, wußte nichts zu berichten.

»Nicht gerade viel«, antwortete Manz. »Aber wollen wir uns nicht irgendwo unterhalten, wo es etwas gemütlicher ist?« Genaugenommen hatte sich überhaupt nichts getan seit gestern, nichts jedenfalls, was er mitteilen durfte. Doch warum die Situation nicht ausnützen? »Gehst du noch in die Sauna?«

»Nein, das ist nicht mehr nötig.« Pat zeigte auf die dunklen Flecken auf ihrem Trikot. »Ich habe bereits genug geschwitzt.«

»Treffen wir uns nachher in der Morgensonne?«

»Abgemacht.« Pat schaute auf die Uhr. »Sagen wir Viertel nach sieben.«

Unter der Dusche stehend, dachte Manz weder an Götze noch an Professor Rusterholz, bei dem er am nächsten Tag vorsprechen würde. Er hätte es nicht für möglich gehalten, wie leicht er von seiner kniffligen Aufgabe abzulenken war. Selbst wenn sich dies in seiner Freizeit abspielte, erschreckte es ihn fast etwas, wie plötzlich zweitrangig wurde, was ihm sonst oberste Pflicht war.

»Eigentlich siehst du nicht wie ein Schnüffler aus«, sagte Pat mit einem schelmischen Blick, nachdem sie sich zu Adrian gesetzt hatte.

»Du auch nicht.«

»Ich? Wie meinst du das?«

»Was macht ein Arzt denn anderes? Um einem Übel auf den Grund zu gehen, dringt er recht weit in die Intimsphäre vor. Wo ist da der Unterschied?«

»Immerhin haben wir es mit Opfern zu tun, ihr aber mit Tätern«, wandte sie scheinbar entrüstet ein.

»Bist du da so sicher?« entgegnete Manz. »Sind unsere Täter nicht auch Opfer, und umgekehrt, sind eure Opfer nicht manchmal auch Täter?«

Er hatte natürlich recht. Pat dachte an Lungenkrebs, was lag näher für sie. Die Raucher kennen das Risiko, gefährden also wissentlich ihre Gesundheit. Daß andrerseits Straffällige oft Opfer ihrer Umwelt oder einfach der Umstände sind, war ihr ebenfalls klar. Es wurmte sie etwas, daß sie sich dies von einem Polizisten sagen lassen mußte, gleichzeitig aber war sie angenehm überrascht von seiner Denkweise. »Eins zu null«, sagte sie. »Du weißt dich zu wehren.«

Die ältliche voluminöse Serviererin war sichtlich überfordert. Die Bestellung quittierte sie mit einem müden Kopfnicken, das vorwurfsvoll wirkte, als wollte sie ihre Gäste wissen lassen, daß sie an ihrer Erschöpfung mitschuldig waren.

»Also, was habt ihr herausgefunden?«

»Nichts Wesentliches, leider. Wir haben auf deine Kollegen von der Gerichtsmedizin gehofft, die aber können uns vorderhand nicht weiterhelfen.«

»Aber da muß doch etwas zu finden sein«, hakte Pat ungläubig nach.

»Das habe ich auch gemeint. Übrigens, was ich dich fragen wollte, was heißt das: präkanzerös?«

Pat horchte auf. »Bei Götze? Wo das?«

»Lunge!«

»Aha, das Rauchen. Es wird doch keiner verschont. Auch er ein Täter also.« Sie erklärte Manz, daß man unter diesem Begriff eine Gewebeveränderung verstehe, aus der sich Krebs entwickeln könne, die also soviel wie eine Vorstufe darstelle. Während ihrer Ausführungen erinnerte sie sich an jenes Gespräch mit Sonder, in welchem er aufs Rauchen zu sprechen kam. Hatte er Götze dabei nicht namentlich erwähnt?

»Wieder Lungenkrebs«, bemerkte Manz. »Gestern wurde schon davon gesprochen.«

»Ja, ich mache meine Doktorarbeit auf diesem Gebiet«, warf Pat schnell dazwischen. Darüber aber hatten sie sich gar nicht unterhalten. Und sie fragte sich, aus welchem Grund sie eigentlich von Sonder ablenken wollte.

»Nein, ich habe an den älteren Mann bei euch gedacht. Ja, Sonder heißt er. Armer Kerl. Er hat uns von seiner Krankheit erzählt.«

Sonders letzte Frage kam Pat in den Sinn, die Frage, ob er wohl stellvertretend krank sei für einen starken Raucher. Hatte er Götze gemeint? Und daß sie die Frage bejahte – wenn auch nur halbherzig –, hatte ihn scheinbar zufriedengestellt. Sollte er vielleicht …? In Sekundenschnelle dachte sie an die Wandlung, die er nach dem Verschwinden Götzes durchgemacht hatte. Sie war nicht zu übersehen gewesen. Wie befreit von einer schweren Bürde schien er seither. Und dann der Samstagabend, wie er erzählt hatte, sprühend vor Lebensfreude. Unsinn! Pat ärgerte sich über ihre absurde Verdächtigung. Der Grund mußte anderswo liegen. Wie wäre Sonder überhaupt ins Sihltal gelangt?

Manz hielt das Bierglas in der Hand, das die Serviererin inzwischen gebracht hatte, und wartete, bis Pat mit ihm anstieß. »An was denkst du?«

»Nichts Besonderes.« Pat schüttelte den Kopf etwas zu heftig, als daß Manz dies ohne weiteres hätte glauben können.

»Du willst es mir nicht sagen?«

Pat nahm das Glas und stieß mit Manz an. »Nein!« sagte sie, und ihr vorgestelltes Kinn signalisierte Entschlossenheit. Wollte er sie etwa aushorchen? War dies vielleicht der einzige Grund für ihn, mit ihr ein Bier zu trinken? Doch selbst wenn sie annehmen müßte, Sonder hätte mit Götzes Tod zu tun – hatte er nicht auch gesagt, er könnte ihn umbringen –, sie würde ihn nicht verraten. Kein Wort würde sie ausplaudern, und sie beschloß das damals Gesprochene kurzerhand als Arztgeheimnis zu betrachten.

Manz sah ihr ernstes Gesicht, den Zweifel in ihren Augen. »Ich will dich auf keinen Fall ausfragen«, versicherte er, ahnend, was zu dem Stimmungswandel geführt hatte. »Es tut mir leid, wenn ich diesen Eindruck erweckt habe.«

»Schon gut. Ist ja schließlich dein Job.« Das Mißtrauen, das sich Adrian gegenüber eingestellt hatte, schmerzte sie.

»Darum bin ich aber nicht hier. Oder du etwa, um Neuigkeiten von der Autopsie zu erfahren?«

»Nein, natürlich nicht.« Pat wurde klar, daß auch sie neugierig war, daß sie sogar begonnen hatte, Fragen zu stellen.

Sie tranken beide noch ein Bier, das Training hatte durstig gemacht, und ihre Unterhaltung verlief in der Folge ungetrübt. Beide achteten darauf, den Fall Götze nicht mehr ins Gespräch zu bringen.

Als Pat mit ihrem alten 2CV wegfuhr, wurde sie von einem schweren Motorrad überholt. Eine Harley Davidson, vermutete sie richtig. Dann erst bemerkte sie das grüne Hemd von Adrian und seine Sporttasche.

14

Erneut war Thalmann von Bäni aufgefordert worden, ihn zur Vorlesung zu begleiten. Auch wenn es die Arbeit weiterhin nicht zuließ, als Assistent hatte er sich zu fügen.

»Ich erwarte noch eine Antwort«, sagte Bäni, kaum hatten sie das Areal der Klinik verlassen.

Es war für Thalmann keine Überraschung, daß Caesar auf sein Angebot zurückkam. Er könnte es leicht als Mißtrauen werten, nicht eine spontane dankbare Zusage erhalten zu haben. »Ich komme mir irgendwie als Nutznießer eines Verbrechens vor.« Obwohl er wußte, daß Caesar seine Skrupel nie würde verstehen können, es mußte raus.

»Ach was!« reagierte Bäni, schroff beinahe, und nach einem mitleidigen Kopfschütteln meinte er: »Andere würden sich alle Finger lecken für ein solches Angebot.«

Gewiß, damit hat Caesar nicht unrecht. Als reiner Pragmatiker konnte er es auch nicht anders sehen. Thalmann war bewußt, daß er seinen Chef nicht mehr warten lassen durfte, und dieser nahm also die Antwort mit sichtlicher Befriedigung zur Kenntnis. ›Warum nicht gleich‹, schien sein selbstgefälliges Nicken auszudrücken.

Der Professor richtete vor der Vorlesung einige Worte der Betroffenheit an die Studenten. Niemand konnte ahnen, daß ihm diese Pflicht leichter fiel, nach dem, was er an diesem Morgen in der Zeitung gelesen hatte. Es seien noch keine brauchbaren Hinweise zum Mordfall Götze eingegangen, hieß es. Besonders daß der Zeugenaufruf für den Vorfall im Sihltal erfolglos geblieben war, schürte Bänis Zuversicht beträchtlich. »Auch einen altgedienten Pathologen erschüttert ein gewaltsamer Tod immer aufs neue«, schloß er in ergriffenem Ton, »führt er einem doch stets wieder drastisch vor Augen, wie abartig die Natur des Menschen sein kann, wie wirr seine Denkweise, wie verquer seine Werte.« Danach bat er die Studenten, sich zum Gedenken an den unglücklichen Doktor Götze zu erheben.

Thalmann stellte überrascht fest, daß bedeutend mehr Hörer anwesend waren als noch vor Wochenfrist. Dem geschichtlichen Abriß von damals ließ sich diese Tatsache wohl kaum zuschreiben, dem Wetter auch nicht – es herrschte noch immer dieselbe Hitze. Also war das große Interesse an diesem Tag allein durch Götzes gewaltsamen Tod zu erklären. Sensationslust also. Und nach wenigen Minuten wurde Thalmann auch klar, daß die Vorlesung an diesem Tag nicht weniger ein Plagiat war als jene der letzten Woche. Caesar mühte sich offensichtlich mit dem Manuskript von Götze ab. Er gebrauchte gelegentlich sogar dessen Ausdrücke, über die er sonst verstohlen gewitzelt hatte.

Bis zur Pathogenese der Arteriosklerose – der bedeutsamsten Form der Gefäßkrankheiten – war alles im Rahmen. Die Studenten jedenfalls, die besten Indikatoren, ließen es gelten. Erst als Bäni zur Entwicklung eines

Diagrammes kam, wurden seine Unsicherheiten offenkundig. Selbst mit der Vorlage in der Hand lief er nun von einem Problem ins andere. Er putzte Geschriebenes aus, um es anderswo wieder anzufügen, änderte mehrfach Pfeile, die Zusammenhänge aufzeigen sollten, wodurch jede Version nur noch als neuester Stand des Irrtums erscheinen mußte. Dies aber schätzen Studenten gar nicht. Sie quittierten es mit Murren, Scharren, einzelne mit lauten Bemerkungen des Mißfallens, was eine Unruhe erzeugte, die bald außer Kontrolle zu geraten drohte. Zahlreiche Studenten aus den hinteren Reihen packten ihre Sachen und machten sich durch den Hinterausgang davon, beneidet von all denen, die den Mut dazu nicht aufbrachten.

Als diese Klippe mit Ach und Krach umschifft war, gab Bäni seinem Assistenten das Zeichen, den Projektor einzuschalten. Bei der Präsentation der Diapositive fühlte er sich dann in seinem Element. Mit blumigen Worten kommentierte er die Bilder und ließ verschiedentlich seine sprachliche Brillanz aufblitzen, von der die Studenten früherer Jahre noch immer schwärmten. Es schien nun, als würde er den Rest der Vorlesung leicht über die Runden bringen. Die Stimmung im Hörsaal hatte sich beruhigt, zumal weitere Studenten – jetzt auch aus den vorderen Reihen – die Dunkelheit zum Verschwinden benutzt hatten, im Wissen wohl, daß ein Gesicht, das nicht mehr da ist, weit weniger auffällt als eines, das den Saal verläßt.

Bäni mochte vorgeben, nichts von alldem zu bemerken, Thalmann wußte, daß er es in seiner Eitelkeit nur allzu schmerzlich wahrnahm. Vor stark gelichteten Reihen sprach er nun von der Wichtigkeit gesunder Gefäße, da nur bei einer optimalen Durchblutung die volle Funktion der Organe gewährleistet sei. Er erwähnte Herz und Hirn, wo sich Folgen einer mangelhaften Blutversorgung besonders unheilvoll auswirken. Hier flocht Bäni eine Anekdote ein, die allen seinen Studenten bekannt war. Er brachte sie jedes Jahr an dieser Stelle. Sie war eine Art später Rache an seinem Lateinlehrer, den er als vierschrötigen, akromegalen Typ beschrieb, gefürchtet und gehaßt, weil er die unregelmäßigen Verben zum Mittel sadistischer Spiele gemacht hatte. Viele Jahre später hätte er ihn am Bellevue wiedergesehen, wie er den Trinkern und den Tramwagen predigte. In durchdringend klarer Sprache habe der alte Mann beschwörend zu ehrfürchtigem Staunen und tiefer Demut aufgerufen angesichts eines gewaltigen Gottes. »Er hat einen Mächtigeren gefunden«, meinte er mit einem vielsagenden Lächeln: »Gefäße wie Kalkröhren. Ich war bei der Autopsie dabei.«

Schon als Student hatte Thalmann es unangebracht gefunden, vor angehenden Ärzten über kranke Menschen zu lachen, geschmacklos überdies, daß Caesar später die Sprüche eines Vergreisten auch noch Altersweisheit nannte. Und zu seinem Ärger blieb die Geschichte ein Lacherfolg. Doch Caesars Spiel barg nun Gefahren, wie Thalmann feststellte. Im Gelächter der Studenten klang ein Unterton mit, der offenließ, auf wen es sich bezog.

Bäni fiel es schwer, wieder zum Stoff zurückzufinden. Eine plötzliche Müdigkeit überkam ihn. Immerhin wußte er, daß die anschließende Behandlung der Risikofaktoren keine Probleme mehr bieten konnte, gehörte dieses Thema doch zum Allgemeinwissen eines Mediziners. Er begann mit der Ernährung, sprach vom schädlichen Einfluß des Cholesterins, wetterte darüber, daß medizinische Erkenntnisse diesbezüglich durch wirtschaftliche Interessen in Zweifel gezogen würden, und lobte weiter den Lebertran, der die Entwicklung der Arteriosklerose zu hemmen vermöge. »Wer Lebertran jedoch verabscheut, kann mit Alkohol, maßvoll genossen wohlverstanden, denselben Effekt erzielen.« Und heiter fügte er bei: »Eine Flasche Wein am Tag ist von der Leber her noch zu vertreten und von den Gefäßen her geradezu zu fordern.« Dann aber erstarb sein Lächeln, und sein Gesicht wurde blaß und starr wie eine Maske. Es handelte sich nicht um einen theatralischen Effekt, wie viele Studenten zuerst glaubten. Plötzlich war das Etikett mit dem Turm da. Unverrückbar, wie eingemeißelt, stoppte es den Gedankenfluß. Und der verzweifelte Versuch, das Zeichen abzuwehren, fruchtete nichts. Verlegen hüstelnd ging Bäni zum Wasserhahn, benetzte sich Stirn und Nacken mit dem kühlen Wasser und spülte sich den Mund. Das half etwas. Dann entschuldigte er sich für ein momentanes Unwohlsein, machte die Hitze dafür verantwortlich, und langsam gelang es ihm, den Faden wieder aufzunehmen. Er sprach nacheinander über die Auswirkungen von andauerndem Streß, hohem Blutdruck, Bewegungsarmut und starkem Rauchen. Und als er gerade seine übliche Tirade gegen den Nikotingenuß anschließen wollte, den er als Schwachsinn, als protrahierten Selbstmord zu geißeln pflegte, erschien ihm das bekannte Gesicht. Zynisch lächelnd schaute es ihm entgegen, eine wippende Zigarette im Mundwinkel. Bäni geriet erneut ins Stocken.

»Korn drauf, die Mühlen mahlen leer«, meinte ein Student respektlos. Und damit verhalf er der Vorlesung zu einem vorzeitigen Ende.

Professor Bäni hörte das Gelächter, den Lärm des allgemeinen Aufbruchs aus weiter Ferne. Er sackte auf einem nahen Stuhl in sich zusammen. Thalmann kämpfte sich gegen den Studentenstrom nach vorn, um seinem Chef beizustehen.

»Die Nerven«, sagte Bäni. »Fahren Sie mich bitte nach Hause.«

Der Zusammenbruch machte die Runde. Auch Häberli erfuhr davon, als er am Nachmittag anrief. Der Professor sei zu Hause, sagte Fräulein Stäuble, er fühle sich nicht wohl.

15

Häberli verabscheute es, in einem abgedunkelten Zimmer arbeiten zu müssen. Gerne sah er von Zeit zu Zeit aus dem Fenster, um im Treiben der Wolken schöpferische Zerstreuung – wie er es selbst ausdrückte – zu suchen. Und auch jetzt, wo einzig Kondensstreifen das dunkle Blau des Himmels zerteilten, hätte er das grelle Licht dem begrenzenden Halbdunkel vorgezogen, würde nur die Sonne nicht so gnadenlos brennen. Er ließ gerade die Sonnenstores hinunter, als Manz ins Zimmer trat.

Häberli setzte sich ans Pult und trocknete sich mit dem Taschentuch die Stirne. »Ist das schon wieder eine Hitze«, stöhnte er. Es war noch nicht einmal 10 Uhr.

»Sie sagen es«, stimmte ihm Manz zu. Er konnte sich nicht erinnern, den Kommissar je zuvor ohne Krawatte gesehen zu haben.

Es war ein nüchterner, zweckdienlich eingerichteter Raum, an zwei Wänden Gestelle voll von grauen Ordnern. Freundliche Akzente setzten neben einigen Kakteen ein Landschaftsbild, das dem Kanton gehörte, und ein großer hölzerner Elefant, der auf dem Pult stand, ein Geschenk einer früheren Sekretärin. Häberli verstand ihn gerne als wohlgemeinte Anspielung auf sein Wesen.

»Zum Besuch bei Professor Rusterholz.« Manz überreichte dem Kommissar einen dreiseitigen Bericht, den er am Abend zuvor eigenhändig getippt hatte. Danach setzte er sich seinem Chef gegenüber.

Häberli schätzte die kurzen und präzisen Berichte seines Mitarbeiters, zumal er sich auf dessen Beobachtung wie Urteil voll verlassen konnte. »Überzeugt sein Alibi für den Dienstag?« fragte er, den Bericht vorerst zur Seite legend.

»Da gibt es für uns kaum was zu rütteln«, antwortete Manz. »Nach seinen Aussagen hat er von sieben bis elf Schach gespielt. Mit einem Kantonsrat. Volkspartei.«

Häberli schmunzelte. In ihren politischen Ansichten waren sie nicht ganz auf derselben Linie, was die Glaubwürdigkeit der Politiker anging aber durchaus einer Meinung.

»Und den Mittwoch decken sie sich ja gegenseitig ab, die beiden Professoren«, fuhr Manz fort. »Übrigens ist da noch eine Köchin, eine Italienerin, die seit Jahren dort arbeiten soll. Sie sagt natürlich das gleiche. Muß sie ja wohl.«

»Sie glauben ihnen also nicht!«

»Es gibt nichts Schlimmeres, als sich mit einflußreichen Leuten herumschlagen zu müssen. Sofort spielen sie ihre Macht aus, sind sicher mit irgendeinem Politiker oder Richter befreundet und drohen, einem die Karriere zu versauen, wenn man ihnen an den Karren fahren sollte.«

»Hat Rusterholz etwas angedeutet in dieser Richtung?«

»Nicht so direkt, aber er hat es mich deutlich spüren

lassen.« Und Manz ließ nun seinem Zorn freien Lauf. »Einem Zuhälter kann man wenigstens sagen, daß man ihm kein Wort glaubt, aber bei so einem hat man gleich einen Prozeß am Hals.«

»Nur nicht einschüchtern lassen. Sauber recherchieren und im rechten Moment zuschlagen, aber dann unbarmherzig. Das ist der Weg, mit solchen Leuten umzugehen. Die Kerle machen sich ja nur verdächtig, wenn sie sich auf ihren Einfluß berufen, doch das merken sie in ihrem Dünkel nicht einmal. Übrigens, die Arroganz ist eine Schwäche, die es zu nutzen gilt.«

Manz nickte. Natürlich hatte Häberli recht. So ruhig jedoch konnte er es nicht nehmen, noch nicht, und so harmlos wie der Kommissar würde er wohl auch nie dreinschauen können, dachte er sich.

»Was weiter?« Häberli klopfte mit dem Zeigefinger auf den Bericht.

»Der Weinkeller ist das einzige dort, das überzeugt. Als ich Rusterholz fragte, ob er einen Château Latour im Keller liegen habe, forderte er mich auf, ihm zu folgen. Beeindruckend, das kann ich Ihnen sagen. Da liegen die schönsten Schlösser des Bordelais, die besten Jahrgänge der letzten vierzig Jahre. Und davon nicht etwa einzelne Flaschen, nein, dutzendweise sind sie vorhanden. Und neben dem Lafite-Rothschild, dem Mouton-Rothschild, dem Cheval-Blanc und wie sie alle heißen natürlich auch der Latour.«

»Und hat er in letzter Zeit eine davon herausgegeben?«

»Er verneinte vorerst. Als ich ihn auf Götze ansprach,

fragte, ob er ihm jemals eine Flasche geschenkt hätte, meinte er, das sei schon Monate her, und er könne sich nicht erinnern, was für eine es war. ›Gewiß keine schlechte‹, betonte er noch.«

»Und was halten Sie davon?«

»Raffiniert ausgedacht, so scheint er jedenfalls fein raus zu sein.«

»Ja«, sagte der Kommissar nachdenklich.

»Er bot mir übrigens auch eine Flasche an.«

»Einen Château Latour?«

»Nein. Den hätte ich genommen, als Beweismaterial«, lachte Manz auf. »Nein, es war ein Saint-Émilion, auch ein guter Tropfen, wie Rusterholz sagte. Man müsse jung beginnen, guten Wein zu genießen, um ihn im Alter so auskosten zu können, wie er es verdiene. Jedenfalls machte er es geschickt genug, daß es nicht wie ein Bestechungsversuch aussah.«

Als Häberli später andeutete, auch er habe gewisse Ermittlungen in Sachen Rusterholz angestellt, verrieten seine listigen Augen bereits, daß er dabei fündig geworden war. Weit habe er nicht zurückblättern müssen in den Gerichtsakten, um auf eine Anklage wegen fahrlässiger Tötung zu stoßen. Ein ärztlicher Kunstfehler mit fatalen Folgen. Der Abschluß liege erst Wochen zurück, und das Gutachten, das den Zusammenhang zwischen der Behandlung und dem plötzlichen Tod der Frau als nicht bewiesen darstelle, damit Rusterholz also entscheidend entlaste, stamme von Bäni.

Manz pfiff durch die Zähne. Respekt, dachte er, der Chef hat einen guten Riecher. »Daraus ließe sich ein

Motiv für die Beseitigung von Götze ableiten. Erpressung!«

»Denkbar«, meinte der Kommissar, »doch sehr spekulativ, das müssen Sie zugeben.«

Manz nickte. »Aber auch Sie trauen den beiden Herren einiges zu. Nicht wahr?«

»Ich habe in den Jahren gelernt, fast allen Leuten fast alles zuzutrauen«, bemerkte der Kommissar mit einem fast traurig wirkenden Lächeln.

16

Die Mitteilung aus dem Sekretariat, daß ihm noch Ferien bleiben würden, war für Sonder überraschend gekommen. Er hatte nach seinem Kuraufenthalt nicht mehr damit gerechnet, angesichts der nahen Pensionierung gar nicht mehr an die Ferien gedacht. Zwei Wochen habe er noch gut, hieß es. Somit wäre sein letzter Arbeitstag bereits Ende der nächsten Woche. Sonder handelte sofort und ließ seinen Flug nach Tansania noch an diesem Tag um zwei Wochen vorverschieben. Das Fräulein am Telefon bestätigte die Umbuchung: 22. Juni, 11 Uhr 40, Flug mit Egypt Air von Zürich-Kloten über Kairo nach Dar-es-Salaam. Ein Sonntag, zwei Tage nach seinem Abschied von der Klinik. Jeder Tag war ihm nun wichtig. So schnell wie nur möglich wollte er mit dem neuen Leben beginnen. Das war der Grund für seine Eile und nicht etwa die Furcht, man könnte ihm auf die Spur kommen. Nein, an Flucht dachte er nicht. Was Götze anging, war er unbeschwert, so sehr, daß es auf einen Eingeweihten aufreizend hätte wirken müssen. Natürlich war ihm bewußt, daß ein überstürzter Aufbruch – und diesen Eindruck dürfte seine Abreise wohl erwekken – im Umfeld eines unaufgeklärten Mordes stutzig machen mußte. Doch er fürchtete nicht einmal mehr eine genauere Untersuchung diesbezüglich.

Sonder hatte sich aufgeschrieben, was noch alles zu tun war in der verbleibenden Zeit. Verschiedene Ämter mußte er aufsuchen, um den üblichen Kram zu erledigen, der beim Auswandern anfällt. Ja, auswandern, emigrieren heißt das, wenn man nach einem arbeitsreichen Leben die Heimat verlassen will, um Freiheit zu finden. Dieser Gedanke berührte ihn eigenartig. Auch er hatte jeweils von der freien Schweiz gesprochen, als Bürger, der seine Waffe griffbereit hat. Es mußte eine andere Freiheit sein, die er jetzt meinte, vielleicht eine Freiheit, die es gerade im eigenen Land nicht geben konnte.

Mit der aufwendigsten Arbeit, die ihm blieb, mit der Räumung seiner Wohnung, begann er an diesem Donnerstag abend. Eine Laborantin aus der Klinik war gekommen, mit ihrem Freund. Sie hatten an den Samstagen jeweils einen Stand auf dem Flohmarkt und waren stets darauf aus, günstige Ware zu erhalten. Sie hatten Kisten mitgebracht, die sie nun ins Haus trugen. Sonder führte die beiden in die Küche, wo sie Geschirr und Besteck einpackten, die Pfannen, den Brotkorb, die Käseglocke, eine alte Waage mit Gewichtssteinen. Sonder hielt das junge Paar an, zu nehmen, was immer sie brauchen könnten. Alles müsse weg, sagte er, der Rest gehe in den Abfall. Was er für sein Leben noch benötige, habe er auf den Stubentisch gelegt.

»Ich beneide Sie darum, einfach so fortgehen zu können«, meinte der junge Mann.

»Ich war nie einer, der zu beneiden war, und bin es auch jetzt nicht«, bemerkte Sonder, und er reichte ihm einen großen Mostkrug aus Steingut.

»Entschuldigen Sie bitte.« Verlegenheit zeigte sich auf dem Gesicht des jungen Mannes. Er hatte vergessen, was ihm seine Freundin erzählt hatte. Und Sonder machte nun einmal nicht den Eindruck, als ob er schwer leiden würde, schließlich bereitete er sich auf ein Abenteuer vor, nicht aufs Krankenbett.

»Ich geh' nicht weg, weil ich will. Ich geh', weil ich muß«, sagte Sonder und fügte sofort hinzu: »Ich halte es hier nicht mehr aus.« Mißverständnisse wollte er keine aufkommen lassen.

Nach der Küche kamen die anderen Zimmer dran. Ohne Wehmut gab Sonder weg, was ihn Jahrzehnte umgeben hatte, Bücher, Vasen, die bemalten Teller mit den Jagdszenen, Porzellanfiguren, eigene Holzschnitzarbeiten, die große Uhr vom Büffet, Bilder von den Wänden. Alles wurde in Zeitungspapier und Tücher gehüllt und in die Kisten gepackt, bis die letzte gefüllt war. Etwas Wertvolles sei nicht darunter, meinte Sonder. Die Briefmarkensammlung und einige Stiche hatte er auf die Seite gelegt, um sie einem ehemaligen Sängerkameraden zu bringen, der mit diesen Dingen handelte. So war er überrascht von der Summe, die ihm der junge Mann, der stets Notizen gemacht hatte, am Ende anbot.

Die beiden versprachen, in der folgenden Woche wieder vorbeizukommen. Es gab noch vieles in den Kästen und den Schubladen, und in der Stube waren sie noch gar nicht gewesen. Die Waffen, die dort hingen, wegzugeben, dazu hatte sich Sonder noch nicht entschließen können. Sie waren mehr für ihn als nur Träger von Erinnerungen. Besonders sein Jagdgewehr, seit dem Kampf mit dem Keiler, und das Projektil, mit dem er sich kürzlich zur Wehr gesetzt hatte – es hing wie früher in den Drahtschlingen –, sie waren ihm so etwas wie Symbole geworden. Freilich mußte er sich von ihnen trennen, das war Sonder klar, mitnehmen konnte er die Waffen nicht. Doch am liebsten wollte er sie zusammen wissen, und wäre es in einer Kiste, die in irgendeinem Keller stünde. Er betrachtete diese Waffen gleichsam als sein Testament, meinte, sie würden einmal sein einziges Zeugnis sein.

Die kahle Küche erschreckte Sonder nicht, im Gegenteil. Mehr noch als ein Flugbillett versicherte ihm dieser Anblick, daß er abreisen würde und dies hier bald Vergangenheit wäre. Aus dem Kühlschrank nahm er das Essen und ein Bier, dazu die Milch für die Katzen. Er saß draußen, wie so oft in den Jahren. Heute aber schnitt er Wurst und Käse mit dem Sackmesser, und das Brot brach er. Das Blechgeschirr der Katzen hatte er behalten, er wollte es mitnehmen. Ein Sackmesser, ein Napf und ein Becher, das mußte genügen.

»Auch du wirst mich nicht vermissen«, sagte Sonder ohne Traurigkeit, als ihm später die schwarze Katze um die Beine strich.

17

Lange hatte Sonder seinen dunklen Anzug nicht mehr getragen. Zweimal nur in den letzten zehn Jahren, beide Male bei Beerdigungen. Der Bund war etwas eng geworden, doch für einige Stunden sollte es sich aushalten lassen. Und was macht es schon aus, daß der Stoff nach Kampfer riecht, sagte sich Sonder, wichtig ist, daß er keine Löcher hat. Er zweifelte nicht einen Moment, den Anzug an diesem Tag zum letzten Mal zu tragen.

Gestern noch hatte Professor Bäni betont, er erwarte alle Mitarbeiter auf dem Friedhof, selbstverständlich, wie immer man auch zu Götze gestanden habe. Sonder machte dies nichts aus. Seit Jahrzehnten tat er das, was von ihm verlangt wurde, und da das Begräbnis während der Arbeitszeit stattfand, sah er seine Teilnahme als Pflichtübung an, als nichts anderes, so wie auch die Anwesenheit bei Bänis Geburtstagsfeier. Er hatte nicht einmal das Gefühl, daß ihn diese Beerdigung viel angehe, hatte sich kaum mehr Gedanken gemacht zu dem Vorfall oben am Waldrand. Natürlich war jener Dienstag nicht vergessen – es schien ihm übrigens viel länger herzusein, als nur zehn Tage –, und es war ihm bewußt, daß er wesentlich zum bevorstehenden Anlaß beigetragen hatte. Dennoch, verantwortlich fühlte er sich nicht. Schuld trug seiner Meinung nach eindeutig Götze selbst.

Die wenigen Leute, die sich eingefunden hatten, um Horst Götze das letzte Geleit zu geben, waren froh, in der Abdankungshalle Schutz vor der stechenden Sonne zu finden. Vergeblich versuchte sich Imelda Stäuble durch fächelnde Bewegungen ihrer behandschuhten Hand etwas Kühlung zu verschaffen. Es schien noch heißer zu sein als an den Tagen zuvor. Die Angestellten der Pathologie waren in der Überzahl. Einzig eine Laborantin fehlte, die ihre Verweigerung angekündigt hatte, bereit, mögliche Konsequenzen zu tragen. Aus den andern Abteilungen standen einige Ärzte herum, aus jeder mindestens einer, dazu der Klinikdirektor Arpagaus und der Verwalter.

Eine auffällige Dame mit einem etwa zehnjährigen Knaben war leicht als Frau Bernasconi, als Götzes geschiedene Frau, zu erkennen. Ein Mann, der die beiden kannte, sie grüßte, aber nicht bei ihnen stehenblieb, hätte seinem Äußern nach gut ein Bruder des Verstorbenen sein können. Manz stand etwas abseits, möglichst ohne aufzufallen, doch dafür hatten sich zuwenig Menschen eingefunden. Häberli hatte recht gehabt, als er ihm sagte, viel Trauer werde er nicht antreffen. Es schien für alle eine lästige Angelegenheit zu sein, zu der die klimatischen Bedingungen das Ihre beitrugen. Wirklich bedrückt schaute einzig Professor Bäni drein. Das Gesicht von Frau Bernasconi konnte Manz aus der Distanz nicht erkennen, da es hinter einem schwarzen Schleier verborgen war, doch die Gefühle zu ihrem früheren Ehemann waren ihm vom Telefongespräch her bekannt. Sie hatte rotblondes, auf die Schultern fallendes Haar, war großgewachsen, so daß sie Götze um gut einen halben Kopf überragt haben mußte. Ihr Kleid aus schwarzer Seide war recht freizügig, elegant gewiß, aber nicht eben passend für ein Begräbnis, urteilte Manz für sich.

»Die Polizei hier! Taktlos!« flüsterte Bäni Sonder zu, der gerade an seiner Seite stand. Sonder sagte nichts, zumal sie in diesem Moment angewiesen wurden, sich nach vorn in die Bänke zu begeben.

›Es hat Gottfried, dem ohnmächtigen, gefallen, daß ...‹, dachte sich Sonder, als er die übliche Phrase vernahm, mit der jeweils die Beziehung von Gott zum Ableben eines Menschen veranschaulicht wird. Seit ihm dieser Gott in seiner Allmacht das Kind genommen hatte, um dann noch die Frau, die über den Verlust schwermütig geworden war, hatte er die Kirche nicht mehr besucht, hatte sich auch keine Gedanken mehr gemacht über diesen Gott, ihn mit der Zeit vergessen. Andern Menschen aber hatte er ihren Gott oder ihre Götter gelassen, wo immer in der Welt, hatte ihre Heiligen wie ihre Dämonen respektiert.

Der Pfarrer sprach nun über den Verstorbenen, über einen Mann, den er offensichtlich nicht gekannt hatte. Er mußte sich an die Unterlagen halten, die man ihm übergeben hatte, das merkte man. Der Nachruf war gespickt mit Floskeln, die verwendet werden, um ein Leben, das nicht eben christlich genannt werden konnte, zu beschönigen, zu erklären, zu rechtfertigen. Der Pfarrer zeigte Übung darin. Zuletzt vernahm man, daß Gott ein Unrecht zugelassen habe, das gesühnt werden würde. Der irregeleitete Täter werde vor Gott Rechenschaft ablegen müssen, verkündete der Pfarrer. Niemand könne sich der Gerechtigkeit des allmächtigen Gottes entziehen.

Pat fragte sich, ob Gott oder Götter nicht zu allen Zeiten dazu gebraucht wurden, scheinbares Unrecht erträglich zu machen, ein Unrecht übrigens, das in der Natur selbst verankert ist. Ist nicht schon eine gesundheitliche Benachteiligung, ob angeboren oder schicksalhaft erworben, eine Ungleichheit, die von kranken Menschen als Unrecht empfunden werden kann? Das Gespräch mit Göpf Sonder fiel ihr ein, jenes Gespräch damals in ihrem Büro. Es war das zweite Mal, daß sie im Zusammenhang mit Götzes Tod daran erinnert wurde. Sie hatte ihm zu erklären versucht, wie man es sich vorzustellen hat, daß eine Krankheit den einen eben trifft und den andern verschont. Könnte Sonder sie mißverstanden haben? Hat er womöglich die Stellvertretung, wie er es damals ausdrückte, nicht als gegebene, sondern als abwendbare Sache betrachtet? Hat er vielleicht sogar geglaubt, dem Schicksal ein Schnippchen schlagen zu können? Wenn dem so wäre, bekäme Götzes Tod eine eigene Logik, nach der man bisher vergeblich gesucht hatte. Die Tötung aber – Mord wollte sie die Tat aus dieser Sichtweise heraus nicht nennen – würde damit völlig absurd. Geholfen wäre niemandem, Sonder am wenigsten. Und sollte er die Tat wirklich begangen haben, aus dieser Überlegung heraus, trüge sie dann Mitschuld, fragte sie sich, weil sie ihm gegenüber von den Launen der Natur gesprochen hatte, und nicht von ... Gottes unergründlichem Ratschluß? Der Pfarrer sprach gerade davon.

»Es ist immer besonders schwer, an Gottes unergründlichem Ratschluß nicht zu zweifeln, zu verzweifeln, wenn ein geliebter Mensch sein Leben verliert durch die Hand eines Sünders.«

Pat schaute sich um, sah allgemein Teilnahmslosigkeit auf den Gesichtern und bei Sonder den Anflug eines Lächelns. Was auch geschehen sein mochte, sie glaubte nicht, an einer Mitschuld schwer tragen zu müssen.

»Wir bitten dich, o Herr, nimm ihn auf in die Vollendung deiner Herrlichkeit.«

Sonder schüttelte unmerklich den Kopf.

Bäni hatte den Ausführungen des Pfarrers kaum zugehört. Unruhig saß er da, nervös, denn bald wurden von ihm Worte der Würdigung erwartet. Das gehört sich so. Dem Grundsatz ›De mortuis nil nisi bene‹ Folge leistend, hatte er am Tag zuvor einige Sätze zu Papier gebracht, denen nichts Zweideutiges anhaftete. Und wiederholt hatte er den Text laut gelesen, um ihn sich einzuprägen. Einen Zettel mit Stichwörtern wollte er nicht mitnehmen. Das würde keinen guten Eindruck machen, meinte er. Jetzt aber wäre er froh darum gewesen. Er fühlte sich wie ein Schüler vor dem Examen, der plötzlich glaubt, alles Vorbereitete vergessen zu haben. Früher hatte er sich voll auf seine Geistesgegenwart verlassen dürfen. Problemlos hatte er die richtigen Worte gefunden, den angemessenen Ton auch. Ohne Vorbereitung hätte er in einer solchen Lage leicht eine halbe Stunde gesprochen. Doch diese Zeiten waren vorbei. Er hatte dies vor zwei Tagen schmerzlich erfahren müssen. Die mißratene Vorlesung hatte Spuren hinterlassen. Ein derartiges Fiasko durfte er sich hier nicht erlauben, nicht vor seiner Abteilung, nicht vor Direktor Arpagaus, am wenigsten aber vor dem Polizisten.

Als der Pfarrer geendet hatte und ihm zunickte, stand Bäni mechanisch auf und schritt steif nach vorn. Verlassen kam er sich vor, wie er, auf das Ende des Orgelspiels wartend, vor den Menschen stand, die sich in den Bankreihen verloren. Er begann mit ›Liebe Trauergemeinde‹, wie zuvor der Pfarrer, nur tönte es anders aus seinem Mund. Bäni selbst erschrak, als er seine Stimme hörte, die hohl klang in diesem Raum, etwas Leeres hatte, etwas Totes. Floskeln folgten, die sich wenig von denen des Pfarrers unterschieden, bis es unumgänglich wurde und er auf Götze zu sprechen kommen mußte.

»Mit Doktor Horst Götze haben wir einen Arzt verloren, der seinen Beruf ernst nahm, der wußte, daß auch die Arbeit im Hintergrund ein Dienst am Kranken ist, eine edle Arbeit also, die keine Halbheiten duldet. Er hat viel gefordert von sich selbst und von seinen Mitarbeitern, um diesen anspruchsvollen Auftrag zu erfüllen. Jeder, der mit ihm zusammengearbeitet hat, weiß, daß er stets einen vollen Einsatz verlangte, weiß aber auch, daß sein eigener Einsatz bis zur Selbstaufgabe ging. Aus dieser Sicht müssen wir Doktor Götze … sehen, wenn wir im Gedenken ihm gerecht werden wollen.«

Obwohl er einen Anfang gefunden hatte, blieb Bäni unsicher, denn was er sagte, deckte sich kaum mit dem vorbereiteten Text. Er hatte nicht beabsichtigt, den Toten mit uneingeschränktem Lob zu überhäufen. Doch die Lage, in der er sich nun befand – mit der Anwesenheit von Manz hatte er nicht gerechnet –, ließ ihm diese Taktik ratsam erscheinen. Er zog es vor, jeglichen Schwierigkeiten auszuweichen, schließlich ging es um seine eigene Haut. Und bei einem Lobgesang, so vermeinte er, würde er weit weniger Gefahr laufen, sich zu versprechen, als bei einer kritischen Würdigung. Eine unbedachte Bemerkung, so fürchtete er, könnte sich verheerend auswirken. Bänis Blick wanderte durch die Bankreihen, von Gesicht zu Gesicht, und verweilte dann kurz auf Manz, der etwas weiter hinten saß. Bäni suchte eine Bestätigung, weniger für das, was er sagte, als dafür, wie er es tat, hoffend, diese in einem angedeuteten Nicken vielleicht zu finden. Nirgends aber zeigte sich ihm die geringste Regung. Nochmals ging er die Reihen durch, und wieder blieb sein Blick für einen Moment an Manz hängen. Bäni schoß die Idee durch den Kopf, es dabei bewenden zu lassen, aufzuhören mit der Bemerkung, es lohne sich nicht, weitere Worte über den Verblichenen zu verlieren. Entsetzt verscheuchte er den Gedanken.

Gerade als die entstandene Pause peinlich zu werden drohte – einige begannen sich vorsichtig umzuschauen –, räusperte sich Bäni mit einem verlegenen Lächeln, was nun den Eindruck erweckte, als wolle er für das Pathos, das er angeschlagen hatte, Verständnis heischen.

»Doktor Götze ... Doktor Horst Götze ... ist mitten aus seinem fruchtbaren Schaffen gerissen worden, mitten aus einer glanzvollen Karriere.« Bäni atmete auf, wissend, daß er um Worte nicht zu ringen brauchte, wenn ein Gedanke einmal gefaßt war. »Keine Mühe hat er gescheut, um zu neuen wissenschaftlichen Resultaten zu kommen, und es war ihm ein großes Anliegen, diese auch weiterzugeben. Eine reiche Zahl von Fachpublikationen aus seiner Feder legt Zeugnis davon ab, wie sehr sich der Dahingegangene für den Fortschritt in der Medizin eingesetzt hat.«

Pat erinnerte sich an Caesars spöttische Bemerkungen über die Schreibwut seines Oberarztes, der aus jeder vermeintlichen Erkenntnis einige Artikel und Vorträge gemacht hatte. Und sie war nicht die einzige, die trotz der edelsten Motive, die Caesar dem toten Götze unterschob, weiterhin einen rücksichtslosen Egoisten vor sich sah, für den es nur interessante Fälle, nie jedoch Patienten gab, und der in krankhaftem Ehrgeiz alles an sich raffte, vom Glauben beseelt – oder war es am Ende Wissen –, daß vor allem Quantität der Karriere förderlich ist.

»Das Wirkungsfeld von Doktor Götze lag stets hinter der Front«, sprach Bäni weiter. »Als Pathologe genießt man nicht das hohe Ansehen der praktizierenden Kollegen am Krankenbett oder im Operationssaal, obwohl auch seine anspruchsvolle Arbeit allein dem leidenden Menschen zugute kommt.«

Als Bäni in seiner Rede innehielt, ging sein Blick erneut durch die Bankreihen, und wieder starrte er zum Schluß Manz an. Und auf einmal schien es Bäni, als wären die Augen der Menschen nicht mehr auf ihn gerichtet, als würden sie alle an ihm vorbeisehen. Ein Schauer jagte über seinen Rücken. Die schmucklose Halle, in deren Stille noch der Nachhall seiner letzten

Worte hing, die ausdruckslosen Gesichter, die ihn nicht mehr wahrzunehmen schienen, der Sarg hinter ihm mit den beiden Kränzen –, ›Requiescat in Pace‹ und ›Abteilung für Pathologie, Klinik St. Stephan‹ stand auf der Schleife des einen, Gold auf Schwarz –, das alles bedrängte Bäni nun.

Wie zuvor beendete er die Pause, die erneut zu lang geworden war, mit einem Räuspern, ohne Lächeln diesmal, zweideutig blieb es dennoch. Imelda Stäuble, die bisher stocksteif dagesessen hatte, fuhr entsetzt herum, als hinter ihr zwei Laborantinnen kicherten.

»Doktor Götze... mit ihm haben wir einen Mann verloren, ... auf den jederzeit Verlaß war. Vertrauensvoll konnten ihm die schwierigsten Aufgaben übertragen werden. Wer ihn kannte, weiß das, wußte das zu schätzen. Ich darf sagen, daß er auch mir eine unersetzliche Stütze war, ein Halt in allen Lagen ...« Plötzlich der Fluß, der Regen, die Nacht, jene Nacht, in der die wildgewordene Natur ihn zu verschlingen drohte. In Todesangst sah er sich an Götze geklammert. Ein Halt in allen Lagen. Unbarmherzig wurden die Worte von den nackten Wänden zurückgeworfen, zurück in seinen Kopf, widerhallten dort weiter, gleichsam von der konkaven Schädeldecke abprallend, immer schneller, immer härter, immer lauter. Ein Halt in allen Lagen. »Er ruhe in Frieden.« Bäni versuchte dieses bösartige Dröhnen niederzuschreien, doch seine Stimme versagte. Die Worte, dennoch laut genug, daß man sie verstehen konnte, hatten etwas Beschwörendes, fielen aber eher dadurch auf, daß sie als erste ehrlich gemeint schienen.

Damit fand die Würdigung zwar ein abruptes, doch in der Meinung aller keineswegs zu frühes Ende. Feierliche Orgelmusik setzte ein, als Bäni zurück zu den Bänken schritt. Er ging an dem Platz vorbei, wo er zuvor gesessen hatte, und ließ sich in einer hinteren Bank nieder, hinter Manz noch. Dort sank er in sich zusammen, traurig, da er sich von seinen Mitarbeitern im Stich gelassen, ja verraten fühlte, einsam ohne Götze, der – davon war er überzeugt – ihm auch diese unangenehme Pflicht abgenommen hätte.

War das wirklich die richtige Art für einen Nachruf auf Götze? Thalmann bezweifelte dies. Er konnte sich nicht vorstellen, was Caesar mit seinem unkritischen Lob bezwecken wollte. Die Anwesenden hatten den Toten doch gekannt, die meisten nur zu gut. Hätte sich nicht gerade hier die Gelegenheit geboten, etwas Verständnis für den Mann zu wecken? Schließlich ist niemand für sein Verhalten ganz alleine verantwortlich zu machen. Man hätte diesen ungehemmten Ehrgeiz in Beziehung setzen können zu den Normen unserer Gesellschaft, in der nur zählt, was man erreicht, nicht aber, auf welchem Weg man es tut. Thalmann hätte es gerne versucht, zumal er darin ein christliches Gebot sah, einen letzten Dienst am Toten.

Nach einem weiteren Gebet entließ der Pfarrer die Gesellschaft in die gleißende Helle. Die flimmernde Luft über dem Friedhof ließ die Farben der Blumen auf den Gräbern verschmelzen, löste die harten Formen der Kreuze auf. Es fehlt nur noch die Titelmelodie von ›Spiel mir das Lied vom Tod‹, dachte Pat. Die Szene erinnerte sie an ein Begräbnis in einem Wildwestfilm. Ein Bösewicht wird zu Grabe getragen, stellte sie sich vor. Der Mörder, ein harmloser Bürger, dem viele gerne Beifall zollen würden, steht unerkannt in der Menge. Etwas abseits ein gutaussehender junger Sheriff, der im dunkeln tappt. Glücklicherweise.

Sonder dachte sich, daß er wohl der nächste sei von allen Leuten hier, der beerdigt würde. Ein Gedanke, der ihn nicht schrecken konnte. Er stellte sich die rotbraune Erde Afrikas vor, ein kleines genageltes Holzkreuz, vielleicht mit seinem Namen darauf, womöglich falsch geschrieben. Was kümmerte es ihn. Grab wie Kreuz würden ohnehin bald überwuchert sein. Und vergessen. Auf seinen Reisen hatte er oft Friedhöfe besucht, um zu sehen, wie die Menschen dort mit ihren Toten umgingen. Das letzte Mal in Venedig. Als er das Leichenschiff sah, schwarz mit zwei goldenen Löwen, kranzgeschmückt, beschloß er, hinüberzufahren zur Insel, auf der der Friedhof liegt, nichts als der Friedhof. Der Gegensatz zur Stadt ist erstaunlich. Wie auf dem Reißbrett entworfen, stehen hier die Mauern, alle im rechten Winkel, alle weiß, ohne das allgegenwärtige Abbröckeln. Der Ort scheint wie für die Ewigkeit gemacht. Die Toten werden in die Mauern geschoben, hoch über dem Boden, und das in einer Stadt, die im Wasser steht. Die modernde Erde war Sonder lieber, Schakale, die nach Aas graben, kein unangenehmer Gedanke.

Manz hatte Frau Bernasconi im Auge behalten. Als nun das Begräbnis vorüber war und die Leute in kleinen Gruppen dem Ausgang zustrebten, folgte er ihr, um sie außerhalb der Friedhofsmauern anzusprechen. Sie schien nicht überrascht, wußte offenbar, wen sie vor sich hatte, noch bevor Manz sich vorstellte. Die Art, wie sie den Schleier vom Gesicht nahm, wirkte provozierend, sollte wahrscheinlich aufzeigen, daß sie nichts zu verbergen habe. Sie mochte etwa fünfunddreißig sein, sah attraktiv aus im ersten Moment, aufreizend mit den hellgrünen Augen über den hohen Backenknochen, den rotblonden Haaren und dem großen dunkelroten Mund. Manz fragte sich, wie Götze wohl zu dieser Frau gekommen war. Auf den zweiten Blick sah er, daß ihr Gesicht hart wirkte, daß der Mund stark überschminkt war und daß die Augen, trotz ihres Lächelns, ihn kalt und berechnend musterten. Sie schickte den Knaben voraus zum Wagen. Dann ließ sie Manz wissen, daß sie ihm leider nicht mehr sagen könne, als sie ihm am Telefon bereits mitgeteilt habe, und fügte ungefragt hinzu, sie ziehe aus dem Tod von Horst keine finanziellen Vorteile, überhaupt keine Vorteile.

Dies glaubte Manz wohl, da er inzwischen Götzes Vermögensverhältnisse kannte, auch wußte, daß Herr Bernasconi ein gutgehendes Kreditunternehmen, wenn auch von zweifelhaftem Ruf, besaß. Nach einigen weiteren Fragen, die Gewohnheiten und Lebensweise von Götze betrafen, verabschiedete sich Manz.

Die Reifen des silberfarbenen Porsche quietschten schrill auf dem weichen Asphalt, als Frau Bernasconi wegfuhr.

18

Auf Häberlis Bemerkung, er beabsichtige am Sonntagmorgen einen Gang in Sihltal zu unternehmen, hatte Manz spontan seine Begleitung angeboten. Häberli konnte nicht gut ablehnen, auch wenn er seine Meditation vor Ort, wie er diese Übung gerne bezeichnete, sonst alleine zu halten pflegte. Vor vielen Jahren schon hatte er festgestellt, daß er sich am Tatort besonders gut auf ein Verbrechen konzentrieren konnte, daß er dort Impulse, Denkanstöße empfing, die sich in der Studierstube nicht einstellten. Warum dem so war, konnte er nicht sagen. Er hatte auch nie versucht, diesem Phänomen auf den Grund zu gehen, zweifelte überhaupt an einer rationalen Erklärung. Für ihn war es nichts anderes als ein Versuch, das Geschehene einer unvoreingenommenen und umfassenden Betrachtung zu unterziehen, und die Aura des Tatortes schien ihm dabei zu helfen. Allein dieser Art der Betrachtung verdankte er seiner Meinung nach das Kompliment, eine außerordentliche Spürnase oder gar einen siebten Sinn zu besitzen. Doch trotz seiner Erfolge hatte bisher niemand ernsthaft Interesse an seiner Methode gezeigt. So freute er sich denn über die Absicht von Manz, ihn zu begleiten. An einem freien Tag wohlverstanden, das rechnete er ihm an.

Häberli traf zehn Minuten zu früh an der verabredeten Stelle außerhalb von Hirzel ein, und so ging er ein Stück der Straße entlang. Es war noch nicht ganz acht, als ihm das schwere Motorrad entgegenkam. Auf die Frage von Manz, ob er für die kurze Strecke nicht aufsitzen wolle, zögerte der Kommissar. Offen zugeben, daß er Angst empfand, wollte er nicht, denn Manz stand im Ruf, ein vorsichtiger Fahrer zu sein. Wenn er die zweite Einladung also annahm und er sich ungelenk hinter den Fahrer setzte, so um Manz nicht zu beleidigen, er zweifelte aber, ob dies der richtige Einstieg in seine sonntägliche Betrachtung sein konnte.

Auf dem steilen Weg hinunter zur Sihl erläuterte Häberli sein Vorgehen. Er versuche, sich an einem solchen Tag vom aktuellen Fall zu lösen, erklärte er, bemühe sich, sein Verhältnis zu den Personen, die Meinung, die man sich unweigerlich über sie macht, abzustreifen und alles aus anderer Sicht, gleichsam von oben, zu betrachten. Dabei schließe er sich selbst mit ein, prüfe seine Art und Weise, wie er in das Umfeld des Verbrechens eingedrungen sei, und auch die Ideen, von denen er sich bisher habe leiten lassen. So verändere sich oft die Wertung der diesbezüglichen Wahrnehmungen. Neue Erkenntnisse aber würden einem auch so nicht einfach in den Schoß fallen. Auch dieses Vorgehen brauche Planung. »Es ist nicht Zufall, daß wir vorerst dem Fluß entgegengehen«, schloß Häberli seine Ausführungen. »Eine Kleinigkeit scheinbar, doch für mich nicht unwichtig.«

Während sie wortlos auf dem schattigen Waldweg

nebeneinander herschritten, überdachte Manz, was Häberli ihm dargelegt hatte, wertete es als Einführung, die etwas versprach. Ja, er sah sich durch Häberlis Erklärungen in ein eigenartiges Gefühl der Erwartung versetzt, ohne daß er sich aber vorstellen konnte, was er eigentlich erwarten durfte. Der Mörder würde hier jedenfalls kaum auftauchen.

Bald kamen die beiden Wanderer in die Gegend, wo das Tal enger wurde und das Wasser sich schäumend und tosend gegen riesige Blöcke von Nagelfluh warf, sie strudelbildend umfloß, um auf weitere Felsen zu prallen. An den geschützten Stellen mit ruhigem grünen Wasser versuchte bereits dieser oder jener Angler sein Glück. Später war der Weg in den Fels gehauen, führte durch schmale Galerien, zuletzt durch einen Tunnel, der so niedrig war, daß Manz, der an engen Stellen hinter Häberli herging, sich bücken mußte. Jenseits des Tunnels öffnete sich das Tal, und eine sonnenbeschienene Wiese breitete sich vor ihnen aus.

»Das Sihlmätteli«, sagte Häberli, und auf das Haus mit den Holzbänken zeigend: »Hier werden wir auf dem Rückweg eine Erfrischung erhalten.«

»Unabhängig davon, ob sich ein Erfolg einstellt?«

»Jeder gelungene Versuch einer objektiven Denkweise darf als Erfolg gewertet werden, ob er nun unmittelbar zu Resultaten führt oder nicht.«

Manz nickte. Dieser Kommissar erstaunte ihn immer wieder, dabei arbeitete er schon über ein Jahr mit ihm zusammen.

»Ein geplanter Mord weist spezielle Merkmale auf, die

sich aus der Beziehung des Täters zu seinem Opfer ergeben«, begann Häberli nach einiger Zeit wieder. »Man darf nie vergessen, daß Mord ein kreativer Prozeß ist, kreativer als Gebären jedenfalls, so paradox dies auf den ersten Blick erscheinen mag.« Er erklärte, daß die Art, wie ein Verbrechen durchgeführt wird, besonders auch die Tatwaffe, auf die Denkweise des Mörders hindeutet oder auf dessen Geisteszustand. Solche Hinweise müsse man sich zunutze machen, da sie in der Abklärung oft eine entscheidende Hilfe darstellen können.

Manz fiel auf, wie bedächtig der Kommissar jetzt sprach, wie genau er seine Worte abwägte. »Wir kennen aber weder Tötungsart noch Motiv«, wandte er ein.

»Da haben Sie recht, wir haben wahrlich wenig in der Hand. Und gerade das Motiv wäre es, das unsere Denkweise bestimmen sollte.« Häberli erklärte, daß bei einem Mord, bei dem es um Macht gehe, um Geld oder Ansehen, eine einfache, fast mathematische Denkweise angebracht sei. Solche Menschen seien zu berechnen, wie raffiniert sie auch immer vorzugehen glaubten. Wenn hingegen andere Komponenten im Spiel seien, wahnhafte Ideen beispielsweise, nicht dem Instinkt unterworfene, werde es ungleich schwieriger, da man auf keine Gesetzmäßigkeiten bauen könne.

Weiter wollte Häberli jetzt nicht gehen. Es genügte ihm vorerst, wenn Manz wußte, daß unter dem, was er Meditation nannte, keine Betrachtungen philosophischer Art zu verstehen waren, sondern vielmehr der Versuch steckte, die Ergebnisse aus den Ermittlungen mit der Logik menschlichen Verhaltens – die ihr Spiel auf verschiedenen Ebenen treibt – in Übereinstimmung zu bringen.

Sie verließen den Weg, als sich dieser vom Fluß trennte und bergauf führte, und gingen dem Ufer entlang weiter. Der niedere Wasserstand erleichterte dieses Vorhaben beträchtlich. Sie kamen jetzt nur noch langsam voran, da Häberli sehr vorsichtig über die Steine stieg. Ganz trittsicher schien er Manz nicht zu sein, besonders wenn es über die Felsbänder ging, die stellenweise in den Fluß ragten. Sein Angebot, ihm behilflich zu sein, lehnte der Kommissar aber energisch ab. Wenn er allein hier wäre, müßte er auch selbst zuwege kommen, sagte er. Manz blieb nichts anderes übrig, als in ständiger Angst, Häberli könnte einen Fehltritt tun, könnte ausrutschen, hinter ihm herzugehen, stets bereit, helfend einzugreifen.

Bei der Stelle, wo der Angler die Leiche entdeckt hatte, blieb Häberli stehen. Lange blickte er in die Sihl, deren Wasser an diesem Morgen ruhig und harmlos dahinfloß. Eigentlich würden beschauliche Gedanken besser in diese Umgebung passen, dachte er sich, wären diesem Sonntagmorgen eher angemessen als Betrachtungen über eine Gewalttat.

Zur Erleichterung beider kamen sie nach einiger Zeit wieder auf den Weg zurück, und danach war es nicht mehr weit bis zum Hirschfels, dem Ziel ihres Ausfluges. Auf diesem Abschnitt mußte Götze ins Wasser gelangt sein, überlegte sich Manz. Bestimmt am Mittwochabend erst. Es ist zu übersichtlich. Hier kann eine Leiche unmöglich einen Tag lang am Ufer liegen, ohne gesehen zu werden. Besonders an einem schönen Tag. Da gibt es zu viele Fußgänger, zu viele Hunde auch. Wahrscheinlich wurde er in das Becken geworfen, dort vorne unter jenem Felsen. Dort ist das Wasser leicht zu erreichen, auch mit einem Wagen.

Beim Hirschfels angekommen, setzte sich Häberli auf eine Bank. Manz ging einige Schritte weiter, nicht nur weil er den Kommissar nicht stören wollte. Der Ort selbst übte einen ganz bestimmten Reiz auf ihn aus. Er betrachtete den Felsen, über den heute nur spärlich Wasser floß, das Becken davor, ging hin und her, um die Szene aus verschiedenen Blickwinkeln zu beschauen. Irgendwie meinte er die Landschaft zu kennen, doch nicht von den Ermittlungen her – er war ja vor einer Woche erst in dieser Gegend gewesen. Nein, er mußte sie kürzlich gesehen haben, verfremdet irgendwie. Krampfhaft versuchte er, sich zu erinnern, kam aber nicht weiter. Oder hatte er am Ende nur davon geträumt? Nein, er blieb überzeugt, daß sein Gefühl – und mehr war es im Moment nicht – einen reellen Hintergrund hatte, eine schwache Erinnerung war.

Manz setzte sich nun, versuchte abzuschalten, nur die Landschaft auf sich wirken zu lassen. Dazu schloß er die Lider, so weit, daß die Strukturen verschwammen, die Farben ineinander übergingen. Er fühlte dabei, daß er sich dem gesuchten Etwas näherte, und als er sich dazu weißschäumendes Wasser vorstellte, das über den Felsen stürzt, wußte er plötzlich, daß es ein Bild war, ein gemaltes Bild, das er erst kürzlich gesehen hatte, zufällig, im Vorbeigehen. Aufgeregt stellte er sich in Gedanken alle möglichen Räume vor, die er in letzter Zeit betreten hatte, ging die Wohnung von Götze durch, Institutsräume der Klinik, das Landhaus von Rusterholz. Plötzlich sprang Manz auf. Es war gefunden, was er gesucht hatte. Bei Rusterholz. Ein Bild an der großen Wand in der Bibliothek. Ein Bild zwischen vielen Bildern. Sofort wollte er Häberli seine Entdeckung mitteilen. Der aber saß ruhig auf seiner Bank, versunken, die Augen geschlossen, wie es aussah, so daß Manz ihn nicht stören wollte. Es hatte ja Zeit.

Was aber ist denn das Besondere an dem Bild, daß gerade dieses seine Aufmerksamkeit auf sich gezogen hat? Manz setzte sich wieder und stellte sich die über und über mit Bildern bedeckte Wand vor. Wie zuvor kniff er die Augen zusammen. Am Motiv kann es nicht liegen, an den Farben auch nicht. Das Bild ist nett gemalt, eher unauffällig eigentlich. Doch etwas will nicht dazu passen, etwas stört die Harmonie darin. Der übergroße Namenszug rechts unten! Wie ein Fremdkörper drängt er sich dem Betrachter auf, wirkt arrogant und zerstört von der Ecke her die Ruhe, die über der Landschaft liegt. Ein ungewöhnlicher Name auch ... ›Caesar‹. Ja, Caesar steht dort geschrieben. Und Caesar ist Bäni. Pat hat den Namen gebraucht. Zufrieden lehnte sich Manz zurück. Häberli wird sich wundern.

Als der Kommissar nach einer knappen Stunde der Meditation auf Manz zukam, erweckte er nicht den Eindruck, erleuchtet worden zu sein. Wortlos, er zuckte nur die Achseln, setzte er sich neben Manz auf die Bank. »Dem Ort fehlt die Ausstrahlung, vielleicht weil es nicht der Tatort ist, wer weiß. Schließlich hat die Auseinandersetzung zwischen Täter und Opfer kaum hier stattgefunden.« Häberli sagte es, als wäre er eine Erklärung schuldig.

Manz schwieg. Was gab es dazu schon zu sagen?

»Wie wollen wir wissen, ob der Mörder überhaupt hier gewesen ist«, fügte Häberli nach einer Weile hinzu.

»Was meinen Sie damit?« reagierte Manz schnell.

»Nur eine Idee.«

Manz fragte nicht nach. Vielmehr sah er die Gelegenheit gekommen, von seinem Fund zu berichten. Und er versuchte den Kommissar miterleben zu lassen, wie er auf das Bild gekommen war, auf den Ort, wo es hing, und auf die Signatur. Ruhig hörte ihm Häberli zu, enttäuschend ruhig für Manz.

»Respekt! Sie waren erfolgreicher als ich«, lobte Häberli, als Manz mit seinen Ausführungen zu Ende war. »Ihre Beobachtungsgabe ist außergewöhnlich, eine wichtige Voraussetzung für eine kriminalistische Karriere.«

»Zumindest Bäni muß diesen Ort kennen«, sagte Manz eindringlich. Er konnte nicht verstehen, mit welchem Gleichmut Häberli diese Tatsache hinnahm.

»Rusterholz hatte bis vor fünf Jahren eine Fischpacht an der Sihl«, bemerkte der Kommissar trocken. »Ich habe gestern auf dem Fischerei-Inspektorat etwas in den Büchern geblättert.«

Manz schaute Häberli entgeistert an. Weshalb hat ihm sein Chef dies vorenthalten?

Häberli entnahm nun der Brusttasche einen Notizblock und einen Tintenstift. Dann zeichnete er drei kleine Kreise auf ein Blatt und schrieb zu jedem einen Namen. Götze, Bäni, Rusterholz. »Götzes Wagen stand vor Bänis Haus, der Wein kam von Rusterholz, und Rusterholz verschaffte Bäni ein Alibi«, sagte er, während er die drei Kreise miteinander verband. Danach setzte er einen Kreis außerhalb des entstandenen Dreiecks und schrieb ›Sihl‹ dazu. »Götze wurde hier gefunden«, sagte er, »Bäni hat hier gemalt, Rusterholz hat hier geangelt«, und er zog die entsprechenden Linien aus, wodurch eine Kegelform entstand. Darauf riß er das Blatt vom Block und überreichte es Manz. »Üblicherweise genügt das. Diese Figur aber hängt in der Luft.«

Was konnte Häberli damit meinen? Welche Vorstellungen, welche Gedankengänge verleiteten ihn zu dieser Aussage? Obwohl sich der Kommissar erhoben hatte und deutlich Anstalten machte aufzubrechen, blieb Manz sitzen. Häberli war ihm eine Erklärung schuldig, meinte er, hier und jetzt. Offensichtlich weiß er mehr, als er bisher gesagt hat. Erst als Häberli sich anschickte, den Rückweg anzutreten, stand Manz auf.

»Bei genauer Betrachtung ist im Fall Götze ein eigenartiges Moment erkennbar«, begann Häberli ungefragt, als Manz zu ihm aufgeschlossen hatte. »Die Tat scheint perfekt durchgeführt. Ohne Spuren, ohne Zeugen, ohne klares Motiv. Plötzlich aber Hinweise noch und noch, und alle deuten auf die Professoren hin, bringen diese in Verdacht. Das ist es, was mich stutzig macht. Es riecht nach einer Falle. Ob diese absichtlich gestellt ist oder zufällig entstanden, weiß ich nicht. Noch nicht.«

»Und die Professoren sollen nichts damit zu tun haben?«

»Das habe ich nicht gesagt. Ich glaube nur, die Lösung des Falles liegt nicht unbedingt bei ihnen. Irgendwie scheinen sie mir selbst in der Falle zu sitzen, und sie stellen dort gleichsam den Speck dar, der auch uns hineinlocken soll.«

Manz, der vor einer Stunde noch überzeugt war, ein wesentliches Indiz entdeckt zu haben, wußte im Moment nicht, wie er mit dieser überraschenden Ansicht umgehen sollte. Sie als Hirngespinst abzutun, wagte er nicht, dafür hatten sich Häberlis Ideen zu oft als richtig erwiesen. Und doch, was Häberli hier ausführte, mutete doch eher fantastisch an. Manz wollte sich Zeit nehmen, um es zu überdenken, um den Happen, der ihm da zugeworfen worden war, verdauen zu können.

An der Stelle, wo der Weg von der Sihl abbog, zögerte Häberli kurz, überlegend, ob er nochmals den beschwerlichen Gang über die Steine antreten solle. Konsequenterweise müßte er es tun, müßte er dem Weg der Leiche folgen. Er beschloß, daß unter den gegebenen Umständen, das heißt, nach der eher fruchtlos verlaufenen Übung, die zusätzlichen Strapazen unverhältnismäßig wären. Zudem befürchtete er, dem Fluß entlang bald der prallen Sonne ausgesetzt zu sein. Manz, der seinem Chef durchaus zutraute, die körperliche Anstrengung ein zweites Mal auf sich zu nehmen, war erleichtert über diesen Entscheid.

Ein Spaziergänger, der einen langhaarigen Hirtenhund an der Leine führte, brach mit seinem herzhaften

Gruß ein längeres Schweigen der beiden Männer. Er erinnere sich, im englischen Fachblatt ›The Criminologist‹ von einem Verbrechen gelesen zu haben, das sich vor Jahren in Frankreich zugetragen hatte, begann Häberli zu erzählen. Nach einem Mord an einem Industriellen hätten sich damals alle Anstrengungen auf zwei Waffenhändler gerichtet, die zu jener Zeit bei dem Mann zu Besuch gewesen waren. Eindeutige Spuren hätten an der Täterschaft keine Zweifel offengelassen. Alles schien klar zu sein – zumal es in diesem Geschäft an Motiven für einen Mord nicht mangelt –, die beiden Besucher aber hatten sich offenbar rechtzeitig abgesetzt und blieben verschwunden. Die Ermittlungen wurden in der Folge eingestellt. Jahre später aber tauchte von ganz anderer Seite ein Geständnis auf. Im Testament eines ehemaligen Arbeiters des Ermordeten. Er wäre schwer getäuscht worden, stand darin. Er habe geglaubt, Waffenbestandteile für die französische Armee herzustellen, wie ihm vom Direktor versichert worden sei, bis er zufällig erfahren habe, daß diese an die Polizeitruppe eines diktatorischen Regimes in Mittelamerika geliefert wurden. Als überzeugter Sozialist habe er gehandelt, habe keinen andern Weg der Wiedergutmachung gesehen, als den Direktor, der ihn belogen hatte, zu töten. Die Waffenhändler also, ohnehin verdächtig durch ihre Tätigkeit, hatten offenbar nur die gefundene Leiche versteckt, um Zeit für ihren Rückzug zu gewinnen. »Wie hätte man da auf den kleinen Freiheitskämpfer stoßen sollen, der fernab vom Geschehen gehandelt hatte, um seine Ehre wiederherzustellen?«

»Letztlich also ein perfekter Mord«, bemerkte Manz, »wenn auch kaum als das geplant.«

»Richtig. Doch ich bezweifle, ob sich das perfekte Verbrechen überhaupt planen läßt. Niemals ist alles und jedes vorhersehbar. Nein, nein. Ein noch so unbedeutender Zufall genügt, um einen ausgeklügelten Plan zu zerstören und die raffiniertesten Burschen wie lächerliche Banausen erscheinen zu lassen. Beispiele gibt es genug. Aber auch das Gegenteil kommt vor. Ein glückliches Zusammentreffen kann genügen, ein unglückliches müßte ich eigentlich sagen, und eine einfache Tat wird so undurchschaubar, so unlogisch, daß ihre Hintergründe kaum aufzudecken sind. Und so kann ein einfacher Mord letztlich zum perfekten Verbrechen werden. Wie im Falle jenes Fabrikdirektors in Frankreich und, wer weiß, wie vielleicht auch in unserem Fall.«

Beim Restaurant ›Sihlmätteli‹ bestellte Häberli noch im Stehen einen Halben Räuschling und zwei Gläser, ohne daß er Manz gefragt hatte, was er trinken wollte. Er fuhr sich mit dem Taschentuch über Gesicht und Glatze, bevor er sich mit einem lauten Seufzer der Erleichterung auf eine Holzbank niederließ.

»Erfrischender als ein Latour«, lachte Häberli nach einem herzhaften Schluck des kühlen Weißen.

»Auch leichter!«

»Ja, auch leichter. Übrigens, malt Bäni gut?«

Die Frage überraschte Manz. Sie freute ihn auch, da Häberli damit seiner Entdeckung Gewicht beimaß. »Das will ich nicht beurteilen müssen. Aber daß ich die Landschaft erkannt habe, ist schon etwas«, lachte er.

»Bleiben Sie auf jeden Fall am Ball. Doch treten sie den Herren Professoren nicht zu nahe. Der Weg über sie verspricht im Moment am ehesten zum Ziel zu führen. Ich sehe vorderhand keinen andern.«

Manz schmunzelte. Anscheinend findet Häberli durch den Genuß des kühlen Weines in die Realität zurück, dachte er sich.

19

Zur Mittagszeit war Häberli regelmäßig Gast in einem Restaurant nicht weit vom Kriminalkommissariat. Meist ging er alleine hin, und stets saß er am selben, etwas abseits stehenden Tisch. Die Gaststube war einfach, hätte ohne weiteres auch irgendwo auf dem Lande stehen können. Über seinem Tisch hing das Porträt einer schwarzäugigen Zigeunerin, gegenüber ein altes Ochsenjoch, und weiter vorne, neben einer Glasvitrine mit der Fahne und den Zinnbechern eines Schützenvereins, noch immer die Fotografie des Generals. Vier Jahrzehnte danach noch.

In der Regel wählte Häberli eines der beiden Menüs, währschafte Bürgerkost, von der Wirtin selbst zubereitet. Dazu trank er Mineralwasser, selten ein Bier. Hier las er auch die Tageszeitung. Den Lokalteil, die Politik, national und international, in dieser Reihenfolge. Sport und Kultur überflog er, den Wirtschaftsteil legte er ungeöffnet weg. Und die Wettervorhersage, der er bisher kaum viel Beachtung geschenkt hatte, las er seit Wochen aufmerksam, obwohl gerade sie sich in letzter Zeit nur mehr zu wiederholen schien. Häberli schätzte diese mittägliche Unterbrechung, sie verschaffte ihm etwas Distanz zu seiner Arbeit. Keine Polizisten umgaben ihn hier, auch keine Verbrecher, nicht einmal Verdächtige.

Ganz gewöhnliche Menschen waren es, deren Schwächen die Illegalität höchstens einmal streifen mochten. Fahren im angetrunkenem Zustand, kleinere Betrügereien, Zechprellen vielleicht oder ein Griff in die Vereinskasse, alles Dinge, die Häberli wenig interessierten, sofern sie nicht mit einem Vergehen gegen Leib und Leben verbunden waren.

Es war Montag. Was den Fall Götze betraf, war der Morgen unergiebig verlaufen. Aus der Gerichtsmedizin, auf die Häberli trotz allem weiterhin Hoffnung setzte, hatte er nichts als ein mit Bedauern übermitteltes Achselzucken erhalten. Das Bedauern konnte er nachfühlen. Eine Todesursache nicht herausfinden, das nagt am Stolz des Fachmanns. Auch ihm machte es jeweils zu schaffen, wenn ihm die Aufklärung eines Mordfalles nicht gelingen wollte. Übers Wochenende war auch keine Meldung zum Verbleib von Götze an jenem Dienstagabend eingetroffen. Als er also nach dem Kaffee das Lokal verließ, konnte Häberli nicht damit rechnen, schon bald auf diesbezügliche Neuigkeiten zu stoßen. Wie hätte er ahnen sollen, daß die zierliche Asiatin, die – unschlüssig vor dem Portal stehend – nicht nur ihm aufgefallen war, mit einer bedeutsamen Nachricht zu ebendiesem Punkt aufwarten konnte. Er hatte die Tür zu seinem Büro kaum geschlossen, als das Telefon klingelte und eine Besucherin angekündigt wurde. Fräulein Tuong – der gemeldete Name rief Häberli augenblicklich das Mädchen vor dem Haus in Erinnerung. Sogleich informierte er Manz.

Häberli rückte zwei Stühle zurecht. Er setzte sich

nicht wie üblich bei Vernehmungen hinters Pult, sondern vor dieses, Fräulein Tuong direkt gegenüber. Manz stellte seinen Stuhl in kleinem Abstand seitlich zu den beiden hin.

»Was möchten Sie uns mitteilen?« begann Häberli, als sich alle gesetzt hatten.

Die junge Frau, die bisher nichts gesagt hatte, blieb auch auf diese Frage hin stumm. Sie schien verschüchtert, was Manz eher erstaunte, denn der Kommissar hatte einen fast väterlichen Ton angeschlagen. Und auch er selbst meinte eher ein Kind vor sich zu haben. Die weit auseinander liegenden Augen, das flache Näschen, der kleine Mund, sie weckten den Beschützerinstinkt.

»Sie kannten Doktor Horst Götze, nicht wahr?« versuchte es der Kommissar.

Ihre dunklen Augen weiteten sich kurz, als er den Namen aussprach, dann nickte sie.

»Und Sie haben ihn am Dienstag noch gesehen?«

Ihr »Ja« tönte nach dem Piepsen eines Vogels.

»Am Abend?«

Jetzt nickte sie wieder. Häberli warf Manz einen vielsagenden Blick zu.

»Sagen Sie uns bitte, wo Sie ihn gesehen haben und wann genau.«

»Im Salon Elvira«, sagte sie scheu lächelnd, »abends um 7 Uhr.« Sie hatte eine hohe Stimme und einen starken Akzent.

Aus dem weiteren Gespräch, das nun wesentlich flüssiger verlief, ergab sich, daß Götze das Mädchen jeden zweiten Dienstag im Massagesalon Elvira im Kreis 4 aufgesucht hatte, daß er jeweils gegen 19 Uhr gekommen war und eine gute halbe Stunde bei ihr verweilt hatte. Bei seinem letzten Besuch wäre er etwas länger geblieben, sagte sie. Etwa zehn Minuten, mehr nicht. Und mit niedergeschlagenen Augen verriet sie dem Kommissar, der auf genauere Auskunft drängte, Doktor Horst – wie sie ihn nannte – hätte manchmal etwas mehr Zeit gebraucht, um sich zu entspannen. Dafür aber interessierte sich Häberli nicht. Es ging ihm einzig um den genauen Zeitpunkt, an dem Götze das Haus verlassen hatte, und in welcher körperlichen Verfassung dies geschehen war. Es könne spätestens Viertel vor acht gewesen sein, beteuerte Fräulein Tuong zuletzt, Doktor Horst habe nie Schwierigkeiten gemacht und sei auch an diesem Abend ganz normal weggegangen. Auf die Frage, wo Götze gewöhnlich seinen Wagen parkiert habe und ob er nach seinem Besuch noch ein bestimmtes Lokal aufzusuchen pflegte, wußte sie nichts zu sagen. Er hätte überhaupt wenig von sich gesprochen, meinte sie, und ihr auch nicht gesagt, daß er noch beabsichtige, auf ein Fest zu gehen.

Als Häberli zum Schluß noch wissen wollte, weshalb sie sich erst jetzt gemeldet habe, antwortete sie, es sei ihr zuvor gar nichts davon bekannt gewesen. Zufällig habe sie gestern in einer Zeitung ein Bild von Doktor Horst gesehen, seither erst wisse sie, was vorgefallen sei. Man habe es ihr erzählt. Und vorbeigekommen sei sie, weil sie Ärger mit der Polizei vermeiden wollte.

Der angesprochene Artikel, erschienen in einem Boulevardblatt, war Häberli am Morgen mit der internen

Post zugestellt worden, von einem lieben Kollegen, wie er annehmen mußte, kein Gruß, keine Bemerkung war beigefügt. Eine journalistische Meisterleistung war es gewiß nicht, schon eher ein Pamphlet, in welchem die Arbeit der Polizei im Mordfall Götze gegeißelt wurde. Ja, es schien, als wolle der Schreiberling, dem offensichtlich schon sein eigenes Handwerk Mühe bereitete, die Auflösung des Falles selbst in die Hand nehmen. Häberli amüsierte dies, dazu war er abgebrüht genug.

Kaum hatte die junge Frau das Zimmer verlassen, zusammen mit Häberli, der darauf bestand, sie zum Ausgang zu begleiten, griff Manz zum Hörer und ordnete eine Beschattung an, die bis zu ihrer Rückkehr in den Salon dauern solle.

Häberli nickte, als Manz ihn von seiner Maßnahme in Kenntnis setzte. »Läßt sich vertreten.«

»Ich sehe keinen Grund, an der Darstellung des Mädchens zu zweifeln«, sagte Manz. Die Gedanken des Kommissars waren nicht schwer zu erraten. »Hätte sie mit dem Mord zu tun, sie würde sich hüten, auf sich selbst aufmerksam zu machen. Doch für das Protokoll ist es sicher besser so. Und eigentlich sollten wir noch bei den Kollegen der Sitte Erkundigungen über diesen Salon Elvira einholen.«

Häberli war einverstanden. »Das war also der gesuchte Termin unseres Doktor Götze«, lächelte er kopfschüttelnd.

Sie mußten beide zugeben, daß sie sich vom Wissen um den Verbleib Götzes an jenem Abend mehr versprochen hatten. Allein der Ort, an dem er sich zur fraglichen Zeit aufgehalten hatte, rückte nun einiges in ein neues Licht, schließlich wird der Besuch eines solchen Etablissements besser verschwiegen. Wenn die eben erhaltenen Aussagen stimmen würden, dann, so überlegten sie, müßte Götze zum Zeitpunkt, als er den Salon verließ, noch immer beabsichtigt haben, zum Waldfest zu fahren. Also galt es nun herauszufinden, was sich unmittelbar danach ereignet hatte, das Götze von seinem Vorhaben oder dessen Ausführung hatte abhalten können. Und zudem schälte sich bald heraus, daß dem Täter mit großer Wahrscheinlichkeit der eine oder der andere Termin von Götze bekannt gewesen war. Für jede weitere Version müßte ein zu großer Zufall herhalten, kamen sie überein.

»Sie haben kürzlich gesagt, Sie hätten lieber mit Zuhältern zu tun als mit Professoren. Also dann!« Häberli wäre es sehr unlieb gewesen, wenn sich ihre Nachforschungen von der Klinik in das Zürcher Milieu verschoben hätten.

Weiterhin aber gebe es den Wagen des Opfers vor Bänis Hause, und dieser weise den behandschuhten Fahrer, den Täter höchstwahrscheinlich, als Kenner der beruflichen Verhältnisse von Götze aus, gab Manz zu bedenken. Ein Argument, das überzeugend schien. Und wie sie den Fall in der Folge drehten und wendeten, ihre Überlegungen führten sie stets zurück in das medizinische Umfeld von Götze mit der Klinik St. Stephan im Zentrum. Dort, glaubten sie übereinstimmend, müsse der Schlüssel zum Rätsel zu finden sein.

Manz nickte zufrieden, als Häberli vorschlug, am

nächsten Tag der Klinik einen weiteren Besuch abzustatten. Der Fall nämlich hatte ihm in der letzten Nacht Schlaflosigkeit beschert. Er konnte den Verdacht der Mittäterschaft, den er seit dem Spaziergang an der Sihl gegen die beiden Professoren hegte, nicht aus seinem Hirn bannen. Im Gegenteil, verbissen wie einer, der über einer kniffligen Denksportaufgabe brütet, hatte er seine Gedanken weitergetrieben und in allen Richtungen nach einer Lösung gesucht. Auch heute morgen wieder. Doch wie er es auch anging, immer blieben Punkte zurück, auf die er sich keinen Reim machen konnte. Der Standort des Wagens gehörte meist dazu. So dachte er bei Häberlis Vorschlag mehr an die Begegnung mit Professor Bäni, dem er einige brisante Fragen zu stellen beabsichtigte, als an Pat. Sie hoffte er am Abend in der Sportanlage anzutreffen.

Häberli sprach davon, die Ermittlungen auf andere Abteilungen auszudehnen, da in der Pathologie jedermann für den besagten Abend ein Alibi besitze. Die Alibis! Alle waren sie beim Fest, alle außer einem. Manz fiel plötzlich ein, daß Sonder auf dem Weg vom Bahnhof zum Fußballplatz durch jenes Quartier gefahren war, in welchem auch der Salon Elvira lag.

»Soweit ich mich erinnere, ist es unmöglich, daß sie sich dort begegnet sind.« Der Kommissar blätterte in seinen Unterlagen. »Hier! Sonder war um Viertel nach sieben am Bahnhof, wo er noch gesehen wurde. Er war also zu einer Zeit unterwegs, in der sich Götze bereits im Salon aufhielt.«

»Der Wagen! Sonder könnte den parkierten Wagen

gesehen haben, vom Tram aus. Dieser ist ja auffällig genug...«

»Was ihn zu einem spontanen Mord veranlaßt hat«, warf Häberli ein, und er blickte Manz fragend an.

»Warum nicht? Er haßte ihn, wie alle andern auch.«

»Weil es kein spontaner Mord war«, meinte Häberli kopfschüttelnd. »Da spricht zuviel dagegen.«

»Sonder jedenfalls hätte reichlich Zeit gehabt, wenn er nicht beim Fußballspiel war«, versuchte Manz den Faden weiterzuspinnen. »Er wurde doch erst nach dem Spiel wieder gesehen.«

Häberli nickte. In diesem Punkt mußte er seinem Mitarbeiter recht geben. »Haß aber genügt mir nicht als Motiv, auch Rache nicht, nicht bei diesem Mann«, wandte er ein. »Zudem besitzt Sonder keinen Wagen, soviel ich weiß. Wie hätte er die Leiche wohl an die Sihl schaffen sollen?«

»Vielleicht hatte er Komplizen.«

Der Kommissar lächelte leise. Er ahnte, welche Idee bei Manz gerade gezündet hatte. Das Flackern in seinen Augen war verräterisch genug. Häberli hatte längst erkannt, wie gerne Manz den beiden Professoren etwas angehängt hätte. »Gut kenne ich den Sonder ja nicht«, sagte er milde lächelnd, »dennoch, ich würde ihn als Einzelgänger einstufen.«

»Schon gut«, winkte Manz ab. Er hatte einsehen müssen, daß ihm Götzes Wagen vor Bänis Haus ein weiteres Mal einen Strich durch die Rechnung machte. »Da liegt wohl auch nichts drin«, fügte er hinzu.

»Es steht Ihnen selbstverständlich frei, das Alibi von

Sonder zu überprüfen.« Manz brauchte augenscheinlich eine Aufmunterung. Und gerade Häberli wäre wohl der letzte, der der Fantasie eines Mitarbeiters Grenzen setzen wollte.

20

Am frühen Dienstag nachmittag fuhren Häberli und Manz zur Klinik St. Stephan hinauf. Frau Moosbacher ließ sie ohne die übliche Anmeldung eintreten. Auf Order des Direktors, sagte sie.

Überall standen die Türen offen, lagen die Büroräume im Halbdunkel. Auf jede erdenkliche Art versuchte man, die lähmende Hitze etwas zu dämmen. So nimmt man ihr die Wissenschaftlerin eher ab, dachte Manz, als er Pat, die Brille im Haar, am Mikroskop sitzen sah. Auch Thalmann war anwesend. Er saß an seinem Pult, schrieb und blätterte gleichzeitig in einem Buch. Manz hatte einen Moment gezögert, als er von Häberli den Auftrag erhielt, zuerst Pat Wyss aufzusuchen und danach Sonder, tat dann aber wie geheißen. Offenbar wollte also der Kommissar selbst beim Professor vorsprechen.

Manz räusperte sich, als er ins Zimmer trat, grüßte und fragte, ob er kurz stören dürfe. Thalmann wirkte dienstfertig, wie er aufstand und sofort versicherte, daß er keinesfalls störe. Schließlich sei sein Anliegen auch das ihre. Dagegen war die Begrüßung von Pat eher kühl, so wenigstens schien es Manz, was ihn erneut argwöhnen ließ, ihre Zurückhaltung in letzter Zeit hinge doch mit seiner Tätigkeit zusammen. Aber der Grund? Sie hatte wohl nichts zu befürchten. Oder etwa doch?

Man plauderte ein wenig, sprach zuerst von der Hitzewelle – bei den gegenwärtigen Bedingungen durfte man, auch ohne in Verlegenheit zu sein, vom Wetter sprechen –, später von der Mehrarbeit, die seit dem Tod von Götze zu leisten wäre. Pat arbeitete nun ganztags. Die Dissertation müsse nun halt vorübergehend zurückstehen, sagte sie. Damit war der Bezug zu Götzes Tod hergestellt. Manz richtete seine erste Frage an Thalmann. »Haben Sie gewußt, daß Doktor Götze an jenem Dienstag etwas später kommen wollte?«

»Ich habe das erst beim Fest selbst erfahren, als er dort nicht eintraf«, antwortete Thalmann. »Nein, vorher habe ich nichts davon gewußt.«

Manz nickte und wandte sich Pat zu. »Wem außer dir war noch bekannt, daß Doktor Götze erst nach acht Uhr zum Fest kommen konnte?«

»Ich glaube kaum, daß Götze daraus ein Geheimnis gemacht hat«, antwortete Pat. »Ich jedenfalls habe niemandem etwas davon gesagt. Es gab auch keinen Grund dazu.«

»Bist du dir da sicher? Überlege nochmals, wer es möglicherweise mitbekommen hat«, hakte Manz nach. »Es könnte wichtig sein für uns.«

»Ja, ich bin mir sicher«, sagte Pat jetzt bestimmt, und beinahe trotzig schaute sie ihm in die Augen. Natürlich wußte sie genau, daß Sonder dabeigewesen war, als Götze von seinem Termin gesprochen hatte. Dieses Wissen aber wollte sie auf keinen Fall preisgeben. Und sie hatte sich für ihre Verschwiegenheit auch bereits eine Rechtfertigung zugelegt, eine fachliche, die über ihre persönlichen Gefühle hinausging. Pat stufte das Verständnis für das Wesen einer Krankheit als sehr gering ein, selbst bei Kollegen, geschweige denn bei Richtern. So ist es zwar keine Frage, sagte sie sich, daß einem Täter mildernde Umstände zugebilligt werden, dem zuvor ein Hirntumor entfernt wurde. Ein abnormes Verhalten leuchtet jedermann ein, ist durch eine mögliche Schädigung des Gehirnes leicht erklärbar. Niemandem aber käme es in den Sinn, eine derartige Argumentation bei einem Menschen mit einem Lungentumor gelten zu lassen. Dabei ist Fachleuten bekannt, daß sich bereits leichte Veränderungen im Stoffwechsel auf das Verhalten auswirken können. Depressionen, Störungen der sinnlichen Wahrnehmung auch, sind zum Teil auf abweichende Enzymmuster zurückzuführen. Und bösartige Krebszellen haben einen anderen Stoffwechsel. Wer aber denkt schon daran? Wer also will mit Gewißheit sagen, daß eine psychische Störung nicht darauf zurückzuführen sein könnte? In dubio pro reo! So forderte also das allgemein mangelnde Wissen um die Zusammenhänge des Lebens gleichsam ihre Verschwiegenheit.

»Doktor Götze ist gegen Viertel vor acht in der Stadt noch gesehen worden.« Die Bedeutung dieser Tatsache werden sich die beiden selbst ausrechnen können, dachte sich Manz und fuhr fort mit weiteren Fragen, die vornehmlich die Beziehung von Götze zu Mitarbeitern anderer Abteilungen betrafen. Die Antworten waren wenig ergiebig. Ein weiteres Mal! Der Mensch Götze hatte offensichtlich niemanden besonders interessiert.

Als Manz sich von Thalmann verabschiedete, deutete

er auf die Bilder über dem Pult. »Eigene Aufnahmen, nicht wahr?« fragte er, was Thalmann bejahte. »Gefallen mir gut. Wirklich gelungen.« Und zu Pat meinte er: »Wir sehen uns am Abend noch.«

»Ich weiß nicht, ob ich heute dort sein werde. Wahrscheinlich nicht.«

Manz hatte neben ihrem Pult die Sporttasche bereitstehen sehen. Daher seine Bemerkung, die er jetzt bereute. Sie wich ihm aus, daran gab es keinen Zweifel mehr. Aber warum? Er tat nur seine Arbeit, das müßte sie doch verstehen. So sehr konnte sie Götze doch nicht gehaßt haben, daß sie allein seiner Ermittlungen wegen derart abweisend war. Ja, er hatte sich Hoffnung gemacht. Pat selbst hatte ihm Anlaß dazu gegeben. Oder hatte er sich wirklich so sehr in ihr getäuscht?

Unter der Tür wandte sich Manz nochmals um und erkundigte sich, ob Sonder im Haus sei und wo er ihn finden könne. Thalmann gab sofort Auskunft, sagte, Sonder würde sich wahrscheinlich in der Bibliothek aufhalten. Pat fühlte, wie ihr das Blut in den Kopf stieg. Sie fürchtete, Adrian könnte ihr Zusammenzucken auf seine Frage hin bemerkt haben.

Nur kurze Zeit davor hatte auch Professor Bäni gehofft, seine Reaktion sei nicht zu heftig ausgefallen, als er vom Kommissar vernahm, daß jemand Doktor Götze nach halb acht in der Stadt noch gesehen hätte. Häberli ließ ihn wissen, welchen Kreisen diese Aussage zu verdanken war, bat aber gleichzeitig um Diskretion, um Götzes Ruf nicht unnötig zu belasten. Bäni, der dies als Selbstverständlichkeit zusicherte, griff, kaum hatte sich die Tür hinter dem Kommissar geschlossen, zum Hörer. Die Auskunft der Sekretärin, Professor Rusterholz operiere gerade und sei vor 15 Uhr wohl kaum zurück, zwang Bäni, mit der Neuigkeit vorerst selbst fertig zu werden. Die große Erleichterung, Götze mit Sicherheit nicht umgebracht zu haben, mischte sich, je länger er über diese Geschichte nachdachte, mit einem Gefühl der Wut. War es nicht offensichtlich, so wie die Dinge lagen, daß er das Opfer einer bösartigen Intrige werden sollte? Und waren es am Ende vielleicht gar Kollegen seines Faches, die ihm, bestrebt, ihn fertigzumachen, Götzes Leiche untergeschoben hatten? Mit einem Schlag wären sie beide losgewesen, den Oberarzt und den Chef. Wie eine reife Frucht wäre diesen Schurken die Abteilung in den Schoß gefallen. Bäni glaubte seine Kollegen zu kennen, traute denen, die versessen waren, Karriere zu machen, vieles zu, beinahe jede Gemeinheit, die diesem Ziel nützen konnte. Und er war sich im Moment nicht ganz sicher, ob er durch die Aktion an der Sihl seinen Feinden vollends in die Falle gegangen war oder ob er ihnen damit im Gegenteil einen Strich durch die verruchte Rechnung gemacht hatte. Letztlich würden einzig die Ermittlungen der Polizei darüber entscheiden. Denn gelänge es ihm, seine Verwicklung in den Fall zu vertuschen, so dürfte der diabolische Plan gegen ihn wohl als gescheitert betrachtet werden. Andernfalls, wenn ruchbar würde, was sich vor zwei Wochen an der Sihl zugetragen hatte, wäre er wie geplant erledigt. Nicht gerade so wie Götze, aber doch erledigt, vielleicht gar auf noch grausamere Weise.

Rusterholz, den Bäni erst beim vierten Versuch in seinem Büro erreichte, redete seinem Freund die wilden Verdächtigungen – wie er Bänis Spekulationen nannte – aus und ermunterte ihn, am nächsten Abend zu einem kleinen Festmahl vorbeizukommen. »Wenn es nach dieser Nachricht nichts zu feiern gibt, so weiß ich nicht, bei welcher Gelegenheit man noch feiern soll«, sagte er ungeduldig, als sein Freund zögerte. Bänis Mißtrauen, was die karrieresüchtigen Kollegen betraf, war noch nicht ganz abgeklungen.

Als Manz in die Bibliothek trat, fand er dort Häberli bereits in einem angeregten Gespräch mit Sonder. An ein Bücherregal gelehnt, erzählte Sonder von sich, berichtete von früher, und Häberli, seinerseits auf das Fensterbrett gestützt, stellte gelegentlich Fragen, unverfängliche, wie es Manz schien, Fragen, die mit Götze überhaupt nichts zu tun hatten. Manz schaute sich in den Regalen um, da er sich offensichtlich noch eine Weile zu gedulden hatte, las Buchtitel, wobei ihm durch den Kopf ging, daß Pat wohl verstand, was hier geschrieben war. Dabei folgte er dem Gespräch und bemerkte, wie gut sich die beiden unterhielten.

Aus der Art, wie der Kommissar ihm bedeutete, das Gespräch zu übernehmen, schloß Manz, daß Sonder noch nicht informiert war. Er klärte ihn also auf, sagte, worum es ging, aus welchem Grund sie von allen Mitarbeitern das Alibi für die Zeit von 19 Uhr 30 bis 22 Uhr nachprüfen müßten.

Schweigend hörte Sonder zu, scheinbar unbeeindruckt. Und mit überzeugender Gelassenheit beantwortete er die Fragen von Manz, der sich zuvor noch bei einem fußballbegeisterten Kollegen informiert hatte. Sonder, der sich das Spiel im Fernsehen als Aufzeichnung angesehen hatte, spätnachts noch, wußte wohl, daß vor dem Anpfiff wie auch in der Pause die Polizeimusik aufgespielt hatte. Und erst die Frage, in welcher Farbe die Majoretten gekleidet waren, irritierte ihn. Obwohl er keine Ahnung hatte, tat er, als suche er die Erinnerung. Rot oder Blau, überlegte er schnell, auch Silber wäre möglich. Jetzt sich festlegen wäre jedenfalls gefährlich. Zu sagen, er wisse es nicht mehr, konnte er sich leisten, schließlich darf man in seinem Alter etwas vergessen haben nach zwei Wochen. Viel eher die Majoretten jedenfalls, als wer den Strafstoß verschossen hatte, was er auch gefragt worden war.

»Ich habe keine Majoretten gesehen«, sagte Sonder, ohne diese Aussage eigentlich machen zu wollen. Und zu seinem Erstaunen nickte Manz.

Der Kommissar, für den die Fragen von Manz überraschend gekommen waren, nickte ebenfalls, wenn auch aus einem anderen Grund. Er hätte Sonder ungern in Schwierigkeiten gesehen. Und er hielt es ohnehin für ausgeschlossen, daß Sonder mit diesem Verbrechen zu tun haben sollte.

Häberli schrieb es weniger dem Zufall zu als einer selektiven Neugier, die sich nach den vielen Jahren als Kriminalist ausgebildet hatte, daß er beim Verlassen der Abteilung am Anschlagbrett eine von Hand geschriebene Mitteilung las. Es war eine Einladung zu Kuchen und

Kaffee für den kommenden Freitag anläßlich des letzten Arbeitstages von Gottfried Sonder. Unterschrieben war die Einladung von Pat Wyss. Häberli hatte bis dahin angenommen, Sonder müßte noch zwei Wochen arbeiten. Bis Ende des Monats also.

21

Unter der schweren Holztür von ›Walhalla‹ – wie Rusterholz sein Landhaus zu nennen pflegte – fielen sich die beiden Professoren in die Arme, verharrten eine Weile so, sich gegenseitig auf den Rücken klopfend, ausgiebig, wie zwei russische Brüder, die sich lange Jahre nicht gesehen hatten. Die Erleichterung, daß der schwere Verdacht weggewischt war, mehr noch, daß er die Strafe dafür nicht mehr zu fürchten brauchte, und die Umarmung seines Freundes, der ihm in dieser schweren Zeit selbstlos zur Seite gestanden hatte, bewegten Bäni, trieben ihm – was lange nicht mehr vorgekommen war – Tränen der Rührung in die Augen. Und er hätte die kleine Asiatin, von der ihm Häberli berichtet hatte, am liebsten in die Umarmung mit eingeschlossen. Was er für sie empfand, war mehr als Dankbarkeit. Es schwang ein Gefühl mit, das er nicht einzuordnen vermochte, dem aber – wie er selbst glaubte – kein anderer Ausdruck als Liebe gerecht geworden wäre. Er hatte schon daran gedacht, das Mädchen ausfindig zu machen, um sich ihr in irgendeiner Weise erkenntlich zu zeigen.

»Gott, bin ich erleichtert«, stöhnte er auf. »Du glaubst nicht, welche Freude mir dieses unbekannte Mädchen gemacht hat.«

»Dazu sind Freudenmädchen da«, meinte Rusterholz

spöttisch, nachdem er sich von seinem Freund gelöst hatte. Natürlich war auch er erleichtert, daß Caesar als Täter ausschied und er die Verantwortung, die auf ihm lastete, los war. Wenn sich dieser Befreiung dennoch eine Spur von Enttäuschung beimischte, so weil er durch und durch ein Spieler war. Es kam ihm nämlich vor, als hätte man ihm auf dem Brett die Figuren verstellt, als wäre ihm eröffnet worden, er hätte bisher statt des Königs einen Turm oder einen Springer verteidigt. Wenn in diesem Spiel für ihn auch keine Lorbeeren zu gewinnen waren, er hätte sein Konzept gerne durchgezogen, hätte die Brillanz seiner Ideen gerne bestätigt gesehen.

»Ich hätte mir die Mühe sparen können«, murmelte Bäni kopfschüttelnd, als sie durch die Halle schritten.

»Ja, verdammt noch mal«, pflichtete ihm Rusterholz bei. »Dieser Hurenbock hat dir das eingebrockt. Er hat sich im Massagesalon bedienen lassen, während du friedlich schliefst.«

Bänis Lachen hatte etwas Gequältes. Er fand, daß ein Teil des Spottes auch ihm galt.

»Und dann hat er nicht bezahlen wollen«, fuhr Rusterholz fort, als sie nebeneinander die breite Treppe hochstiegen, »wurde vom Zuhälter umgebracht und dir in den Wagen geworfen.«

»Nein«, widersprach Bäni, wobei er stehenblieb, die Hand am Geländer. »Er sei weggegangen wie immer, so um Viertel vor acht, das Mädchen soll auch Zeugen dafür haben.«

»Komm, Caesar, du kennst doch dieses Lumpenpack.

Die lügen doch wie gedruckt. Ein glatter Hohn, daß die Polizei darauf noch hereinfällt.«

»Ich weiß nicht«, sagte Bäni etwas gekränkt. »Immerhin entlastet sie mich.« Er mochte es nicht, wie Wothan über das Mädchen sprach. »Und sie hätte sich wohl kaum freiwillig gemeldet, um der Polizei Lügen aufzutischen.«

»Schon gut«, beschwichtigte Rusterholz seinen Freund. Er wußte genau, wie unüberlegt er dahergeredet hatte. Seine Vorfreude auf das bevorstehende Mahl hatte ihn übermütig werden lassen. Er ahnte, was sie erwartete. Am Morgen schon hatte er Maria in der Küche sprechen gehört, mit den Pfannen oder dem Feuer – auf ihren Wunsch hin hatte er einen Holzofen einbauen lassen. Er stellte sich gerne vor, wie sie einer Alchimistin gleich Zaubersprüche sagte, wenn sie auf dem Feuer Säfte braute und diese mit allerlei Gewürzen versetzte. Jedenfalls war es ein gutes Zeichen, wenn sie in der Küche sprach, Gewähr bereits für ein einzigartiges Werk. Und gerade für heute hatte er Maria zur Entfaltung ihrer ganzen Kochkunst aufgestachelt, hatte ihr eine zusätzliche Ferienwoche in der geliebten Heimat – der Toscana – versprochen, falls ihr Werk ihn überwältigen sollte. So großzügig dieses Angebot scheinen mochte – immerhin verzichtete er in dieser Zeit auf ihre unersetzlichen Dienste –, selbstlos war es keineswegs. Rusterholz ahnte, welchen Einfluß eine inspirierende Umgebung auf die Kreativität eines Künstlers hat, und den Nutzen daraus zöge in erster Linie er selbst.

Beschwingt ging Rusterholz voran, trat hinaus auf den großen Balkon, wo er sich in seinem Überschwang in eine weitere Version verstieg. »Vielleicht ist Götze auch die Pumpe ausgestiegen. Kommt doch vor beim Vögeln.« Genüßlich erzählte er von dem toten Kardinal, der in Paris aus einem Bordell in den Flur eines Nachbarhauses getragen worden war. Die Wahrheit aber wäre nur darum an den Tag gekommen, weil man seine Exzellenz nicht richtig angezogen hätte. Diese Geschichte, die vor Jahren durch die Zeitungen gegangen war, gefiel ihm. »Es wäre doch möglich, nicht wahr? Was seht ihr Pathologen an einem Herz nach einem AV-Block oder nach einem Kammerflimmern? Nichts, oder? Und was hat die Autopsie von Götze gebracht? Auch nichts. Also!«

»Und du meinst, die sind dann zu mir gefahren, auf Wunsch von Götze womöglich, haben auf irgendeine mysteriöse Art die Garage geöffnet, die Leiche in meinen Wagen geworfen und eine Flasche Wein in jenen von Götze?« fragte Bäni ärgerlich. Für ihn war die Angelegenheit weiterhin zu ernst, als daß er an Wothans skurrilen Einfällen hätte Gefallen finden können.

Rusterholz antwortete nicht, zuckte nur die Schultern und ging zurück ins Haus. Gedankenverloren schaute Bäni in die undurchdringlich scheinende Wildnis, die das Haus fast völlig umgab. So bemerkte er nicht, wie Rusterholz zurückkehrte – eine gefüllte Karaffe in seiner Linken und eine leere Flasche Château Latour 1959 in seiner Rechten –, und er erschrak, als er die laute Stimme von Wothan hinter sich hörte.

»Alles Blödsinn. Jetzt hab' ich es. Götze ist natürlich zur Waldhütte gefahren, und alles ist dort passiert. Du hast die Leiche selbst nach Hause gefahren, und der raffinierte Hund hat dir Götzes Wagen vor die Hütte gestellt. So muß es gewesen sein, nur so.«

Bäni schaute seinen Freund verblüfft an. Jetzt machte Wothan keinen Spaß mehr, das sah man. »Meinst du? Das wäre ja . . .«

»Vielleicht hat er mit deiner Reaktion sogar gerechnet, Caesar, und sich so ein Alibi verschafft. Wenn dem so ist, wenn das wirklich so geplant war, dann will ich diesen Kerl kennenlernen, und wenn ich mit der Polizei zusammenarbeiten muß.«

»Um Gottes willen, nur das nicht«, rief Bäni entsetzt aus. »Dann bin ich erledigt und du doch auch, Wothan, überlege doch, das Alibi.«

Rusterholz winkte ab. »Würdest du mir das wirklich zutrauen?« Er stellte den Wein auf den Marmortisch, der auf dem Balkon stand, und ging nochmals ins Haus, Gläser holen. Natürlich war ihm klar, daß er nichts verraten durfte, doch richtig bewußt wurde ihm erst jetzt, in welch arge Verlegenheit die Verhaftung des Täters sie bringen könnte. Vor allem ein vollumfängliches Geständnis, womit sie früher oder später rechnen müßten, würde sich für sie unheilvoll auswirken. Caesar käme zwangsläufig in die Zange, müßte auspacken, was mit der Leiche passiert war, und ihm selbst ginge es dann auch an den Kragen. Die Figuren auf dem Schachbrett verschoben sich wieder, und Rusterholz stellte mit einer gewissen Befriedigung fest, daß das Spiel, wenn auch mit einer Unbekannten – dem Täter –, genauso weiterzuführen war, wie er es begonnen hatte.

»Jetzt wenden wir uns aber den angenehmeren Seiten des Lebens zu«, meinte Rusterholz, als er mit zwei Gläsern in der Hand wieder auf den Balkon hinaustrat. Und nachdem er mit der gebührenden Vorsicht eingeschenkt hatte, reichte er Bäni ein Glas. »Heute ist der Wein natürlich vorgegeben.«

»Auf dein Wohl, Wothan«, sagte Bäni.

»Auf deine Unschuld, Caesar.«

Ehrfürchtig begutachteten sie den dunklen Wein, sprachen von seiner Tiefe, führten das Glas zur Nase, um den Duft mit geschlossenen Augen einzusaugen, und lobten das volle kräftige Bouquet. Dann kosteten sie den Wein in kleinen Stücken, schlüsselten ihn mit Zunge, Gaumen und Nase auf, um das geheimste Wesen dieses Trankes zu ergründen. Sie sprachen dem Wein Wucht zu, Kraft und Konzentration, und geizten nicht mit anschaulichen Umschreibungen ihres Empfindens.

»Hat Gerüst und Muskel«, meinte Bäni.

»Ein lang gereifter Geist mit einem kräftigen Körper harmonisch vereint«, dozierte Rusterholz.

Kurze Zeit nur konnte sich Bäni dieser Schwelgerei hingeben und vergessen, in welch schicksalhafter Weise ihm ebendieser Wein mitgespielt hatte, bevor ihn die Erinnerung an die schlimmsten Tage seines Lebens wieder einholte. Wothans neueste Version hatte tatsächlich etwas für sich. Unter der Annahme nämlich, die Leiche wäre bereits am Waldrand in seinen Wagen gelangt, lösten sich einige Rätsel, über die er sich lange den Kopf zerbrochen hatte, wie von selbst. Und die Möglichkeit vor Augen, weitere Fragen, den Fall sogar, zu klären, ließ ihm keine Ruhe, zwang ihn, alles Geschehene unter diesem neuen Gesichtspunkt zu überdenken. »Entweder ist ihm der Mörder zum Wald gefolgt, oder er hat ihn dort erwartet«, sagte Bäni vor sich hin, wie einer, der laut denkt.

»Wenn es nur einer war, so hat er auf ihn gewartet«, stellte Rusterholz sofort klar. »Dann ist er mit Götzes Wagen weggefahren und hat ihn dir vors Haus gestellt.«

»Richtig. Sonst wären es mindestens zwei gewesen.«

»Man müßte wissen, wer einen Nutzen aus Götzes Tod zieht.«

»Alle außer mir!«

Rusterholz lachte. »Armer ungeliebter Götze!«

»Am Ende ist es ein Kollege«, meinte Bäni. »Warum nicht ein Konkurrent um die Stelle an der Universität?«

»Es wäre wohl auch in der Wissenschaft kaum das erste Mal, daß eine Karriere auf diese Weise begonnen hat«, sagte Rusterholz mit einem verächtlichen Schnauben und führte sein Glas zum Mund.

»Für seine Karriere geht der Pathologe nun mal über Leichen.«

Rusterholz verschluckte sich, hustete, daß es ihn schüttelte. Bäni nahm ihm das Glas ab, aus dem der Wein schwappte, und klopfte seinem Freund kräftig auf den Rücken.

»Idiot«, sagte Rusterholz mit heiserer Stimme, sich die Tränen aus den Augen wischend. »Sag so etwas nie wieder, wenn ich am Trinken bin.«

Bäni genoß die Reaktion auf sein Bonmot. »Ja, ja, es sind die Anekdoten, die vom Geiste eines Gelehrten zeugen«, sinnierte er. »Schade nur, daß solche Sprüche meistens vergessen gehen oder zuletzt gar einem anderen zugeschrieben werden.« Es war ihm bewußt, wieviel die Anekdoten beitragen, einen Wissenschaftler der Nachwelt zu erhalten, wie wenig dagegen die Fachbücher, die er schreibt.

»Sei zufrieden, wenn dieser Spruch dereinst nicht in seinem vollen Zusammenhang erzählt wird«, spottete Rusterholz. Er konnte der Eitelkeit, zu der sein Freund neigte, nichts abgewinnen.

Unbemerkt von den beiden, fast wie ein Schatten nur, war Maria in der Zwischenzeit auf der Terrasse erschienen und hatte eine Platte auf den Tisch gestellt. »Un mazzetto di fiori«, rief Rusterholz aus, als er diese entdeckte, rief es in der Art eines Zirkusdirektors, der stolz auf seinen Artisten die nächste Nummer ankündigt. Die erste in diesem Fall. Neben dem Parmaschinken waren Scheiben von Salame und Salsicce mit Oliven und verschiedenfarbigen Peperonistreifen in Form von Blüten angeordnet. »Ein rustikaler Auftakt, ganz nach meinem Geschmack«, sagte Rusterholz begeistert. Und nachdem er eines der Crostini durchgekaut hatte, ein von Maria gebackenes Brot, das mit einer körnigen Leberpaste bestrichen war, schwärmte er von der einzigartigen Komposition, die selbst in dieser bäuerlich einfachen Speise stecke. Naive Kunst sozusagen. Er könne sich dazu gut einen Chianti vorstellen, der ruhig noch etwas jung und ungebärdig sein dürfe, meinte er, doch der Wein sei, wie schon gesagt, vorgegeben an diesem Tag, und ein Château Latour habe noch keiner Speise geschadet.

Als nach einer guten halben Stunde der dumpfe Klang des Gonges sie zum eigentlichen Essen rief, machten sich die Männer unverzüglich auf den Weg, bestens gelaunt beide. Bäni, weil doch bewiesen war, daß er den von ihm gewässerten Oberarzt auf keinen Fall umgebracht hatte, Rusterholz, weil er sich unbändig auf das ihnen bevorstehende Mahl freute. Sie traten ins holzgetäferte Eßzimmer, das von enormer Größe war, für Bäni fast museumshaft wirkte: an der einen Wand ein riesiges Gestell von altem Zinn, sonst überall Kupferstiche und Radierungen, alle aus der Region des Zürichsees. Bäni ging um den Tisch, der den Ausmaßen des Raumes voll entsprach, und setzte sich an seinen gewohnten Platz. Die Gedecke, obwohl an den Längsseiten angeordnet, lagen doch gut und gern zwei Meter voneinander entfernt. Bevor Rusterholz sich setzte, nahm er die nächste Karaffe – sechs an der Zahl standen in seiner Reichweite, hinter jeder die dazugehörende Flasche – und schenkte ein.

»Auf deine Köchin Maria«, sagte Bäni und hob sein Glas.

»Auf die Köchin aller Köchinnen«, stimmte ihm Rusterholz bei, »auf die Herrscherin über die edelsten meiner Sinne.«

Schwarz gekleidet trat Maria ins Zimmer, zwei Teller auf dem Tablett, die mit Silberglocken überdeckt waren.

»Ravioli«, sagte Rusterholz, als Maria den Silberdeckel abhob, und erwartungsvoll fragte er: »Come si chiama?«

»Misteriosi!« Ohne mehr zu sagen, eilte Maria zurück in die Küche.

Spannung und Vorfreude zeigten sich auf dem Gesicht des Hausherrn, brachten es zum Leuchten, was auch bei Bäni Entdeckerlust auslöste. Der leise Ausruf des Entzückens, der Rusterholz nach der ersten Probe entfuhr, wiederholte sich noch sechsmal. Jedes Stück war leicht verschieden. Bei jeder Füllung trat eine neue Geschmackskomponente in den Vordergrund, und keine wußte er zu benennen. Und er versuchte auch nicht, dem Geheimnis auf die Spur zu kommen. Denkarbeit tut jeder sinnlichen Lustbarkeit Abbruch, pflegte er zu sagen. Alles zu seiner Zeit.

»Delicatissimo«, lobte Bäni, als Maria die Teller abräumte. Sie nickte nur, ohne eine Miene zu verziehen. Als sie aber ihren Herrn dasitzen sah, mit geschlossenen Augen, die Hände auf dem Bauch gefaltet, laut mit der Zunge schnalzend, lächelte sie.

»Man muß es ihr zeigen«, sagte Rusterholz, nachdem Maria das Zimmer verlassen hatte. »Worte nimmt sie stoisch hin, wie ein Künstler, dem ein Preis zugesprochen wird, wohl geschmeichelt von der Laudatio und doch im Zweifel, ob sie auch wirklich verstanden worden sei. Man muß die Gefühle zeigen, man muß das Essen zelebrieren. Ich weiß, daß sie mich gelegentlich beobachtet, heimlich durch den Türspalt, weil sie erleben will, wie sehr ich ihr Werk schätze. Und wenn ich dann schmatze, in die Hände klatsche und in ›Ahs‹ und ›Ohs‹ ausbreche, dann habe ich sie vor der Tür schon schluchzen gehört.«

Als Maria zurückkam und ihm ein neues Geheimnis vorsetzte, etwa faustgroß war es, in Rebenblätter gehüllt, rollte Rusterholz voller Erwartung seine Augen, wie ein Kind vor einer Wundertüte. Geschickt entblätterte er mit Messer und Gabel diese nächste Köstlichkeit – daß es eine war, dessen durfte er sich gewiß sein –, um dann, als eine mit dünnen Speckscheiben umhüllte Wachtel zum Vorschein kam, einen kurzen Pfiff der Bewunderung auszustoßen, als hätte er eben ein anmutiges, nur in Seide gehülltes Mädchen entdeckt. Und zur Füllung vorgestoßen – die alle Innereien des Vogels enthielt –, schloß er erneut die Augen und führte das Messer einem Taktstock gleich durch die Luft, so als wollte er die Harmonie, die ihm seine Geschmacksknospen vermittelten, musikalisch umsetzen.

Rusterholz stand neben seinem Stuhl, als Maria wieder erschien, und er machte eine lange tiefe Verbeugung in ihrer Richtung. Sie lächelte wieder. Dann schob er Caesar eine Karaffe hin, es war die dritte, und schenkte sich selbst aus der vierten ein. Es folgte Lamm mit gefüllten Auberginen, danach flambierte Kalbsnieren mit Reis, wozu die fünfte und die sechste Karaffe in Angriff genommen wurden.

»Ich habe Maria dem Bacchus abspenstig gemacht, und der alte Trunkenbold hat es nicht einmal bemerkt«, sagte Rusterholz, sein Glas hebend. »Es lebe Bacchus!«

»Alle Götter sollen leben, Wothan, die römischen und die germanischen«, rief Bäni nun mit schwerer Zunge. »Nieder aber mit allen heidnischen Götzen!«

Nach einem Moment drohender Stille prustete Rusterholz los, daß ein Nieselregen, der alle die hervorragenden Eigenschaften eines Cabernet-Sauvignon besaß, über den Tisch niederging. Als er sich, die Nase geputzt und die Augen getrocknet, halbwegs von diesem Naturereignis erholt hatte, ließ Rusterholz, als wäre zu dessen Abschluß noch ein Donnerschlag fällig, seine Faust auf die schwere Holzplatte krachen. »Ich habe dir gesagt, du sollst diese Sprüche lassen, wenn ich am Trinken bin!«

Bäni, von der Zweideutigkeit seines Trinkspruches selbst überrascht – trotzdem schrieb er ihn bereitwillig seinem Genius zu –, machte erst ein Gesicht, als würde er schmollen, um dann lautstark in Wothans Lachen einzustimmen. »Du trinkst eben zuviel und läßt mich so gar nicht zu Worte kommen.«

»Auf unsere Göttlichkeit also, Caesar, und auf die Jungfrau Maria, die uns bekocht«, grölte Rusterholz, kaum mehr zu halten jetzt, und in einem Zug trank er sein noch mehr als halbvolles Glas leer. »Manchmal frage ich mich wirklich, ob sie nicht eher eine Hexe ist. Weißt du, Köchinnen wie sie sind entweder Heilige oder Giftmischerinnen. So ist das. Mir träumte schon einmal, sie bringe mich um. Nicht mit Gift, nein, sie kochte Gericht um Gericht von immer größerer Raffinesse, damit ich mich daran zu Tode fressen sollte.« Und wollüstig versuchte er sich auszurechnen, was Maria jetzt noch auftragen würde, was sie sich als Krönung wohl ausgedacht hatte. Er liebte etwas Kräftiges zum Abschluß, dennoch mit geschmacklichen Finessen, versteht sich, und er überlegte sich nun, was er sich noch wünschen würde. Er fand es nicht. Und im selben Moment, als Maria eine Platte durch die Tür brachte, wußte er, daß genau dieses Besondere, das er begehrte, doch nicht erkennen konnte, da war.

»Filetto di cinghiale al tartufo«, sagte Maria, als sie den Silberdeckel lüftete.

»Unglaublich«, rief Rusterholz begeistert aus, »sie hat es geschafft. Unter Tausenden von Gerichten, ich hätte dieses zum Abschluß gewählt. Wildschweinfilet mit Trüffel. Sie weiß es besser als ich. Was wäre mein Leben ohne dich, Maria!«

Obwohl Bäni abwinkte, meinte, er brächte unmöglich auch nur noch einen Bissen hinunter, schöpfte ihm Maria, von ihrem Herrn so geheißen, Wildschwein, Trüffel und Pflaumen.

»Vergiß nicht die Einmaligkeit dieses Werkes, Caesar«, versuchte Rusterholz seinen zaudernden Gast aufzumuntern. »Wir sind die Privilegierten, uns und nur uns ist es vergönnt, die unnachahmliche Perfektion, die darin steckt, zu erkennen. Diesen Kunstgenuß darfst du dir gar nicht entgehen lassen, Caesar. Auf keinen Fall.«

»Kommt mir eher vor wie ein Salzsäure-Attentat, wie das auf das Rubensbild im Zürcher Kunsthaus«, sagte Bäni mit gequältem Lächeln.

»Jetzt hast du etwas begriffen. Doch einen Teil erst von der ganzen Wahrheit, fürchte ich. Hör zu, Caesar, wenn wir dieses einzigartige Werk auch angreifen mit unserer Magensäure, mit den Enzymen aus Pankreas und Leber, und wir dadurch alles zu Scheiße machen, so bedenke doch, daß unser Gaumen es ist, der das Wildschwein und die schwarzen Knollen aus dem Boden erst veredelt. Das alles wird durch unsere Geruchs- und Geschmacksnerven überhaupt erst zu Kunst. Verstehst du?« Und mit Messer und Gabel machte sich Rusterholz über das Filet und die Trüffel her. »Iß, Caesar«, meinte er zwischendurch, »so wirst du jemand.«

»Ich kann wirklich nicht mehr. Der eine Biß, fürchte ich, ist bereits zuviel gewesen.« Bäni wirkte bleich hinter der weißen Strähne, die ihm ins Gesicht gefallen war.

»So werde ich das Werk alleine vollenden müssen«, sagte Rusterholz mit einer Miene, die Determination wie Selbstverachtung ausdrückte, als wäre es ein nicht wiedergutzumachendes Sakrileg, auch nur eine Kleinigkeit davon zurückzulassen. Nach einem großen Schluck Wein und einem kräftigen Rülpser schob er seinen Teller zur Seite, zog die Platte zu sich hin und griff nach der siebten und letzten Karaffe.

Bäni mußte sich abwenden. Schon zuzusehen, wie Wothan aß, wie ihm die Trüffelsauce von den Mundwinkeln troff, war zuviel für ihn.

Nachdem Rusterholz eine ganze Weile hinter der leeren Platte gesessen hatte, regungslos, nur das vegetative System machte sich von Zeit zu Zeit bemerkbar, raffte er sich plötzlich wieder auf. »Jetzt werden wir Maria endgültig heiligsprechen«, verkündete er und füllte dazu sein Glas fast bis zum Rand. Dann hob er mit einem gewaltigen Baß zu singen an: »Sancta Maria, du gebenedeite Köchin unter den Köchinnen!«

Und Bäni, der sich in seinem Stuhl hochrappelte, antwortete mit Kopfstimme, den Ruf von zehntausend

Gläubigen auf dem Petersplatz imitierend: »Ora pro nobis!«

In furchterregender Art, die einem russisch-orthodoxen Metropoliten gut angestanden wäre, sang Rusterholz weiter. »Sancta Maria, du einzige Schöpferin himmlischer und höllischer Speisen«, und »Sancta Maria, du Betörerin meines weichen und harten Gaumens«.

Um jeweils sein »Ora pro nobis« fisteln zu können, mußte Bäni angestrengt Atem schöpfen, denn schwer drückte sein übervoller Magen auf das Zwerchfell.

»Silenzio, voi bastardi intellettuali«, durchschnitt plötzlich die dunkle Stimme Marias die blasphemische Andacht. Im Glauben, gerufen worden zu sein, war sie gekommen, stand nun bebend in der Tür und bekreuzigte sich, als stünde der Leibhaftige vor ihr. Dann warf sie die Türe ins Schloß, daß es krachte.

Rusterholz schlug sich auf Bauch und Schenkel und brüllte vor Vergnügen. Sein Gesicht färbte sich dunkelrot, bordeauxrot beinahe, und wiehernd lachte Bäni mit. Noch einmal hoben die beiden ihre Gläser. Rusterholz versuchte einen weiteren Trinkspruch – es sollte der letzte sein –, trank aus und warf das Glas hinter sich an die Wand, wo es zwischen zwei kostbaren Stichen von Brupbacher zerschellte. Bäni sah sich aufgefordert, gleiches zu tun, und ließ sein halbvolles Glas folgen, Wothan dabei nur knapp verfehlend. Dafür konnte er für sich eine seltene kolorierte Radierung von Aschmann verbuchen. Er nahm es nicht mehr wahr. Die Anstrengung hatte ihn mit solcher Wucht in den Stuhl zurückgeworfen, daß dieser um ein Haar gekippt wäre.

Es war gerade etwas ruhiger geworden, Erschöpfung schien sich bemerkbar zu machen, als Maria dafür sorgte, daß die Stimmung erhalten blieb. Mit einem Silbertablett in der Hand stürzte sie ins Zimmer, knallte es auf den Tisch und schrie: »Il mio ultimo pranzo per voi, divorate e andate all' inferno!« Und in ihrer dunklen vibrierenden Stimme hörten sich ihre Worte wie eine Prophezeiung an. Viel mehr einem Racheengel gleichend als einer Heiligen, flatterte sie hinaus, während Rusterholz grölend Beifall spendete. Auf dem Tablett lag der Kopf eines Hahnes in seinem Blut, darum war ein grüner Kreis gezogen, mit Galle, wie es schien.

»Was hat sie gesagt?« fragte Bäni erschrocken.

»Wir sollen das fressen und zur Hölle fahren. Sie koche nie mehr für uns.« Rusterholz wischte sich Tränen aus den Augen. »Ist sie nicht eine würdige Tochter Dantes?«

»Sie hat also gekündigt«, stellte Bäni besorgt fest, sichtlich beeindruckt von Marias Auftritt.

»Kommt gelegentlich vor bei ihr. Das letzte Mal, als ich ihr vorschlug, wir könnten zusammen einen Zwitter zeugen. Einen Zwitter, der sich selbst bekocht.«

»Wothan, du bist ein Schwein«, lallte Bäni.

»Jawohl, und sie verläßt mich dennoch nicht.« Sich am Tisch festhaltend, zog sich Rusterholz hoch und nahm das Tablett in die Hand. »Sieh nur, sie ist halt doch eine Hexe. Was habe ich dir gesagt?« Und er streckte Bäni das Silbertablett hin, bevor er damit zum Fenster wankte und es in die Dunkelheit hinausschleuderte. Danach half er seinem Freund auf die Beine und schleppte ihn hinüber in die Bibliothek. Dort öffnete er eine Flasche Héritage Madame Ragnaud, einen Cognac, dessen Trauben noch vor seiner Geburt gereift waren, und umständlich entnahm er der Zigarrenkiste zwei dicke Davidoff. »Das hilft verdauen, Caesar«, sagte er, als er seinem Freund das Glas und die brennende Zigarre reichte.

22

Als Manz am Donnerstagmorgen gegen 10 Uhr in der Klinik anrief, erhielt er die Auskunft, Professor Bäni sei noch nicht eingetroffen. Auch zu Hause war er nicht zu erreichen, seine Frau aber riet Manz, es in Thalwil zu versuchen. Ihr Mann hätte den Abend zuvor bei Rusterholz verbracht, wo er dann meistens auch schlafe. Bei Rusterholz wurde das Telefon nicht beantwortet, und in seiner Abteilung im Spital hieß es, der Professor sei leider nicht da, man erwarte ihn zwar, habe aber keine Nachricht von ihm erhalten. Manz beschloß darauf, selbst nach Thalwil zu fahren, um an Ort und Stelle nachzusehen, was über die beiden Vermißten in Erfahrung zu bringen war.

Eine gute Viertelstunde später traf Manz Maria an, die im Begriff war, mit zwei Koffern und einer prall gefüllten Tasche das Haus zu verlassen. Ein maliziöses Lächeln lag auf ihrem Gesicht, als sie die Anwesenheit der Professoren bestätigte. Sie ließ Koffer und Tasche stehen, und bereitwillig führte sie den Polizisten hinauf, ins Eßzimmer vorerst, wo die hinterlassene Unordnung von dem nächtlichen Gelage zeugte. Mit nicht geringem Interesse sah Manz Flaschen auf dem Tisch stehen, die ihm bekannt vorkamen, und er tat einige Schritte darauf zu, um sich auch des Jahrgangs zu versichern. Es stellte ihn sichtlich zufrieden, was er sah. Diese Entdeckung würde der Kommissar nicht mehr verharmlosen können, sagte er sich. Die Indizien gegen die Herren werden langsam, aber sicher zwingend.

Die Ungeduld, mit der ihm Maria bedeutete, ihr zu folgen, verhieß ihm weitere Überraschungen. Und nochmals vermeinte er bei ihr ein schadenfrohes Lächeln zu sehen, als sie die Tür zur Bibliothek öffnete. Manz erschrak. Einen Moment lang glaubte er, in den beiden Männern, die zwischen umgestürzten Stühlen am Boden lagen, Opfer eines Gewaltverbrechens zu erblicken, bis ihm dämmerte, was hier vorgefallen sein mußte. Es konnte nur die Wucht des Château Latour gewesen sein, die die beiden niedergestreckt hatte. Daß es jetzt sinnlos war, Fragen zu stellen, war klar, doch Manz sah es als Pflicht an, die Männer zu wecken, um wenigstens abzuklären, ob sie nicht etwa ärztlicher Hilfe bedürften. Bäni, in eigenartig verrenkter Stellung daliegend, röchelte laut, als Manz ihn sanft schüttelte.

»He, du«, krächzte es plötzlich hinter Manz. Er fuhr herum. Rusterholz, halbwegs zur Besinnung gekommen, wirkte wie ein Boxer, der sich nach einem schweren Niederschlag erfolglos zu erheben versucht. Die Beine versagten ihm den Dienst. »Hinaus!« brüllte Rusterholz. Das Schwellen der Adern an Hals und Schläfen und die niedergezogenen buschigen Brauen über den blutunterlaufenen Augen verliehen dem Mann ein gewalttätiges Aussehen. »Mach, daß du rauskommst!« Ungelenk langte er auf den Schachtisch, sitzend bekam er dort einige Figuren zu fassen, und mit fahrigen Bewegungen warf er sie in Richtung des Eindringlings. »Du hast hier nichts zu suchen, du elender Hosenscheißer, du!«

Manz wich zurück, als die nächste Garbe von Schachfiguren, zielsicherer schon, geflogen kam. Reflexartig fing er eine auf – es war der schwarze König –, steckte sie in die Tasche, mehr als Symbol denn als Beweisstück, und verließ den Raum, wie Rusterholz ihm geraten hatte.

Bald darauf setzte Manz Maria mit ihren Taschen am Zürcher Hauptbahnhof ab. Sie hatte ihm gesagt, daß sie Rusterholz, für den sie nun acht Jahre gekocht hätte, verlassen würde, sofort, einen Vertrag besäße sie nicht. Den genauen Grund für ihren Entschluß aber hatte sie nicht verraten wollen. Was Manz gesehen hatte, mußte ihm genügen. Er vermutete richtig, daß dies nicht die erste Schlemmerei gewesen war. Doch der Anlaß des Besäufnisses mußte diesmal ein besonderer gewesen sein, rechnete er sich aus. Der Wein, der Jahrgang zudem, sprachen für sich.

Maria hatte ihn wissen lassen, daß sie vorübergehend zu ihrer Schwester nach Winterthur ziehen werde, um sich von dort aus nach einer neuen Stelle umzusehen. Ob sie nach Italien zurückkehre? Diese Frage hatte sie nicht schlüssig beantwortet. Nur wenn sie eine Stelle finden sollte, bei der man ihr völlige Freiheit ließe. Doch ein solches Zugeständnis wäre in Italien kaum zu erhalten. Und vorschreiben, wie sie zu kochen habe, ließe sie sich nicht mehr.

23

Nachdem der Wagen, wie schon am Donnerstag zuvor bis unters Dach gefüllt, um die Ecke verschwunden war, kehrte Sonder ins Haus zurück. Die kahle Wohnung, in der nur noch einige schmucklose Möbelstücke herumstanden, hätte ihren Bewohner eigentlich traurig, zumindest aber nachdenklich stimmen müssen. Sonder jedoch war zufrieden. Bei jedem Gegenstand, den er weggab, empfand er Erleichterung, als ob er Ballast abwerfen würde. Das Fehlen der Vorhänge und der Lampenschirme und die dunklen Rechtecke an der Tapete, wo vorher Bilder gehangen hatten, waren ihm sichtbare Zeichen dafür, daß sein ersehntes Ziel in unmittelbare Nähe rückte.

Das einzige, wovon er sich nicht ohne weiteres trennen konnte, war in der Stube zurückgeblieben. Unangetastet hingen dort die Waffen an der Wand. Wenig nur hatte gefehlt, und Sonder hätte dem bittenden Blick des jungen Paares nachgegeben. Doch trotz eines gewiß guten Angebotes hatte er sich nicht dazu überwinden können. Er wollte vermeiden, daß diese Gegenstände, die ihm soviel bedeuteten, zu Handelsware wurden, da ihn die Vorstellung bedrückte, daß man um sie feilschte. Ihrer Geschichte beraubt, wären die Pfeilbogen und die Blasrohre und die Speere nichts anderes mehr als Kuriositäten, Dekor für eine moderne Wohnung vielleicht, in der womöglich naserümpfend über Tiermord gesprochen wurde, von Leuten, die glauben, daß nur der schnöde Trieb des Menschen die Tiere an einem paradiesischen Zusammenleben hindert. So hatte er den beiden einzig die Schädeldecken der Gemsen und Rehböcke überlassen, die er längst nicht mehr als Trophäen betrachtete. Er hatte sie ihnen geschenkt.

Sonder wollte gerade damit beginnen, die Waffen von den Wänden zu nehmen und in eine bereitstehende Kiste zu verpacken, als die Hausglocke ging. Ahnungslos, wer ihn an diesem Abend noch besuchen kam, öffnete Sonder die Tür, und er war überrascht, als er Kommissar Häberli gegenüberstand.

»Guten Abend, Herr Sonder, wie geht's«, sagte Häberli. »Ich war gerade in der Nähe, und da habe ich gedacht, ich könnte mal bei Ihnen vorbeischauen. Hoffentlich störe ich nicht.«

»Aber nein, keineswegs«, entgegnete Sonder, erleichtert über die freundliche Begrüßung des Kommissars. »Bitte treten Sie doch ein.« Und er führte den Besucher durch die leere Wohnung hinaus zum Gartensitzplatz. Dabei entging ihm nicht, daß Häberli einen kurzen Blick durch die offene Tür in die Stube warf.

»Sie werden sich fragen, was mich zu Ihnen führt«, begann der Kommissar, als sie sich draußen gesetzt hatten.

»Ja. Natürlich.«

»Ich möchte etwas mit Ihnen plaudern. Es soll mir später niemand den Vorwurf machen können, ich hätte Sie so mir nichts dir nichts ... wegfahren lassen. Fast hätte ich ›entkommen‹ gesagt. Damit Sie mich recht verstehen«, fügte er schnell hinzu, als er das fragende Gesicht von Sonder sah, »es geht diesmal um mein Alibi, nicht um Ihres.«

Sonder, der nicht gleich begriff, worauf der Kommissar hinauswollte, sich aber von dessen fröhlichem Lachen gerne anstecken ließ, fand es ratsam, vorerst einmal zuzuhören.

»Morgen ist Ihr letzter Arbeitstag, wie ich vernommen habe.«

»Ja, so ist es.«

»Und dann reisen Sie bald weg?«

»Am Sonntag«, sagte Sonder.

»Es macht nicht den Anschein, als ob Sie hierhin zurückkehren werden«, stellte Häberli fest, und er deutete mit dem Kopf auf die Wohnung.

»Ja, das stimmt.«

»Sie können sich sicher ausrechnen, zu welchen Spekulationen das führt, wenn die Presse davon Wind bekommen sollte. Es ist denen zuzutrauen, daß sie einen Zusammenhang zwischen Ihrer Abreise und dem Tod von Doktor Götze konstruieren, immer vorausgesetzt, das Rätsel ist bis dann nicht gelöst. Und so schnell wird es kaum dazu kommen, fürchte ich.«

Sonder nickte. Das war es also.

»Sehen Sie«, fuhr Häberli fort, »genau darum brauche ich ein Alibi, das bestätigt, daß ich mich gebührend mit Ihnen befaßt habe. Sonst wird mir womöglich ein Strick gedreht. Und weil ich dieses Gespräch so angenehm wie möglich haben will, mehr privat als dienstlich, bin ich heute abend zu Ihnen gekommen.«

Sonder hatte nun verstanden, um was es ging, und er sah keinen Grund, an der Ehrlichkeit des Kommissars zu zweifeln. »Trinken Sie ein Bier? Bitte entschuldigen Sie, daß ich nicht früher daran gedacht habe.«

»Gerne, wenn Sie auch eines nehmen.«

Erst in der Küche fiel Sonder ein, daß er keine Gläser mehr hatte. Doch Häberli wirkte glaubhaft, als er versicherte, es mache ihm nichts aus, direkt aus der Flasche zu trinken. Sie hätten das früher auch nicht anders getan. Schmunzelnd prosteten sich die zwei also mit der Flasche zu, so daß ein zufälliger Betrachter dieser Szene hätte annehmen müssen, es handle sich bei den beiden etwa gleichaltrigen Männern um Jugendfreunde, die auf die alten Zeiten anstießen.

Bald unterhielten sie sich angeregt über dieses und jenes, erzählten aus ihrem Leben, das als Gemeinsamkeit die ländliche Herkunft aufwies, und sprachen freimütig vom Schicksal, welches sie nach Zürich verschlagen hatte. Häberli erklärte, daß er nur darum Polizist geworden sei, weil sein älterer Bruder die Schweinemästerei des Vaters übernommen habe. Und Sonder erzählte von seiner Metzgerei, dem frühen Verlust von Frau und Kind. Später ging er auf seine Krankheit ein, auf die Operation, und erwähnte auch die Chance, die ihm die Ärzte noch gaben. Von den beiden Varianten wählte er die schlechtere aus, jene von Götze, die schwarz auf weiß vorlag.

Häberli hatte gewartet mit der Frage, was er nun zu

tun gedenke. Eine Frage, die angesichts der geräumten Wohnung wohl gegeben war. Er hatte angenommen, Sonder werde von sich aus darauf zu sprechen kommen. Er tat es nicht. Häberlis Interesse war nicht nur persönlicher Natur. Es macht sich nicht schlecht für einen Kommissar, Bescheid über das zu wissen, was sich im Umfeld eines Mordes alles so tut. Als Sonder nun ohne Umschweife seine Pläne erklärte, staunte Häberli nicht wenig. Damit hatte er nicht gerechnet. Es war für ihn auch nicht ohne weiteres einzusehen, wie jemand den Wunsch haben konnte, den Rest seines Lebens in der Fremde zu verbringen. Er selbst hatte seine Ferien meistens im Norden verbracht, und die Nilfahrt vor fünfzehn Jahren war seine einzige Reise, die ihn über Europas Grenzen hinausgeführt hatte. Doch er war nicht der Mensch, der nicht auch andere Vorstellungen gelten ließ. Und er gestand sich ein, daß, wenn diese schlimme Angst vor dem Fliegen nicht wäre, er sich mit Sicherheit mehr von der Welt angeschaut hätte. Genaugenommen bewunderte er Sonder sogar. Er fand, daß Menschen, die eine Idee haben und diese konsequent verfolgen, zu den interessanteren Zeitgenossen zählten.

»Und Sie haben vor, in Afrika wieder jagen zu gehen?« fragte Häberli, auf die Waffen anspielend, die sein kurzer Blick in die Stube entdeckt hatte.

Sonder verneinte mit einem heftigen Kopfschütteln. Früher sei er ein leidenschaftlicher Jäger gewesen, erklärte er. Wie einen Sport, oder besser noch wie Folklore, habe er damals die Jagd betrieben, habe sie von seinem Vater übernommen und gedankenlos weitergeführt, als Familientradition sozusagen. Und es habe für ihn lange keinen Grund gegeben, die Jagd als solche zu hinterfragen, bis ihn dann ein einschneidendes Erlebnis gezwungen habe, sich aus anderer Sicht mit ihr zu befassen. Ein Gegner der Jagd sei er dadurch nicht geworden, sagte Sonder weiter, ohne auf das angesprochene Ereignis einzugehen, doch es habe ihn zu anderen Ansichten gebracht. So wie er es heute sehe, sollte nur jemand berechtigt sein zu töten, der die Natur genau kennt und ihre Zusammenhänge versteht, woraus sich zwangsläufig eine tiefe Achtung vor jedem Leben ableite. Das Instinktive, das jedem Töten anhafte, bedürfe beim Menschen einer Ergänzung, weil er des Mitgefühls fähig sei. Mitleid sei angebracht, finde er. Dadurch entschuldige man sich gleichsam für die von der Natur erhaltene Triebhaftigkeit.

Häberli schwieg. Er war beeindruckt von Sonders Ausführungen. Und als Sonder sich erhob und ins Haus ging, folgte er ihm unaufgefordert und trat hinter ihm in die Stube. Waffe für Waffe nahm Sonder aus den Halterungen, nannte jeweils das Land, den Ort, woher sie stammte, zu was sie gebraucht worden war, erzählte manchmal eine kurze Geschichte dazu, etwas, das er dort erlebt hatte, und legte die Waffe zuletzt in die bereitstehende Kiste. Von Asien sprang er nach Südamerika, weiter nach Afrika und zurück nach Asien. Vom Dschungel stieg er ins Hochland, verlor sich in einer Steppe, um sich bald in einem anderen Dschungel wiederzufinden. Kreuz und quer ging es durch Länder und Kulturen, und überall fand Sonder sich problemlos zurecht. Nie verwechselte er etwas, nie mußte er sich korrigieren. Als das Projektil, das er zu seinem Stachel gemacht hatte, an der Reihe war, bemerkte Sonder einzig, daß er es in Afrika gefunden habe, und ging dann sofort zu dem Blasrohr aus dem Amazonasgebiet über. Er erzählte auch von Ricardo. Aufmerksam hatte Häberli zugehört, gelegentlich eine Frage gestellt, was Sonder freute, denn der Kommissar ließ erkennen, daß er einiges wußte, beispielsweise wie ein Faultier aussieht.

Als an der Wand nur noch Nägel, Haken und Drahtschlingen übrigblieben, die im verblassenden Licht des Abends wie fremde Schriftzeichen wirkten, wandte sich Sonder den drei Schußwaffen zu, die an der benachbarten Wand hingen. Als erstes nahm er das Jagdgewehr seines Vaters herunter, danach seinen Karabiner und lehnte beide, ohne viel dazu zu sagen, gegen die Kiste. Die bedächtigen Bewegungen Sonders, mit denen er zuletzt nach seinem Jagdgewehr langte, gemahnten Häberli an eine rituelle Handlung, und er sah sich in diesem Eindruck noch bestärkt, als Sonder die Waffe auf beiden Händen hinaus ins Freie trug. Dort setzte er sich und legte das Gewehr auf seinen Schoß.

»Es ist lange her, sehr lange, daß ich zum letzten Mal auf der Jagd war«, begann Sonder, als auch Häberli wieder in seinem Stuhl saß. »Ich lebte damals noch im Rheintal. Trotzdem ist mir jener Tag in Erinnerung, als wäre alles erst kürzlich geschehen. An einem Herbsttag, es nieselte leicht, war ich unterwegs, alleine, um in einer Waldlichtung einem Rehbock aufzulauern. Ich hatte ihn dort mehrfach beobachtet. Plötzlich aber sah ich am

Ende einer Hecke ein Wildschwein stehen, ein imposantes Tier, ein mächtiger Keiler mit großen gefährlichen Hauern. Er hatte mich noch nicht bemerkt.« Sonders Worte kamen gemessen, seine Stimme war gedämpft, was in seinem Zuhörer das Gefühl aufkommen ließ, als wären diese nicht direkt an ihn gewandt oder nicht ausschließlich. »Und es kam ein Verlangen auf in mir, ein heftiges Verlangen, das ich zuvor nie gekannt hatte. Ich wollte mich mit diesem Tier anlegen. Ich spürte irgendwie, daß es nicht dasselbe sein konnte, wie ein Reh zu schießen oder eine Gemse. Schwer stand er da, als ich das Gewehr hob, majestätisch, wenn man das von einem Keiler sagen kann. Und ich glaube, er nahm in dem Moment meine Witterung auf, als ich auf ihn anlegte. Ich hätte nicht schießen dürfen, noch nicht. Wahrscheinlich war ich zu aufgeregt. Anders kann ich es mir nicht erklären. Ich war ein guter Schütze. Es hätte ein Blattschuß werden sollen.« Häberli sah, wie Sonders rechte Hand leicht zitternd über das Gewehr glitt, so als würde er es streicheln. »Nicht einmal in die Knie ging er, obwohl die Kugel ihn herumriß. Frontal stand er mir nun gegenüber und blickte mich aus kleinen, haßerfüllten Augen an. Ein bedrohliches Schnauben stieß er noch aus, dann griff er an. Schnell schoß ich ein zweites Mal, traf ihn, doch ohne Wirkung. Ja, ich glaube, ich habe noch gesehen, wie die Kugel von seiner Stirn abprallte. Dann folgte ein fürchterlicher Schlag. Es war mir nicht mehr gelungen auszuweichen. Das Knie war zerschmettert. Ich konnte mich nicht mehr erheben, und das Gewehr lag zu weit entfernt. Doch auch der Keiler lag nun am

Boden, keine zehn Meter von mir. Er atmete schwer, und Fetzen von rotem Schaum flogen durch die Luft, wenn er den Kopf hin und her warf.« Sonder hüstelte. »Ich wußte jetzt, daß ich ihn in die Lunge getroffen hatte. Es konnte also nur mehr eine Frage der Zeit sein.« Wieder hustete Sonder, so als ob ihn etwas würgen würde. »Ersticken muß schlimm sein. Ich wollte ihn erlösen. Doch wie ich mich zum Gewehr schleppte, es gerade zu fassen kriegte, sah ich, wie das Tier sich hochrappelte. Und mit letzter Kraft kam es wieder auf die Beine. Schwankend stand es da... laut rasselte...« Sonder wurde von einem heftigen Hustenanfall geschüttelt. Seine Hand fuhr zur Brust, zur Narbe, und Häberli sah, wie Sonders Brustkorb sich hob und senkte. Bevor er aber helfend eingreifen konnte – er wollte ihm auf den Rücken klopfen –, fuhr Sonder keuchend und mit gepreßter Stimme fort. »Nachladen. Kam nicht dazu. Schon griff er wieder an. Ich streckte ihm das Gewehr entgegen. Lächerlich. Doch der Schlag blieb aus. Er stürzte und blieb regungslos neben mir liegen.« Sonder sank im Stuhl zusammen, dann griff er zur Flasche und nahm einen großen Schluck, den er lange im Mund behielt. »Mit dem letzten Rest Luft in seiner heiß brodelnden Lunge hatte er noch gekämpft.«

»Und daraufhin sind Sie nie mehr jagen gegangen?« nahm Häberli nach einer Weile das Gespräch wieder auf.

»Nein, auch nicht, als mein Bein soweit wiederhergestellt war. Ich hatte keine Lust mehr, auf Hasen oder Rehe zu schießen. Er, der Keiler, er hatte keine Angst, er hat sich gewehrt.«

»Mit einem Keiler hätten Sie sich nochmals angelegt!«

Lächelnd zuckte Sonder mit den Achseln. »Mag sein.« Und plötzlich streckte Sonder dem Kommissar das Gewehr hin, bedeutete ihm, es zu nehmen. Häberli betrachtete die Waffe, so gut das im spärlichen Licht der angebrochenen Nacht noch ging. Viel wußte er nicht damit anzufangen. Er wog sie aus Verlegenheit, schaute durchs Visier, indem er sie auf ein beleuchtetes Fenster richtete. Etwas kannte er sich schon aus mit Waffen, doch nur soweit, als es seine Arbeit erforderte.

»Bitte nehmen Sie das Gewehr«, sagte Sonder. »Behalten Sie es.«

Häberli war verwundert über dieses Angebot. »Ich, ja warum soll ich denn ...«

»Ich bitte Sie darum, nehmen Sie es. Ich wäre glücklich, wenn Sie alle meine Waffen nehmen würden.«

»Aber ich verstehe nicht, warum gerade ich ...«

»Weil Sie jetzt wissen, daß jedes Stück eine Geschichte hat. Sie sind der einzige, der außer mir diese Geschichten kennt. Und wenn Sie eine Waffe weggeben, sagen Sie es weiter, sagen Sie, daß das Ding eine Geschichte hat, die Teil einer andern Geschichte ist. Ich bitte Sie, nehmen Sie die Waffen. Was soll ich sonst damit anfangen.«

Spät war es geworden, als sie gemeinsam die Kiste aus dem Haus trugen, die Gewehre und das lange Blasrohr, um alles in den Wagen des Kommissars zu packen. Das Blasrohr fand nur Platz, wenn sie ein Stück davon aus dem Fenster ragen ließen.

24

Zum letzten Mal hatte sich Sonder an diesem Morgen auf den Weg zur Arbeit begeben, zum letzten Mal war er die baumüberdachte Treppe zur Klinik hinaufgestiegen, und als er über die Stadt schaute, war ihm bewußt, daß er an diesem Tage vieles zum letzten Mal tun würde. Oft in den vergangenen Jahren hatte er sich Gedanken über diesen Tag gemacht. Er hatte sich ihn anders vorgestellt. Er wollte nun nicht mehr von Büro zu Büro gehen, von Labor zu Labor, um da und dort etwas zu plaudern, sich Glück und Gesundheit wünschen zu lassen. Die kleine Feier am Nachmittag genügte ihm vollauf für seine Verabschiedung.

Sonder ging auf dem direkten Weg in die Bibliothek. Obwohl er die Arbeit, die ihm Thalmann mehr vorgeschlagen als zugewiesen hatte, ohne große Begeisterung angegangen war, lag ihm nun doch daran, diese noch abzuschließen. Mit etwas Einsatz würde sich das an diesem Morgen machen lassen, meinte er. So ließ er sich von niemandem darin stören, Buchtitel und Autoren auf Karteikarten zu schreiben. Selbst Pat konnte ihn nur kurze Zeit von seiner Tätigkeit ablenken. Als Sonder zum Essen ging, lagen dann auch alle Karten alphabetisch geordnet in der Ablage. Er hatte sich vorgenommen, am Nachmittag zurückzukehren und die Karten auf Vollständigkeit zu überprüfen. Sonst gab es nichts mehr zu tun. Und schon diese Mühe meinte er sich eigentlich ersparen zu können.

Wie üblich war er früh in der Kantine, einer der ersten, löffelte allein an einem Tisch seine Suppe und ging dann für einen Spaziergang hinaus. So hatte er es immer gehalten, wie das Wetter auch war.

Auf dem Weg zurück in die Bibliothek spürte er, wie es ihn plötzlich zum Autopsiesaal zog. Seit seiner Rückkehr von der Kur, seit ein anderer an seinem Platz arbeitete, hatte er diesen Ort gemieden. Doch jetzt, Stunden nur vor seinem endgültigen Abschied, drängte es ihn, einen letzten Blick auf die Stätte seines Wirkens zu werfen. Jetzt, wo seine Zeit ablief, wo seine Pflichten von Minute zu Minute schwanden, minderte sich im selben Maß auch die Gefahr, in Zimmerlis Reich einzudringen. Doch mochte es auch keine Ansprüche mehr geben, ein ganz gewöhnlicher Besucher würde er hier nie werden. Man vergleicht unwillkürlich. Da machte sich Sonder nichts vor.

Es war wie früher. Man fühlte die Sterilität, die der weißgekachelte Raum forderte. Man roch sie. Sonder ließ die Kühle wirken, erinnerte sich, wie sie ihn am ersten Tag hatte erschaudern lassen. Das Metall der Tische glänzte, wie er es gewohnt war. Seine Finger fuhren die Tablare entlang, suchten den Kontakt mit den Tischrändern, während er langsam im Raum auf und ab schritt. Hätte ihn jemand nach seinen Gefühlen gefragt, Sonder wäre nicht fähig gewesen, auszudrücken, was ihn bewegte. Er wußte nicht, was ihn mit diesem Raum verband, ob es nur die Arbeit war, die er hier getan hatte. Begeisternd war diese nie gewesen, konnte eine Arbeit an Leichen wohl auch nicht sein. Doch er hatte sich ehrlich bemüht, seine Aufgabe gut zu machen, und das war geschätzt worden, so lange jedenfalls, bis Götze eintraf. Sein Schreien hatte auch vor den Toten nicht haltgemacht. Sonder genoß die befreiende Stille, die nun wieder herrschte.

»Ich freue mich, daß Sie gekommen sind!« Zimmerli eilte auf Sonder zu und reichte ihm die Hand. »Wie viele Jahre waren es?«

»Zweiunddreißig.«

»Eine lange Zeit«, sagte Zimmerli und nickte anerkennend. »Es dürften bei mir etwa gleich viele werden.«

Sie plauderten über dies und das. Zimmerli verneinte Sonders Frage, ob es im Moment viel zu tun gebe. Das Wetter wäre wohl zu schön zum Sterben, meinte er. Lächelnd stimmte ihm Sonder zu. Trotzdem habe er noch einen Patienten, sagte Zimmerli. Er forderte Sonder auf zu bleiben, fragte ihn, als er die Leiche in den Raum schob, ob er vielleicht selbst noch einmal Hand anlegen wollte. Sonder lehnte dankend ab, er werde sich gerne in die Ecke setzen und von dort, aus der Ferne, zusehen. Es gefiel Sonder, mit welcher Ruhe Zimmerli ans Werk ging, den Körper öffnete, ohne jegliche unpassende Bemerkung. Viele können es nicht lassen, Ärzte eingeschlossen. Das hatte Sonder nie verstanden. Man macht auch keine Sprüche, wenn man ein Tier ausnimmt.

Gegen 15 Uhr traf man sich dann in der Cafeteria. Alle waren sie da von der Abteilung, mit Ausnahme von

Professor Bäni, der schon tags zuvor nicht zur Arbeit erschienen war. Es hieß, er leide an einer Verdauungsstörung, einer Darmgrippe wahrscheinlich. Es war eine nette Feier. Und wenn sie nie richtig vergnüglich wurde, lag das weniger an den tragischen Umständen als daran, daß Sonder im Bewußtsein vieler halt doch vom Tod gezeichnet war. Trotz seiner scheinbar guten Gesundheit.

Während man Kaffee trank und Kuchen aß, richtete Direktor Arpagaus einige Worte des Dankes an Sonder. Er nannte ihn einen treuen, pflichtbewußten Mitarbeiter, lobte ihn für die Tapferkeit, mit der er seine kürzlich durchgemachte Prüfung bewältigt hätte, und er wünschte ihm im Namen des gesamten Klinikpersonals viel Glück für seinen wohlverdienten Ruhestand. Dabei überreichte er ihm eine goldene Taschenuhr, die ihm – wie er sagte – noch eine lange glückliche Zeit anzeigen möge.

Doktor Thalmann, der in Vertretung von Professor Bäni für die Abteilung sprach, dankte Sonder für die fachlich hervorragende Arbeit, die er geleistet hätte, für die Zuverlässigkeit, vor allem aber für die nette Zusammenarbeit. In seiner stets zuvorkommenden Art hätte er vielen jungen Pathologen zur Seite gestanden, ihnen die wertvollen Tips gegeben, wie es der Professor gerne haben wollte. Es sei nicht leicht, einen reiselustigen Mann, der noch keineswegs an den Ruhestand denke, zu beschenken, schloß er seine Rede und überreichte ihm ein Taschenmesser und einen Flachmann, der auf Pats Vorschlag hin mit Kirschwasser gefüllt war. »Dies möge Sie, lieber Herr Sonder, oft im Guten an die Heimat und auch an die Leute der Abteilung erinnern. Ich darf Sie versichern, daß auch wir oft an Sie denken werden.«

Fragend schaute Direktor Arpagaus zuerst Thalmann an, dann Sonder. Bevor er aber dazu kam, sich die Bedeutung dieser Worte erklären zu lassen, wurde er ans Telefon gerufen. Es wäre dringend. Rasch verabschiedete er sich von Sonder und eilte in sein Büro, um zu erfahren, daß Professor Bäni vor einer Stunde ins Spital hatte überführt werden müssen.

25

Wenn Kommissar Häberli seine Betrachtungen, die er sonst am Sonntagmorgen anzustellen pflegte, auf den Samstagabend vorverlegt hatte, so mit gutem Grund. Er beabsichtigte, am Sonntag zum Flughafen zu fahren, um Gottfried Sonder zu verabschieden. Er meinte, ihm dies schuldig zu sein. Zwei Wochen war es her, daß er Sonder erstmals getroffen hatte, doch ihm war, als würde er den Mann seit vielen Jahren schon kennen. Woran das lag, wußte er nicht, obwohl er dies seit seinem kürzlichen Besuch zu ergründen versuchte. Etwas war ihm aufgefallen. Es waren nicht die Reisen, von denen Sonder erzählte, die ihn beeindruckt hatten, es war vielmehr die Art, wie er seine Erlebnisse schilderte. Nie war Sonder Mittelpunkt, wie man es bei Reiseberichten zur Genüge kennt. Nein, das war der fremde Jäger, von dessen Mut und Geschicklichkeit Sonder sprach, oder es war gar das gejagte Tier. Er selbst schien stets nur stiller Beobachter zu sein, der sich seine Gedanken macht. Bemerkenswerte Gedanken übrigens, die wohl nur wenige dem bescheiden auftretenden Mann zutrauen würden. Und auch bei der Schilderung seines eigenen Kampfes mit dem Keiler war ihm offenbar mehr daran gelegen gewesen, Bewunderung für das Tier zu wecken, als seinen eigenen Mut vorzuzeigen. Häberli wertete nicht nur die Offenheit von Sonder ihm gegenüber als Zeichen eines großen persönlichen Vertrauens, es gab da noch die Waffen, die Sonder ihm überreicht hatte, und die, nach allem, was er von dem Mann nun wußte, nicht als Geschenk zu betrachten waren. Sie stellten eher eine Art Hinterlassenschaft dar, die er treuhänderisch zu verwalten hatte. Offenbar genoß er das Vertrauen von Sonder. Mit einem Abschiedsbesuch wollte er ihm nun seinerseits seine Wertschätzung bezeugen.

Häberli hatte sich an diesem Abend die Waldhütte ausgesucht, den Ort, wo damals das Abteilungsfest stattgefunden hatte. Dort wollte er seine Überlegungen anstellen, sich womöglich auch inspirieren lassen. Ein Bezug dieses Ortes zum Fall Götze war jedenfalls gegeben. Götze war hier erwartet worden, auch von Professor Bäni, über dessen Rolle in der ganzen Angelegenheit er heute nachdenken wollte oder mußte. Gerade an diesem Tag war Grund dazu gegeben. Mit einem Schlag nämlich hatten sich die Aussichten, mit konventionellen Methoden Licht in den Fall Götze zu bringen, drastisch verschlechtert, und dies auf eine für Häberli recht ärgerliche Art. Absichtlich hatte er Bäni geschont, hatte es sich nicht anmerken lassen, daß er ihn der Mitwisserschaft verdächtigte. Der Professor sollte sich in Sicherheit wiegen, da ohne einen Fehler von seiner Seite an seinem Alibi nur schwer zu rütteln war. Jetzt aber, nach diesem orgiastischen Fest im Hause von Rusterholz – Manz hatte ihm davon berichtet –, jetzt wo er meinte, die Professoren in die Zange nehmen zu können, war Bäni ausgestiegen und Rusterholz unauffindbar. Bewußtlos liege Bäni in der Intensivstation, hatte Thalmann ihm heute mitgeteilt, wahrscheinlich infolge einer Hirnblutung. Es stehe äußerst schlecht um ihn. Völlig überraschend sei dies nach Auskunft von Thalmann nicht gekommen, die geistige Leistungsfähigkeit des Professors habe in kurzer Zeit recht stark abgenommen. Und Professor Rusterholz, auf dessen Vernehmung er noch Hoffnung setzen durfte, war seit jenem denkwürdigen Zusammentreffen mit Manz verschwunden. In seinem Haus meldete sich niemand, und in seinem Büro hatte er sich seit Mittwoch nicht mehr gezeigt. Die beiden Wagen ständen in der Garage, wie durch das kleine Fenster im Tor zu sehen sei, hatte Manz ihm mitgeteilt. Auf Veranlassung seines Mitarbeiters wurde daraufhin bei allen Fluggesellschaften nach einem Passagier mit Namen Rusterholz angefragt. Erfolglos.

Häberli wußte nicht, warum ihm der Keiler in den Sinn kam, als er sich auf dem schmalen Sträßchen dem Waldrand näherte. Sonders eindrucksstarke Schilderung ging ihm durch den Kopf. Daß in diesen Wäldern Wildschweine hausen, Tiere, die einem unter Umständen gefährlich werden können, war ihm bisher nicht bewußt gewesen. Häberli stellte seinen Wagen beim Holzstoß ab, genau dort, wo vor Tagen die Wagen von Bäni und Götze parkiert gewesen waren.

Auf dem Weg zur Hütte versuchte Häberli durch das, was er über ihn vernommen hatte, Götze aufleben zu lassen, um ihm daraufhin Bäni beizugesellen, diese zwei in seinem Geiste also zusammenzubringen. So wie die Dinge lagen, aussichtslos beinahe – wovon hätte er sich noch eine Antwort auf seine Fragen versprechen sollen –, war er gezwungen, ein weiteres Mal zu seiner erprobten Methode zu greifen. Auf diese Weise hoffte er, auf mögliche Auseinandersetzungen zu stoßen, die sich zwischen den beiden Männern abgespielt haben könnten, auf ein Motiv also. Doch wie er sich auch abmühte, Häberli schaffte es nicht, die beiden Figuren zusammenzuführen. Die harmlose Wasserleiche wollte sich nicht in den aggressiven Menschen verwandeln, als welcher ihm Götze geschildert worden war, und Bäni glitt immer wieder in einen lethargischen – um nicht zu sagen komatösen – Zustand ab. Der wahre Grund, warum dieses Vorhaben mißlang, lag darin, daß der Keiler wieder und wieder in das Bild einbrach und dadurch Bäni und Götze in ihrer Entfaltung hemmte.

In der Nähe der Hütte, etwas abseits vom Weg, setzte sich Häberli auf eine Bank, um einen weiteren Anlauf zu nehmen. So schnell aufzugeben wäre nicht seine Art gewesen. Doch er mußte bald einsehen, daß es heute und hier keinen Zweck hatte, weitere Energien für seine Übung aufzuwenden. Was aber war der Grund, fragte er sich, daß seine bewährte Methode gerade heute versagte? Lag es etwa an ihm selbst? Und wie er nun Abstand nahm, sich selbst, sein Vorgehen in die Analyse dieses Mißerfolges mit einschloß, begann er sich maßlos zu ärgern. Noch immer war es der Sinn der Übung gewesen, sich von der Umgebung inspirieren zu lassen, Gedanken, so verrückt sie sein mochten, herauszufordern. Was aber hatte er bisher getan? Krampfhaft hatte er den ins Bild eindringenden Keiler verdrängt. Die ganze Zeit also hatte er genau das zu verhindern versucht, was er im Grunde doch anstrebte.

Kaum daß Häberli sich allein von seiner Eingebung führen ließ, schob sich der Keiler wieder in den Vordergrund, der Keiler... gefolgt von Sonder. Warum nicht, dachte sich Häberli. Sie werden sich einander gegenüberstellen, Jäger und Wild, Angreifer und Opfer. So wie Sonder es erzählt hatte. Die Figuren aber hielten nichts von dieser Anordnung, ja, zu seinem großen Erstaunen überlagerten sich die beiden vielmehr. Und es ist auch nicht der Sonder von damals, stellte Häberli fest, es ist nicht der junge Mann mit dem zerschmetterten Knie, nein, es ist der Sonder von heute. Sie müssen etwas Gemeinsames haben, Sonder und der Keiler. Natürlich! Beide sind sie in der Lunge verletzt. Doch genügte dies, ein derart starkes Bild heraufzubeschwören? Häberli zweifelte daran. Er beschloß, sich die Auseinandersetzung des Jägers mit dem Keiler nochmals durch den Kopf gehen zu lassen, in der ganzen Dramatik, in der Sonder sie dargestellt hatte. Seine Fähigkeit zu beobachten kam ihm nun zustatten und daß sein Erinnerungsvermögen noch keineswegs nachgelassen hatte. Ja, Häberli meinte, seine Sinne hätten sich im Alter eher noch verfeinert. Es gelang ihm heute, auch scheinbar Unwesentliches mühelos aufzunehmen und zu speichern.

In dem Moment, als Sonder vom getroffenen, schwer atmenden Tier sprach, erfaßte ihn ein schwerer Hustenanfall. Und Häberli fiel nun auch auf, daß Sonder sich an die Brust griff, als er von der eigenen Verletzung sprach, und nicht etwa an das Knie. Das konnte bedeuten, daß Sonder beim Erzählen auch die Position des Tieres eingenommen hatte. Er mußte sich in dieser Szene eins mit dem Tier gefühlt haben. Verständlich aus der heutigen Sicht. Beide mit verletzter Lunge. Doch da war noch etwas! Als der Keiler zu Boden gegangen war, hatte da Sonder nicht geglaubt, daß dies das Ende sein müsse? Der Keiler aber hatte nochmals angegriffen. Und Sonder, der Sonder von heute, sagte er nicht auch, daß es für ihn nur noch eine Frage der Zeit sein könne? Der medizinische Bericht! Hatte etwa auch Sonder...?

Ein Ruck ging durch Häberli, der den behäbigen Mann von der Bank hochschnellen ließ. Und unverzüglich begann Häberli den Weg zurückzueilen, den er gekommen war, so, als ob er verfolgt würde. Tatsächlich floh er vor dem Gedanken, der sich gerade zu kristallisieren begonnen hatte, fürchtend, dieser könnte weiterwachsen, auswachsen zu einem gefährlichen Gebilde. Stur hastete er an den Spaziergängern vorbei, die ihm entgegenkamen, ja er bemerkte sie gar nicht, sowenig wie er auf die herrschende Wärme achtete oder darauf, daß er sich schonen sollte wegen seines Kreislaufs. Ein Schwindelgefühl erinnerte ihn daran. Er ging nun langsamer, das Hemd klebte ihm am Leib.

Plötzlich kam Verärgerung hoch, weniger über den absurden Gedanken an sich als darüber, mit welcher Vehemenz er sich dagegen sträubte, obwohl er doch wissen mußte, daß er ihn nicht loswerden konnte, daß sich dieser gedankliche Keimling nicht mehr abwürgen ließ. Gedacht ist gedacht! Und mochte ihm die Idee, Sonder könnte mit dem Tod des Oberarztes direkt zu tun haben, noch so sehr als ein Kind der Ohnmacht vorkommen, die ihn in der Angelegenheit Götze befallen hatte, diese Idee ließ sich nicht mehr aus der Welt schaffen, mehr noch, sie wollte weitergeführt, konsequent zu Ende gedacht sein, früher oder später, forderte dies eindringlich.

Schlimm war es für Häberli nicht, mit Sonder einen unbescholtenen Bürger in die Untersuchung mit einzubeziehen. Das gehörte zu seinem Beruf. Nein, das Gefühl schockte ihn, er würde das ihm von Sonder entgegengebrachte Vertrauen in verräterischer Art mißbrauchen, sollte er den Gedanken, dieser Mann könnte ein Mörder sein, weiterverfolgen. Selbst die Frage, ob Sonder, wäre er schuldig oder mitschuldig an dem Verbrechen, ihm wohl so freundschaftlich all das erzählt hätte, ihm, dem Kommissar, der dann ja eigentlich sein Feind, sein Jäger sein müßte, half wenig. Immerhin erleichterte ihn diese Überlegung etwas. Sein Körper entspannte sich. Häberli blieb stehen, wischte sich den Schweiß aus dem Gesicht und schaute umher, hinauf auch zu den ausgedünnten Baumwipfeln. Gewiß würde ihm Sonder diesen Anflug eines Verdachtes nachsehen, beruhigte sich der Kommissar weiter, gewiß würde Sonder auch verstehen, daß es bei einem guten Kriminalisten eine Trennung zwischen privatem und beruflichem Denken nicht geben darf.

Je weiter sich Häberli nun entfernte von dem plötzlichen Einfall, aus dem sich die ungeheure Verdächtigung überhaupt erst entwickelt hatte, desto sicherer wurde er, daß dem Gedankengebäude, das er aufzubauen im Begriff gewesen war, jegliche Grundlage fehlte. Er mußte alles ersonnen haben, redete er sich ein. Im dunkeln, in dem er im Mordfall Götze tappte, mußte seine Fantasie mit ihm durchgegangen sein. Eine andere Erklärung konnte es nicht geben, durfte es nicht geben. Wenn er den Gedanken dennoch wieder aufnahm, so, weil er diesen – aus den dargelegten Gründen – zu Ende führen mußte, seiner Überzeugung zum Trotz, daß er sich letztlich nur selbst beschämen würde. Die Erzählweise von Sonder drückte einzig und allein eine tiefe Achtung vor dem Tier aus, mit dem er gekämpft hatte. Mehr war da nicht dahinter.

Am Waldrand angekommen, suchte sich Häberli einen ruhigen Ort, und er fand diesen hinter dem Holzstoß, wo er sich auf einen Baumstrunk niederließ. Trotz der leichten Kopfschmerzen, die er auf die erhebliche geistige und körperliche Anstrengung zurückführte, nahm Häberli nach einer kurzen Weile des Verschnaufens das Unvermeidbare also in Angriff. Und kaum hatte er die Augen geschlossen, den Gedanken freien Lauf gelassen, stellte sich das bedeutsame Bild wieder ein, das allen Einwendungen zum Trotz nichts von seiner Aussagekraft eingebüßt hatte. Besonders die Tatsache, daß – als er die Jagdgeschichte noch einmal ablaufen ließ – sich die beiden Figuren nun vor dem letzten verzweifelten Angriff nicht mehr nur überlagerten, sondern direkt ineinander übergingen, gleichsam miteinander verschmolzen, vermochte die vorgängige Mutmaßung keineswegs zu entkräften. Im Gegenteil, auch Sonder bekam nun etwas von einem Gejagten. Häberli spürte erneut, wie Widerstand aufkam, wie sich etwas in ihm auflehnte gegen die Fortsetzung dieser Geschichte. Und er war nahe daran aufzugeben, wollte die Kopfschmerzen vorschieben, die heftiger geworden waren, um die weitere Entwicklung dieses Bildes zu unterdrücken, da trat etwas völlig Unerwartetes ein. Was er vor einer Stunde vergeblich versucht hatte, nämlich Götze in seinen Gedanken auferstehen zu lassen, geschah jetzt von selbst. Hinterlistig, ekelhaft, so wie ihm dieser Mann von verschiedenen Seiten gezeichnet worden war, stand Götze plötzlich dem verwundeten Wesen – fabelartig halb Mensch, halb Tier nun – gegenüber. Und dieses Wesen schien zum Angriff bereit. Oder war es ob der aggressiven Haltung von Götze nicht eher eine Verteidigung?

Ein Gemisch von Faszination und Entsetzen überkam den Kommissar. Bilder von dieser Klarheit waren ihm, soweit er sich erinnern konnte, noch nie aufgestiegen. Die Zweifel von vorher verebbten wieder. Er konnte das, was sich in seiner Vorstellung abspielte, nicht mehr als bloßes Hirngespinst abtun, ohne sich selbst zu betrügen. Schließlich durfte er seine Fähigkeiten, denen er des öftern Erfolge zu verdanken hatte, nicht auf einmal verleugnen. Wenn er jetzt also von der Annahme ausging, es wäre Sonder gewesen, der Götze umgebracht hatte, so war es für ihn mehr als nur eine Spielerei, mochte bisher auch kein einziges Indiz gegen Sonder vorliegen und seine Hypothese einzig auf Bildern beruhen, die er seinem Unterbewußtsein abgerungen hatte.

Das Alibi von Sonder wies Lücken auf, das wußten sie bereits. Zudem dürfte Sonder bekannt gewesen sein, daß Götze verspätet zum Fest fahren würde, überlegte sich Häberli nun. Das aber hieße, daß die Tat sehr wohl hier geschehen sein könnte, hier, wo er – Häberli – sich gerade aufhielt. Der leise Schauder, der ihn erfaßte, galt nicht der Vorstellung, daß hier ein Mensch getötet wurde, dafür war Häberli abgehärtet genug. Nein, der Gedanke, daß er zuvor bei der Anfahrt genau hier an den Keiler erinnert wurde und daß er jetzt an diesem Ort die klarsten Bilder empfing, hier, am möglichen Tatort also, dieser Gedanke berührte ihn.

Was blieb, war die Frage nach der Tatwaffe. Auf welche Weise Götze den Tod gefunden hatte, war weiterhin ungeklärt, und etwas Handfestes dazu war, wie man ruhig annehmen durfte, nach dieser Zeitspanne kaum mehr zu erwarten. Sollte dennoch je eine Antwort darauf zu finden sein, sinnierte Häberli, so müßte der Schlüssel dazu – angenommen, sein Gedankengebilde hätte im Kern etwas Wahres – logischerweise ebenso in Sonders Erzählung versteckt liegen. Alle Hinweise waren bisher von dort gekommen. Sonder hatte sie ihm selbst in die Hand gespielt, sei es aus übergroßer Naivität oder grenzenlosem Vertrauen. Auf Sonders Unschuld wagte Häberli schon kaum mehr zu hoffen.

Ein weiteres Mal quälte er sich also in die Geschichte hinein, diesmal um die entscheidende Stelle, die Schilderung vom letzten Angriff des Keilers, zu wiederholen. Häberli fiel nun auf, wie oft Sonder von der Lunge gesprochen hatte, von der blutig-schaumigen Luft darin.

Mit dem letzten Rest Luft habe das Tier gekämpft. So hatte Sonder es ausgedrückt. Möglich, daß diese Formulierung allein dem großen Mitgefühl des sensiblen Mannes entsprungen war. Dennoch schloß Häberli eine tiefere Bedeutung nicht aus. Er suchte danach, der Funke aber sprang nicht über.

Häberli rechnete mit Widerstand, wenn er daranginge, die Waffen, die seit Donnerstagabend in seinem Keller lagen, in die Überlegungen mit einzubeziehen, glaubte, schwer mit sich ringen zu müssen. Waren diese Waffen nicht der größte Beweis für Sonders Vertrauen? Waren sie nicht ein sicheres Zeichen für Sonders Unschuld? Häberli litt. Und er begann sich zu fragen, ob er wirklich weiter sein Hirn zermartern müsse, ob seine Pflicht nicht längst getan sei. Zudem wußte er, daß ein Erfolg seiner Meditation für ihn sehr betrüblich sein würde. Wenn es ihn letztlich doch nicht soviel Überwindung kostete, sich die Waffen vorzunehmen, auch diesen Vertrauensbruch zu begehen, so, weil er erkennen mußte, wie sehr er ein Gefangener seiner eigenen gedanklichen Konstruktion war.

Die Gewehre, die Speere, die Pfeilbogen zogen an ihm vorbei, die Armbrust, die Blasrohre, das... Blasen! Lunge! Luft! Rohr! Das Metallrohr in Götzes Wagen! Das Projektil! Ein Einstich, sonst nichts! Wild kreisten die Begriffe, die Gegenstände in seinem Kopf. Metallrohr und Projektil jagten sich, drohten sich zu finden, fanden sich. Häberli wurde schwindlig, und das schnelle harte Pulsieren des Blutes hämmerte unbarmherzig ein auf sein Hirn, machte den Schmerz beinahe unerträglich, trug ihn weiter, den Schmerz, trug ihn ins Herz, in die Lunge, überallhin.

Häberli wankte zum Wagen, setzte sich auf den Nebensitz und lehnte sich erschöpft zurück. Durch die offene Tür fiel das letzte Licht der aufgetriebenen Sonnenscheibe auf sein Gesicht, kraftlos jetzt, fast milde. Allmählich ließen die Schmerzen nach. Häberli fühlte sich ausgelaugt und aufgedunsen und müde wie nach einem langen heißen Bad. Und mit geschlossenen Augen erlebte er, wie die Sonne versank. Das Projektil lag in seinem Keller, das Rohr im Kommissariat. Und er wußte genau, daß diesmal alles andere, nur kein Gefühl des Triumphes aufkommen würde. Langsam fuhr er nach Hause.

Der schrille Klang des Telefons schreckte Häberli aus einem unruhigen Dösen auf. Es war dunkel geworden. Noch in den Kleidern lag er auf seinem Bett. Manz, der anrief, um ihm die letzte Neuigkeit mitzuteilen, entschuldigte sich für die späte Störung. Professor Rusterholz sei gefunden worden, sagte er, in seinem Weinkeller unter einem umgestürzten Gestell. Unvorstellbar müsse er dort gewütet haben. Zu Hunderten habe er die Flaschen an den Wänden zerschellen lassen, so wie es aussah, bevor der Unfall geschehen sei. Häberli hörte nicht mehr zu, als Manz schilderte, wie Blut und Wein am Boden sich gemischt hätten, lachte nicht, als Manz zuletzt meinte, sie hätten jetzt zur Wasserleiche noch eine Weinleiche im Keller. Häberlis Gedanken waren anderswo. Die Folgen, die sich aus dem Tod von Rusterholz ergaben, beschäftigten ihn.

Was hielt Manz wohl davon, daß er auf seine Nachricht überhaupt nicht reagiert hatte, überlegte sich Häberli, als er den Hörer auflegte. Gleichzeitig kamen ihm Zweifel, ob es richtig war, ihn wissen zu lassen, daß Sonder am morgigen Sonntag abreisen würde. Das ging ja noch, hätte er es nur unterlassen, Manz zu fragen, ob er ihn nicht zum Flughafen begleiten würde. Nein, es war keine Frage gewesen, vielmehr eine Aufforderung. »Hätten Sie nicht Zeit...?« Das könnte sich als entscheidender Fehler erweisen. Hätte Manz nur nicht angerufen! Mit einem schweren Seufzer ließ sich Häberli aufs Bett sinken. Was, wenn Manz nun konsequent handelt, wenn er Sonder an der Abreise hindert, um ihn ins Verhör zu nehmen? Es könnte für Sonder – ob schuldig oder nicht – in seiner momentanen Lage den Zusammenbruch bedeuten. Und käme dies nicht bereits einer Verurteilung gleich, die er zu verantworten hätte? Er würde sich womöglich eine Schuld aufbürden, die nie wiedergutzumachen wäre. Sonder ein Mörder? Nein, ein Mörder ist er nicht. Mörder sind andere Menschen! Wie aber ließe sich noch aufhalten, was er selbst in die Wege geleitet hatte? Er hatte Manz auf die Fährte gesetzt. Damit hatte er die Entscheidung aus der Hand gegeben. In einem solchen Fall.

26

Sonder brauchte nicht hinzusehen, um zu wissen, daß die Blicke der wenigen Menschen im Tram, aus dem er soeben ausgestiegen war, ihm folgten. Allein der große Rucksack, den er trug, war für sie Grund genug, dem alten hinkenden Mann nachzuschauen, belustigt erst, dann kopfschüttelnd, wenn sie bemerkten, daß er zur Quaibrücke schritt, Richtung Bellevue, wohin ihn das Tram auch gebracht hätte. Das mitleidige Lächeln des selbstgefälligen Bürgertums aber hatte Sonder nie stark gekümmert. Und an diesem Sonntag genoß er es sogar. Mitten auf der Brücke stellte er sich ans Geländer und schaute über den See. Er kannte diesen Ausblick. Oft war er am Bürkliplatz ausgestiegen, um über die Brücke zu gehen, um genau da stehenzubleiben und hinauszuschauen. Von diesem Punkt aus war kaum etwas zu sehen von der Stadt. Sie ließ sich leicht wegdenken. Bei Sonnenschein und bei Schneefall hatte er hier gestanden, bei Nebel und Nieselregen, im Zwielicht eines herbstlichen Morgens und bei Föhn, wenn die Berge hinter dem tiefblauen See überdeutlich werden und wie eine riesige Kulisse erscheinen. Und gerade heute kam es Sonder vor, als wäre alles nur Kulisse. Die Berge schienen ihm genauso unwirklich wie zuvor die Häuser an der Bahnhofstraße. Ja, ihm war, als ob alles, alles, was er kannte, alles, was er erlebt hatte, hier und dort in den Bergen, an Wirklichkeit verlieren würde.

Vom Bellevue fuhr er dann dem Limmatquai entlang zum Bahnhof. Und wie in einem Film zogen Bilder an ihm vorbei, die Limmat mit ihren Brücken, der Turm von Sankt Peter, die Zunfthäuser, die Lücke, die die Fleischhalle hinterlassen hatte, und auch die Krane, von denen es viele gab. Das war es also, dachte Sonder, als er sich beim Bahnhof breitbeinig seinen Sack auf den Rücken schwang. Das war der Abschied von der Stadt, die ihm während vieler Jahre Arbeit gegeben hatte, Asyl auch, doch mehr als das kaum. Der Zug würde ihn nun nach Kloten bringen, zum Flughafen, und von dort das Flugzeug weiter nach Afrika. Und wie er daran dachte, fühlte er, wie Afrika schon viel verloren hatte von dem Traumhaften, wie es allmählich Wirklichkeit wurde.

Bruno Thalmann bemerkte Pat erst, als sie unmittelbar vor ihm stand. »Caesar ist gestorben«, sagte er mit gedämpfter Stimme. »Seine Frau hat mich angerufen.«

Pat schien, daß Bruno noch bleicher wirkte als sonst, noch verletzlicher. So sehen Geigenspieler aus, dachte sie. »Es geht plötzlich alles so schnell.«

»Ja«, sagte Thalmann leise. Sie standen eine Weile unbeweglich da, betroffen, wie Fremdkörper inmitten der hoffnungslosen Hektik des Flughafens.

»Komm, gehen wir zu Göpf Sonder.« Pat faßte Thalmann am Arm. »Für ihn geht das Leben weiter.«

»Was meinst du, wollen wir es ihm sagen?« fragte

Thalmann, als sie nebeneinander die Rolltreppe hochfuhren.

»Nein, lassen wir es doch. Außer er fragt nach Caesar.«

Thalmann nickte und schwieg.

»Glaubst du, daß ich jetzt Probleme bekomme mit der Dissertation?« fragte Pat etwas später, auf dem Weg zur Abflughalle.

»Nein, gewiß nicht.«

Im ›Cock Pit‹ hatten sie sich mit Sonder verabredet, in der Bar, die oben in der Halle des Terminals lag. »Er ist schon da«, rief Pat, als sie zur Treppe kamen, und leichtfüßig eilte sie die Stufen hinauf. Thalmann blieb weit zurück.

Manz stand unweit der Stelle, wo sich zuvor Pat Wyss und Bruno Thalmann getroffen hatten, und las einen Bericht über das internationale Fechtturnier in Mailand. Gelegentlich ließ er die Zeitung sinken, um nach dem Kommissar Ausschau zu halten, verwundert, denn es war ungewöhnlich, daß Häberli sich verspätete, ungeduldig auch, da er mit einer weiteren brisanten Neuigkeit aufwarten konnte. Nachdem Minute um Minute verstrichen war, begann sich Manz zu fragen, ob sie sich wohl mißverstanden hätten, ob Häberli womöglich anderswo auf ihn wartete, mit der gleichen Ungeduld. Er faltete gerade die Zeitung zusammen in der Absicht, sich nach dem Kommissar umzusehen, als er ihn auf der Rolltreppe inmitten einer Gruppe japanischer Touristen entdeckte. Häberli entschuldigte sich. Eine miserable

Nacht führte er als Grund für seine Verspätung an, eine Nacht, die er mehr auf dem Balkon als im Bett verbracht hätte. Manz winkte ab. Häberli hätte nichts zu sagen brauchen. Er war müde, das sah man. Dennoch schien er von einer merkwürdigen Unruhe erfaßt. Sofort machte er sich auf in Richtung Abflughalle.

»Ich habe heute Maria angerufen und ihr mitgeteilt, daß Rusterholz tot ist«, sagte Manz unvermittelt.

»Und?«

»Sie schien anfänglich recht betroffen und klagte sich selbst an. Sie hätte ihn nicht verlassen dürfen, meinte sie, dann wäre das nicht geschehen. Dann aber begann sie ihm heftige Vorwürfe zu machen. Sie sagte, es sei allein seine Schuld, daß es soweit gekommen sei. Auf jenen Mittwochabend aber wollte sie vorerst nicht eingehen. Erst als ich ihr sagte, wie es um Bäni steht, rückte sie mit der Sprache heraus. Und es ist aufschlußreich, was sie zu berichten wußte.«

»Ich höre«, sagte Häberli.

»An jenem Mittwoch ist Bäni offenbar erst sehr spät bei Rusterholz eingetroffen, und der hat ihn gar nicht erwartet. In nassen, schmutzigen Kleidern sei Bäni angekommen, sagte sie. Nachts noch habe sie seinen Anzug gereinigt und zusammen mit Rusterholz auch den Wagen geputzt. Dieser sei ebenfalls völlig verdreckt gewesen. Das Alibi war also falsch. Eine abgekartete Sache. Und es spricht alles dafür, daß Bäni an jenem Abend an der Sihl war. Sonst hätten die beiden ja kaum dieses Theater inszenieren müssen.« Erwartungsvoll schaute Manz den Kommissar an.

»So so«, sagte Häberli nur. Er war stehengeblieben und suchte auf der großen schwarzen Tafel den Flug nach Dar-el-Salaam. Als er ihn nicht finden konnte, ließ er Manz, der etwas mehr als ein ›so so‹ erwartet hatte, stehen und ging zum Informationsschalter. Dort erfuhr er, daß dies ein Charterflug wäre, der folglich im Terminal A abgefertigt würde.

»Wir werden heute wohl noch zu einem Champagner kommen«, sagte Häberli, nachdem sie sich auf den Weg gemacht hatten.

»Wie? Sie meinen wirklich, der Fall sei damit gelöst?« Manz sah seinen Chef ungläubig an.

»Das vielleicht nicht, aber doch abgeschlossen.«

»Jetzt komme ich nicht ganz mit.« Es war Manz unverständlich, wie Marias Aussage, die ja nun wirklich nichts Neues eröffnete, eher einen längst bestehenden Verdacht erhärtete, Häberli plötzlich zu einer entscheidenden Einsicht bringen sollte. Wie oft hatte er doch beim Durchspielen der verschiedenen Szenarien, die dieser Mord zuließ, Bäni mit einbezogen, ja besonders seine Beteiligung von allen Seiten beleuchtet. Häberli mußte demnach mehr wissen, wenn er in Erwägung zog, den Fall damit abzuschließen. Mit den Fakten jedenfalls, die ihm – Manz – bekannt waren, würde sich der Kommissar wohl kaum zufriedengeben. »Aber Bäni und Rusterholz genügen doch nicht. Mindestens eine weitere Person muß doch noch beteiligt gewesen sein.«

»Gut möglich.« Häberlis Zustimmung wirkte beiläufig. Er war anderweitig beschäftigt. Suchend sah er sich nach allen Seiten um.

»Sonder«, murmelte Manz plötzlich. Wegen ihm sind wir hier! »Sonder«, wiederholte er, mit fragendem Unterton jetzt. Auf einmal wurde Manz klar, wieso er an diesem Morgen hierhergebeten worden war. Er hätte es wissen müssen. Häberli tat nichts ohne guten Grund. Sonder! Also doch er und die Professoren. Er selbst hatte dies ja vermutet und es Häberli auch wissen lassen. Der aber war dagegen gewesen. Warum jetzt diese Wendung? »Sie glauben also, er ist der Mann, den wir suchen!«

Pat unterdrückte einen Aufschrei, als sie die beiden Kriminalisten entdeckte. Unwillkürlich griff ihre Hand nach Sonder, und ihre Finger krallten sich in seinen Arm. Sonder erschrak, als er die angstvoll geweiteten Augen sah, und sein Blick folgte dem ihren hinunter in die Halle. Das Lächeln, das über sein Gesicht glitt, war für Pat unergründlich. Sie verstand nicht, wie er jetzt ruhig dasitzen konnte, schicksalergeben auf seine Häscher wartend. In ihrem Kopf jagten sich die Ideen, wie sie die Polizisten täuschen könnte, wie sie es Sonder ermöglichen könnte, ungehindert zur Paßkontrolle zu gelangen. Wild entschlossen war sie, alles zu tun, was seine Abreise sichern würde, dachte selbst daran, sich theatralisch die Treppe hinunterfallen zu lassen, um alle Aufmerksamkeit auf sich zu lenken. Kaum merklich schüttelte Sonder seinen Kopf, als hätte er die Art ihrer Gedanken erraten. Jetzt erst ließ Pat seinen Arm los.

»Es kommt alles, wie es kommen muß«, sagte Sonder leise.

Ihr trotziges »Nein« ließ Thalmann verwundert aufschauen. Er schien von den Vorgängen um sich herum nichts mitbekommen zu haben. Und eine andere Gefahr als jene, die Sonder durch seine Flucht vor der medizinischen Betreuung selbst heraufbeschwor, hätte er sich für den reisefertigen Rentner auch kaum vorstellen können. »Nein«, sagte Pat noch einmal, leiser, aber immer noch sehr bestimmt. Doch als Sonder auch noch winkte, um den umherschauenden Kommissar auf sich aufmerksam zu machen, begann sie an ihrem Verdacht zu zweifeln, fragte sich, ob dieser allein auf einer falschen Auslegung irgendwelcher Beobachtungen beruhen könnte. Welches aber wären dann die Gründe für die Polizisten, hierherzukommen? Es war doch offensichtlich. Sie suchten ihn! Und Häberli hatte Sonder auch entdeckt, er winkte zurück.

Aufmerksam beobachtete Pat die beiden Polizisten unten in der Halle. Und sie hätte viel darum gegeben, mithören zu können, was dort diskutiert wurde. Adrian wirkte engagiert, aufgebracht fast, während der Kommissar eher hilflos schien, manchmal beschwichtigende Gesten machte. So mindestens deutete sie das Benehmen der beiden. Und als sich die zwei Männer endlich der Treppe zuwandten, spürte Pat, wie ihr der Atem stockte.

Bruno Thalmann, der das Zusammentreffen mit den Polizisten als zufällig ansah, erhob sich als erster, als Häberli und Manz zum Tisch hintraten, und er rückte seinen Stuhl näher zu Sonder, noch bevor der Kommissar fragte, ob sie sich zu ihnen setzen dürften.

»Aber selbstverständlich!« Sonder sagte dies so unbefangen, daß Pat unwillkürlich zuerst Häberli, dann Manz anschaute. ›Seht nur, Göpf Sonder braucht euch nicht zu fürchten‹, drückten ihre Augen aus. Sie rückte etwas zu Sonder hin, saß nun zwischen ihm und Häberli und gegenüber von Manz.

»Ihr großer Tag heute«, lächelte der Kommissar Sonder zu.

»Ja, das kann man wohl sagen.«

»Reisefieber?«

»Weniger als sonst.«

Die harmlose Plauderei, die sich zwischen Häberli und Sonder entwickelte, vermochte nicht über die gespannte Stimmung am Tisch hinwegzutäuschen. Mit Ausnahme von Thalmann wußten sie alle, wieviel von der nächsten halben Stunde abhing, ahnten sie alle, wie schwer die Folgen wiegen könnten. Nicht nur für Sonder. Wie man sich belauerte an diesem Tisch, wie man Blicken auswich und gleichzeitig Unschuld oder Unwissenheit mimte, dies mußte sogar einen Ahnungslosen spüren lassen, daß hier Entscheidendes in der Luft lag. Ein eleganter Herr mit angegrauten Schläfen, der hinter Manz am Nebentisch saß, hatte die Spannung jedenfalls wahrgenommen. Seit geraumer Zeit schon ließ er Pat kaum mehr aus den Augen. Er hatte die Wandlung in ihrer Mimik mitverfolgt, und gerne hätte er darauf gewettet, daß aus diesen ausdrucksvollen Augen, die vorerst so zufrieden und vergnügt schienen, plötzlich Entsetzen widerspiegelten und jetzt bald angstvoll flehten, bald drohten, daß aus diesen Augen noch Tränen fließen würden, welcher Art auch immer.

Was weiß Pat? fragte sich Manz immer wieder. Es bestand für ihn kein Zweifel mehr, daß sie versuchte, sich schützend vor Sonder zu stellen. Damit machte sie ihm seine Aufgabe gewiß nicht leichter. Unbeeinflußt wollte er handeln, soweit dies noch möglich war. Seine Gefühle für Pat durften keine Rolle spielen. Sonst hätte er versagt, in erster Linie vor sich selbst. Er wäre erpreßbar, hieße das. Zudem ließ ihm gerade Pat gar keine Wahl mehr. Durch ihr Verhalten wurde die Schuld von Sonder wenn nicht gerade bewiesen, so doch sehr wahrscheinlich. Was blieb ihm anderes übrig, als Sonder Fragen zu stellen, selbst auf die Gefahr hin, sich selbst lächerlich zu machen? Natürlich saß Sonder am längeren Hebel. Die Zeit lief für ihn. Man müßte ihn gezielt vernehmen können, sollte die Befragung etwas bringen. Sonder aber zurückhalten, ihm als Tatverdächtigem die Abreise verwehren, ohne nachher einen Nachweis erbringen zu können, wäre eine Katastrophe. In erster Linie für Sonder – wie Häberli ihm zuvor noch erklärt hatte –, doch auch für ihn hätte dies unangenehme Folgen. Manz dachte nicht nur an die vorgezeichnete Karriere. Andrerseits, wenn es ihm gelänge, Sonder zu überführen, ganz zufrieden könnte er auch dann nicht sein. Es wären nicht seine Lorbeeren. Er war erst durch Häberli auf die Spur gebracht worden. Und Häberli hatte es ihm überlassen, zu entscheiden, wie er es für richtig hielt. Einen Vorwurf würde er ihm auf keinen Fall machen, hatte Häberli gesagt. Und so wie er nun mit Sonder plauderte, schien er tatsächlich keinen Einfluß auf das Geschehen nehmen zu wollen. Warum aber hatte er ihn denn um seine Begleitung gefragt? Nur um den unangenehmen Teil der Arbeit zu tun? Oder war es letztlich soviel wie eine Prüfung?

»Sind Sie eigentlich beruflich hier?« fragte Thalmann, der sich bisher kaum am Gespräch beteiligt hatte.

»Ja«, antwortete Manz. Und Thalmann staunte, wie es plötzlich ruhig geworden war am Tisch. Pats Augen blitzten vernichtend.

Alle schauten sie nun Manz an. »Wie geht es Professor Bäni?«

Diese Frage kam unerwartet. Für alle. »Er ist letzte Nacht gestorben«, antwortete Pat schnell, und sogleich ärgerte sie sich, daß sie diese Antwort nicht Bruno Thalmann überlassen hatte.

»Rusterholz ist auch tot«, sagte Manz. »Er war doch befreundet mit Professor Bäni?«

»Aber da besteht doch wohl kein Zusammenhang«, warf Thalmann besorgt ein.

»Nach Aussagen von Rusterholz hat Professor Bäni den ganzen Abend nach dem Abteilungsfest bei ihm verbracht. Seit heute wissen wir, daß dem nicht so war. Er kam dort erst spätnachts an. Völlig verschmutzt. Es war der Abend, an dem, wie wir annehmen müssen, Doktor Götze zur Sihl gebracht wurde.«

»Was soll das heißen?« Thalmann sah entgeistert von Manz zu Häberli. Der Kommissar schwieg.

»Es ist noch vieles unklar«, antwortete Manz. »Es muß jemanden geben, der uns einiges zu dieser Geschichte erzählen könnte. Wir sind auf der Suche nach ihm.«

Pat fuhr zusammen. Ihre Hoffnung, das Gespräch

über Bäni und Rusterholz würde vom Thema ablenken, hatte sich zerschlagen. Manz hatte nur weiter ausgeholt. Jetzt aber drohte unmittelbar Gefahr. »An sich sind Bruno Thalmann und ich hier, um Göpf Sonder zu verabschieden.« Die entschiedene Stimme, das vorgestellte Kinn ließen die Bemerkung zu einem Vorwurf werden. »Viel Zeit bleibt uns nicht mehr.« Ihre Hand suchte Halt, suchte unter dem Tisch die kräftige Hand von Sonder, unauffällig, glaubte sie. Doch längst war keine Bewegung am Tisch mehr unbemerkt geblieben. »Über alles andere können wir später noch sprechen.«

»Ja, das stimmt«, meinte Thalmann, sichtlich verärgert darüber, daß er die Frage nach dem Tun der Polizei gestellt hatte.

Auch bei Häberli meinte Manz ein angedeutetes Nikken gesehen zu haben. Er mußte annehmen, daß Pat nicht lockerließ, daß sie, sollte er auf diesem Punkt beharren, kurzerhand mit Sonder weggehen würde. Was könnte er schon dagegen tun? Ihn festhalten ohne Haftbefehl? Als sein Blick den von Pat traf, glaubte er für einen kurzen Moment einen beschwörenden Ausdruck in ihren Augen zu sehen, mehr bittend jetzt als drohend. Und schnell wandte sie sich wieder Sonder zu. Und Sonder? Er schien unberührt von dem, was um ihn vorging, in sich selbst zu ruhen, die Würde einer Wettertanne ausstrahlend. War es das Verhalten von Häberli, die Ruhe von Sonder, der entschlossene Widerstand von Pat, oder war es alles das zusammen? Manz wußte nicht, was ihm die Kraft raubte, das zu tun, was er glaubte, eigentlich tun zu müssen.

Als Sonder sich erhob, sagte, es sei Zeit für ihn, sich zu verabschieden, stand auch Manz auf. Schneller als die andern. Und als er die Hand ergriff, die ihm Sonder mit entwaffnender Selbstverständlichkeit hinstreckte, war er unfähig, etwas Vernünftiges zu sagen. Ein Murmeln, ein Händedruck, sonst nichts. Ohnmächtig stand er da, erwartungsvoll auf Häberli schauend. Doch nichts, gar nichts ließ sich der Kommissar anmerken, ja er klopfte dem Mann sogar auf die Schulter, als würde er ihm Anerkennung zollen. Thalmann, als nächster, schüttelte ganz leicht den Kopf, als er Sonder alles Gute wünschte. Es wirkte wie ein leiser Tadel. Pat aber war um den Tisch gegangen, wo sie auf Sonder wartete. Sie hakte sich bei ihm ein und begleitete ihn die Treppe hinab.

Vier Augenpaare folgten dem ungleichen Paar. Auch der Mann am Nebentisch, im Glauben schon, seine imaginäre Wette verloren zu haben, schaute der Szene weiterhin interessiert zu.

»Göpf, du glaubst nicht, welche Angst ich ausstand.« Pat flüsterte, obwohl sie längst außer Hörweite waren.

»Doch, doch, ich weiß es. Dank dir konnte ich ja so ruhig sein.«

Pat verstand nicht. Doch Begreifen war für sie im Moment unwichtig. Göpf Sonder hatte es geschafft, war frei. Das allein zählte jetzt. »Schreibst du mir?«

»Ja, wenn du willst.«

Vor der Paßkontrolle umarmte Pat den alten Mann. »Göpf ...«

»Danke für alles«, sagte Sonder. »Ich werde nie vergessen, wie du für mich gekämpft hast.« Als er ihre nasse

Wange spürte, entwand er sich der Umarmung und eilte, umständlich nach Paß und Boardingkarte suchend, dem Ausgang zu.

Für Manz, der die Szene verfolgt hatte, sah es aus, als würde Sonder vor etwas fliehen. Jetzt zum ersten Mal. Und auch Pat war aus seinem Blickfeld verschwunden, mit schnellen Schritten und ohne sich nochmals nach Sonder umzusehen. Fragend schaute Manz den Kommissar an. Was hätten wir anderes tun sollen, schien Häberlis Geste auszudrücken.

Eine Viertelstunde etwa verging, bis Pat wieder in der Halle auftauchte. Fröhlich grüßte sie den fremden Mann, der ihr auf der Treppe wohlwollend zulächelte.

»Es ist vielleicht nicht gerade der Zeitpunkt für eine kleine Feier«, sagte Häberli, als Pat zum Tisch trat. »Dennoch möchte ich alle zu einem Glas Champagner einladen.«

Thalmann zeigte kein Verständnis. »Mir ist nicht danach zumute«, sagte er, »ich muß nun ohnehin gehen.« Er stand auf, als Pat sich gerade wieder setzte.

»Es sind Wolken aufgekommen, sieht nach einem Gewitter aus«, brach Pat ein kurzes Schweigen.

»Ist auch an der Zeit«, meinte Häberli.

»Seit jener Nacht, in der Götze an die Sihl gebracht wurde, hat es nicht mehr geregnet.« Manz mußte sich eingestehen, daß diese seine Aussage nach allem, was geschehen war, nach dem Tod der Professoren und nach der Abreise von Sonder, zu einer nüchternen Feststellung geworden war.

Als der Kellner den Champagner brachte, stießen sie

an, lächelnd, aber stumm. Man dachte an Sonder, jeder am Tisch, und jeder wußte es vom andern. Dennoch ließ sich niemand zu einem Trinkspruch verleiten. Niemand war bereit, das Wagnis einzugehen, sich vom abgeworfenen Ballast wieder etwas aufzuladen. Pats Lächeln war bezaubernd, fand Manz, so wie damals, bevor diese Geschichte begonnen hatte. Noch aber war er verunsichert, noch flackerte der Widerstreit seiner Gefühle, dennoch wußte er bereits, daß er Pat wiedersehen würde, nicht nur in der Sportanlage. Ein angedeutetes Zwinkern ihrer Augen zeigte dies an. Und Häberli? Er hatte sich vorgenommen, heute noch im Keller das Projektil aus der Kiste zu holen, um es zu zerstören. Er wollte verhindern, je der Versuchung zu unterliegen, die Probe mit dem Metallrohr doch noch durchzuführen. Seine Erinnerung an Sonder würde dieses Rätsel vertragen können, meinte er.